다른 사람

한겨레출판

차 례

이 이야기는 허구이며,
이야기에 등장하는 인물, 지명, 사건 등은
실제와 관련이 없음을 알려드립니다.

1부

1. 진아

그날을 떠올리면 머릿속은 투명해진다. 내게 무슨 일이 있었던가. 어떤 기억이 남았던가.

작은 호수가 있었다. 물비린내는 짙고 깊었다. 비가 오는 날이면, 호수 근처의 마을에서는 물론 일대의 모든 곳에서 그 어두운 냄새를 맡을 수 있었다. 사방에서 꿉꿉한 비린내가 진동했고 무겁게 가라앉은 눅눅한 공기는 빗물과 함께 출렁였다. 나는 주위를 하염없이 쏘다니며 길가의 풀잎들을 짓밟고는 했다.

내게 무슨 일이 있었냐고? 어떤 일을 저질렀냐고?

나는 운동화 밑창에 풋내가 가득 달라붙기 전에는 만족하지 못했다. 짓이겨진 풀잎들이 운동화 끝에 푸르게 묻어나기 전에는 안심하지 않았다. 비명처럼 문드러진 풀 내음이 몸 깊숙이 밀려 내려오기 전에는 잊을 수 없었다. 내게 다가올 일들을. 그리고 이미 물비린내에 젖은 내 몸에서는 퀴퀴한 악취가 풍겨 나오고 있다는 사실까지도.

나는 오랫동안 그걸 기억하지 못했다. 하지만 이제는 어제 일처럼 또렷하다. 그리고 수백 년은 지난 듯 아득하다.

내 이름을 부르는 목소리.

진아야, 진아야?

논밭이 있었다. 거대한 논밭은 넓고 넓어서 보고만 있어도 가슴이 터질 것 같았다. 저물녘에는 세상이 온통 주홍빛으로 물들었다. 하루의 마지막 햇빛을 빨아들인 공기에서는 보송보송한 살 내음이 났다. 손을 뻗으면 태양이 흔들렸다. 나는 바람을 가득 마시며 논두렁 끝까지 달리기를 했다. 붉게 물든 저녁은 사랑으로 꽉 찬 웃음처럼 다정했다.

진아야, 진아야?

내 이름이 울려 퍼진 날이 있었다. 나는 뒤를 돌아보지 않았다. 멀리 가라앉는 해를 바라보며 나는 걷고 또 걸었다. 오직 그것만이 내 앞에 있었고, 그것만이 내게 다가올 일이었다. 그렇게 나는 내 몸에 달라붙은 목소리의 냄새를 잊었다.

아니.

내 길을 비춰주던 태양 따위는 처음부터 없었다.

지난 석 달간, 나는 집 밖으로 나가지 않았다.

* * *

멍청한 여자.

오늘도 사람들은 나를 싫어했다. 여느 날처럼 나는 집 안에 혼자 앉아 내 이름이 나온 신문 기사와 댓글 들을 읽고 있었다. 이번 주제는 '멍청함'이었다. 대체로 논쟁이 벌어지는 패턴은 비슷했다. 누군가 나를 멍청하다고 비난하면 댓글이 달린다. 이건 멍청한 게 아니라 겁이 많은 것이다. 아니다. 이건 겁이 많은 것도 멍청한 것도 아니고, 그냥 원래 한심한 성격이다. 그러면 다시 반박 글이 올라온다. 멍청하다는 것이 무엇인지 제가 한번 말해보겠습니다. 그 이야기를 모르나요? 빨간 구두를 신고 춤을 추는 여자아이. 몽둥이 같은 다리로 절룩거리며 걷는 소녀. 춤추는 걸 멈출 수 없는 여자, 신지 말아야 할 구두를 신은 여자. 처음부터 어울리지 않는 신발은 욕심내지 말았어야지. 나쁜 신발인 걸 진작 알아봤어야지.

이런 것이 멍청하다는 것.

나를 모르는 사람들이 나보다 나를 더 잘 안다.

갑자기 벨소리가 요란하게 울려 퍼졌다. 나는 못된 짓을 하다 들킨 어린아이처럼 눈을 깜빡이며 하얗게 빛나는 핸드폰을 내려다봤다. 단아였다. 아주 잠시, 그렇게 핸드폰을 바라보다 컴퓨터 모니터 쪽으로 고개를 돌렸다. 나는 전화를 받지 않았다.

단아가 무슨 말을 할지 나는 알고 있었다. 그녀는 내가 지금 읽고 있는 것들을 그만 보라는 말을 할 생각으로 전화한 것이다. 틀림없다. 단아는 매번 심심해서 전화했다고 했지만, 통화가 끝날 즈음이면 진짜 하고 싶은 말을 조심스레 건네곤 했으니까.

진아야, 쓸데없는 말에 신경 쓰지 마.

나는 항상 알았다고 대답했고, 전화를 끊자마자 인터넷에서 내 이름을 검색했다.

그 말들이 내게 쓸모없다는 걸 모르지 않았다. 왜 모르겠는가. 다만 읽는 걸 스스로 멈출 수 없을 뿐이었다. 내가 타인의 목소리에 사로잡혀 있다는 걸 단아도 알고 있었다. 그러니 매번 그렇게 입버릇처럼 강조하는 거겠지.

"네 편이 더 많아. 알지?"

그러나 오늘은 아무 말도 듣고 싶지 않다. 나는 전화가 울리는 걸 내버려뒀다. 전화는 계속 울렸다. 한 번. 그리고 한 번. 또. 그러다 전화는 툭 끊어졌다. 나는 웃음을 터뜨렸다.

세상에, 서운했다. 일부러 전화를 피했으면서 막상 벨소리가 끊기자 이렇게 서운할 수가 없었다. 외로움이 거세게 밀려오며 속이 울렁거렸다. 내 마음은 이토록 뻔하고 지루하다.

지난여름, 그날처럼.

남자친구가 내 목을 졸랐다.

그렇다. 멍청한 이야기다.

요즘 내가 가장 부러워하는 사람은 내 이야기가 어떤 의미도 없다고 생각하는 사람이다. 나도 나를 이해할 수 없는 여자라고 생각하고 싶다. 나도 그 시선으로 나를 보고 싶다. 영원히 이해할 수 없고, 알고 싶지도 않은 나와는 완전히 다른 사람. 짙은 한숨이 가득한 목소리로 내 이름을 불러보고 싶다.

세상에, 진아야. 대체 왜 그랬어.

감정을 느끼는 것이 선택할 수 있는 일이라면 좋겠다. 누군가 나를 떠날까 봐 두려워하고, 버려지고 가치 없는 존재라는 기분을 느끼는 것이 싫다. 이 마음들이 내게 중요하다는 사실을 들키는 바람에 함부로 취급받고 질질 끌려다니면서도 아직은 괜찮다고 스스로를 위로하는 일을 멈추고 싶다. 메마르고 싶다. 아무것도 느끼고 싶지 않다. 지금 내게 필요한 것은, 물기라고는 찾아볼 수 없는, 바싹 마른 건초 더미 위에 몸을 눕히는 일이다. 건조하고 뻑뻑한 풀 냄새를 맡는 것이다. 내 몸의 습기를 모조리 말려버리는 것이다. 그러다 어느 날 누군가의 젖은 마음을 보며 한숨과 함께 물어보는 것이다.

세상에, 대체 왜 그랬니.

왜 헤어지지 못한 거니.

그는 내 직장 상사였고, 그건 다섯 번째 폭행이었다.

그날 나는 그를 신고했다.

그만 생각하자.

나는 자리에서 벌떡 일어났다. 가스레인지에 물을 올렸다. 홍차를 마실 생각이었다. 아니면 커피. 그러나 이미 시작된 생각들이 실타

래처럼 줄줄이 이어지며 머릿속에서 어지럽게 엉켜들었다.

　단아 말대로 모두가 나를 욕하는 건 아니었다. 내가 용기 있는 사람이라고 말하는 이도 있었고, 도와주겠다고 말하는 이도 있었다. 고마운 말들이었지만 그걸로 창피하고 수치스러운 마음이 사라지는 건 아니었다. 가끔은 그가 내게 한 짓 때문이 아니라, 사람들에게 알려졌다는 사실 때문에 더 찌그러진 기분이 들었다.

　따딱, 소리가 나며 불꽃이 오르는 순간 나는 가스레인지 스위치를 꺼버렸다. 그리고 냉장고에서 물병을 꺼냈다. 찬물이 목구멍으로 넘어가며 꼴깍꼴깍 소리가 났다. 여전히 커피나 차를 마시고 싶었지만, 귀찮았다. 정성을 들이고 신경을 써서 뭔가를 만드는 일을 하고 싶지 않았다.

　대체 무엇을 위해서?

　상담 의사는 내게 권했다. 자신을 위해 뭔가를 할 것, 좋아하는 음식을 먹을 것, 집을 깨끗하게 치울 것, 운동을 할 것, 사람들과 대화를 할 것. 나는 그 의사에게 상담을 세 번 받고 그만뒀다. 의사가 내 이야기를 듣는 것이 아니라, 들어주고 있다는 느낌 때문이었다. 마지막 날에는 설문 조사라며 어떤 종이를 나눠줬는데, 하나하나 체크할 때마다 고역이었다. 예를 들면 이런 것들이 있었다. 당신은 자주 외롭다고 느낍니까, 당신은 스스로가 별 볼 일 없다고 느낍니까, 당신은 감정을 통제할 수 없을 때가 많습니까. 인터넷에 돌아다니는 심리 테스트도 그보다는 나을 것 같았다. 마지막 줄에는 이런 질문이 있었다.

당신은 피해의식이 있습니까?

그 후 나는 병원에 가지 않았다. 그리고 의사의 권유 중 어떤 것도 지키지 않았다. 특히 오늘은 더 그렇다. 쓰레기통에는 인스턴트음식 포장지가 가득 쌓여 있고, 방바닥에는 머리카락들이 먼지와 뒹굴어 다닌다. 특별한 일이 없는 한, 그러니까 가득 쌓인 쓰레기를 버리기 위해 한 번씩 움직일 때를 제외하고 나는 집 밖으로 나가지 않는다. 집 안에서도 거의 움직이지 않는다. 식료품을 인터넷으로 주문하고, 주문할 수 없는 건 먹지 않는다.

그렇게 석 달. 회사를 그만둔 후부터 줄곧 이렇게 지냈다.

나는 형편없는 실패의 기록이다. 내가 자기 비하를 할 때마다 단아는 말했다.

"이건 네 잘못이 아니야."

알고 있다. 그래서 단아가 보고 싶고, 그 이야기가 듣기 싫다. 다정함을 느끼고 싶지만, 끊임없이 위로가 필요한 사람이 된 기분을 느끼는 것이 힘들다. 친구 앞이라고 해서 매번 벌거벗은 채로 서 있는 일이 부끄럽지 않은 건 아니다. 게다가 단아와 이야기할 때면, 나는 무너진 모습을 보이지 않기 위해 애를 써야 했다. 그녀가 감당할 수 없을 정도로 내가 망가졌다는 사실을 들키고 싶지 않았으니까. 단아가 나를 질린다는 눈빛으로 보게 될까 봐 무서웠으니까. 그러나 넘쳐흐르는 불안한 마음을 숨기기 위해 노력하는 건, 힘이 들었다. 애써야 한다는 사실이 짜증났다. 나는 단아를 잃고 싶지 않았지만, 노력하고 싶지도 않았다. 이런 마음을 품는 나는 형편없는 인간이 맞다.

갑자기 가장 끔찍한 생각이 밀려온다. 맞아, 나는 그런 인간이야.

그래서 그가 나를 때린 거야.

나는 다급히 다시 찬물을 꺼내 마셨다. 이 생각을 밀어내려 애써 보지만, 결국 그의 목소리가 생생하게 떠오르고 말았다. 그는 나를 때릴 때마다 이렇게 말했다.

"이게 끝이라고 생각하지 마."

그는 재판 끝에 폭행죄로 벌금 300만 원을 선고받았다.

가슴속이 차갑게 얼어붙는다.

누군가 지금의 나를 만난다면 나약하다고 생각하겠지만, 처음부터 그랬던 건 아니다. 나는 나약해진 것이다.

경찰 조사를 받으면 그가 가택연금을 당하거나 감시를 받을 거라 생각했는데, 그런 일은 일어나지 않았다. 나는 법에 무지했다. 피해자에게 보호조치가 내려질 거라는 생각도 마찬가지였다. 물론 접근금지를 신청할 수는 있었다. 하지만 시간이 필요했다. 그가 내게 접근하면 안 되는 이유가 증명되어야 했고, 증명에 누군가의 승인이 필요했다. 나는 법을 몰랐다. 재판이 그렇게 오래 걸릴 줄도 몰랐다. 언제든 처벌이 날 거라는 생각으로 기다리다 보니 5개월이 지나가고 있었다.

나도 알고 있다. 회사에 사실을 알리고 부서 이동을 신청하든가 반대로 그가 팀을 옮기도록 요구해야 했다. 하지만 그를 마주치는 일보다 사람들이 내 이야기를 알게 되는 게 더 싫었다. 게다가 나는 그와 만나는 1년 동안 회사에서 어떤 친구도 사귀지 못했다. 처음에는 낯을 가리다 보니 동료를 사귀지 못한 거였지만, 나중에는 몰래 연애하는 걸 들킬까 봐 사람들과 깊은 관계를 맺지 않았다. 그리고 또 나중에는, 내가 당하는 일을 누구에게도 알리고 싶지 않았다. 그러다 홍보 실적을 몇 번 올렸는데 그 후에 완전히 외톨이가 되었다. 동료가 되기도 전에 곧장 경쟁자로 판명이 나버린 것이다. 이런 사람들에게 내 사정을 고백하고 도움을 청한다는 건 상상조차 할 수 없었다. 누구도 내 편을 들어줄 것 같지 않았다.

나중에 내 이야기가 알려지고 나서, 누군가에게 실제로 이런 말을 들었다. 내가 그럴 줄 몰랐다고, 그런 일을 당할 여자처럼 보이지 않았다고.

사랑하는 사람에게 맞을 것처럼 보이는 여자란 대체 어떤 모습일까. 그리고 그는, 내가 만났던 사람은, 만나는 여자를 때리며 죽여버리겠다고 속삭이던 이진섭은 사람들에게 어떤 모습일까.

한 가지는 확실히 말할 수 있다. 그는 잘생긴 남자였다. 지금도 나는 또렷하게 기억하고 있다. 180센티미터가 넘는 훤칠한 키에, 선이 진한 눈가와 날카로운 콧대, 멀리서 봐도 한눈에 들어오는 이목구비는 어디에서든 시선을 집중시켰다. 하지만 뭐랄까, 개성이 있는 편은 아니어서 잘생긴 외모에 비해 묘하게 인상이 흐릿했다. 때문에 아이러니하게도 그와 함께 있으면 덩치 큰 남자들을 마주할 때 느끼는 긴장감이 덜했다. 그는 자신을 강렬하게 내세우며 존재감을 과시하려는 행동을 하지 않았고, 설사 그렇게 군다 할지라도 흐릿한 인상 때문인지 과하게 느껴지지 않았던 것이다. 그를 또렷하게 느낄 수 있었던 순간은 우습게도 그가 나를 내려다보며 목을 조를 때였다. 바닥에 깔린 채 숨이 부족해질 때마다 나는 그의 얼굴을 제대로 볼 수 있었다. 흐릿해지는 시야 한가운데로 그 잘생긴 얼굴이 또렷하게 떨어져 내리곤 했으니까.

그는 자신이 어떻게 보이는지 잘 알았다. 그는 내게 말한 적이 있다. 한때 주변 모든 여자가 매일 고백해오던 시절이 있었다고. 그는 내게 또 말했다. 이전에는 나처럼 키가 작고 피부가 까무잡잡한 여자를 만난 적이 없다고. 그는 자신의 취향을 무척 강조하고 확신했다. 살결이 부드럽고 새하얀 여자가 좋아. 그는 그런 여자가 자신에게 어울린다고 말했다. 나랑 그림이 되잖아. 하지만 그런 사람은 흔치 않고, 그래서 어떤 여자에게도 예쁘다는 말을 쉽게 한 적이 없다고 했다. 나는 화내지 않았다. 왜냐하면, 잔뜩 주눅이 든 내게 그가 이렇게 속삭였으니까. 그런데 넌 그런 것들을 다 상관없게 하더라.

그의 말은 거꾸로 비추는 거울을 바라보는 것과 같았다. 그 거울 속에 내 얼굴은 뒤집혀 비쳤다. 그의 확신이 사라지면 나는 아무것도 아닌 것이 되어버릴 게 분명했지만 나는 뒤집힌 채 늘 웃었다. 그게 예뻐 보였다.

댓글 중 그런 말이 있었다. 겨우 그 정도 표현에 자신을 잃어버리는 여자는 한심하다고.

다들 이렇게 스스로에게 계속 확신을 갖고 살았으면 좋겠다.

그러면 언젠가 예상치 못한 일을 마주한 순간, 더 쉽게 와르르 무너질 테니.

그는 자신이 나를 선택한 걸 당연하게 생각했지만 내가 그를 선택할 수 있다고는 생각하지 않았다. 물론 그는 틀렸다. 나도 그를 선택한 것이다. 그리고 내게도 확신이 있었다. 빨간 구두? 영원히 춤추게 될 걸 몰랐다고? 아니, 그것도 틀렸다. 진실은 내가 이미 춤을 추고 있다는 사실을 나 자신조차 몰랐던 것이다. 흔들리는 두 다리가 내 것이 아니라고 믿었기에 나는 확신했다. 결코 그와 같은 남자를 사랑하지 않으리라고.

그때도 여름이었다. 나는 이직한 지 얼마 안 된 신입이었다. 그는 내가 속한 부서의 팀장이었다. 첫 야근을 하던 날, 저녁을 먹고 돌아왔는데 그가 나를 불렀다. 그는 사람들의 눈을 피하는가 싶더니, 내게 서류 몇 개를 슬쩍 건넸다. 지금까지의 일 처리 방식과 내용을 정리한 서류였다. 그리고 커피를 건넸다. 향이 좋았다.

그것만으로는 부족했다. 겨우 그것만으로는 소용없었다.

나는 그가 잘생겼다는 것 외에도 꽤 많은 걸 알고 있었다. 유능하다는 것. 모든 사람에게 평판이 좋다는 것. 여자 직원들이 그와 대화하는 걸 좋아한다는 것. 부유한 집 아들이라는 것. 임원 누군가의 친척이라는 것. 모두가 그를 선망한다는 것. 자신이 좋은 남자임을 의심하지 않는 사람이라는 것.

커피를 건넬 때, 그의 손끝이 내 손끝에 닿았다. 그가 말했다.

"힘든 일 있으면 말해요. 도와줄게요."

그날 나는 오해하지 않았다. 대신 오래전 납작하게 찌그러뜨린 동그라미 하나가 마음속에서 팽팽하게 부풀어 오르는 건 내버려뒀다.

그건 감정이었고, 기억이었다.

오래전 나는 스무 살이었고, 다음 해에는 스물한 살이었다. 서울의 대학에 편입하기 전까지 나는 전라북도 안진시에 있는 대학에 다녔다. 고향인 팔현군에서 버스를 타고 한 시간 정도 달리면 도착하던 소도시. 일제강점기 흔적이 역력한 붉은 벽돌 건물과 남색 기와지붕집이 가득하던 곳. 안진에는 작은 호수가 있었다. 비가 오는 날이면 호수의 눅눅한 냄새가 머리카락까지 스며들곤 했다. 열일곱 살에 나는 안진에 도착했고, 스물한 살에 떠났다.

현규 선배를 보기 전까지 나는 잘생기고 부유하고 능력 있는 남자는 여자들에게만 인기가 있을 거라고 생각했다. 아니었다. 남자들이 그를 더 좋아했다. 류현규와 가까이 지낸다는 건 일종의 자랑거리였다. 그러면 그와 자신이 동등한 사람이 된다고 느끼는 것 같았다. 누구와 어울리느냐에 따라 자신의 위치와 계급이 결정된다는 말을 적용한다면, 그는 뭐랄까, 이룰 수 없는 꿈을 닮은 사람이었다.

그래서 나도 꿈을 꿨다. 그를 좋아했다. 내 꿈이니까, 조심히 몰래 간직하고 싶었다. 선배의 여자친구에게 마음을 들킨 일만 없었다면 꽤 괜찮은 추억으로 남았을 것이다.

그 애는 내 동기였고, 모든 면에서 나와 달랐다. 그 애 앞에 서면 내가 더욱 볼품없게 느껴졌다. 고등학생티를 벗지 못한 두툼한 살

집에, 지금과 다를 바 없는 까무잡잡한 피부에, 학과 전공에 적응을 못해 성적은 개판이었고, 무엇보다 나는 외톨이였다. 어디에서든 늘 겉돌았다. 덜 말린 머리카락을 어색하게 매만지며 사람들을 힐끔거렸다. 그런 내게 조금 자비로울 수는 없었던 걸까. 주제도 모른다는 험담을 들었다. 내가 현규 선배를 쫓아다닌다는 소문이 났다. 또 다른 소문이, 그리고 또 다른 험담이 꼬리의 매듭을 이어가며 달라붙었다. 그 일이 결정적이었다고 할 수는 없겠지만, 나는 2학년이 끝나던 해 학교를 그만두고 서울의 학교로 편입을 했다. 다시는 그런 일을 겪지 않겠다고 마음먹었다.

그러니까 겨우 그 정도 때문에, 그의 보기 좋은 얼굴을 조금 더 보고 싶다는 이유 하나로 나를 또다시 만신창이로 만들 생각은 없었다. 자신 있었다.

하지만 그가 건넨 커피는 정말로 향이 좋았다. 둥글게 부푸는 동그라미. 조금씩 커져가는 팽팽한 곡선. 커피를 마시는 내내, 그의 손끝이 닿았던 곳이 따뜻했다. 그는 얼마 후 또 커피를 사다 줬다. 다음에는 간식거리를 내밀었다. 집에 잘 들어갔냐고 문자를 했다. 주말에 뭐 하냐고 물어봤다. 이게 중요했냐고 묻는다면, 중요했다. 누군가에게 소중한 사람으로 대접받고 있다는 기분이, 아무도 없는 허름한 빈집 같은 마음에 반짝거리는 불빛이 스며든다는 사실이, 중요했다. 나는 춤을 추고 있었다.

여름이 끝나갈 즈음 그가 데이트 신청을 했다.

한 번 더 만나고 싶다고 했다. 계속 만나고 싶다고 했다. 행복하다고 했다.

그가 나를 구겨진 옷더미처럼 대할 때마다 그 감정을 기억했다. 그는 나를 분명 사랑했다. 그는 단지 조금 달라졌을 뿐이다. 그렇다면 또 달라질 수 있지 않을까. 이전처럼 돌아올 수 있지 않을까. 어쩌면 그는 조금 피곤한 건지도 모른다. 감당하기 힘든 스트레스 탓에 조금 우울해진 걸지도 모른다. 내가 그를 외롭게 한 건 아닐까. 그러면 내 잘못일지도 모른다. 내가 그걸 헤아리지 못했으니, 먼저 알아채지 못했으니, 잘못한 것이다. 노력하자. 내가 그에게 잘한다면, 그가 나를 보고 느꼈던 감정을 다시 느끼게 한다면 우리는 처음처럼 행복해질 것이다.

나를 세 번째로 때린 날, 그는 내게 말했다.

"나는 다정한 사람이야. 네가 내 안의 다정함을 끌어내지 못하는 거야. 내가 다정해질 수 있도록 도와줄 수는 없겠어?"

정말로 중요한 마음들이었다. 하지만 나는 죽고 싶지 않았다. 그것이 더 중요한 마음이라는 걸, 숨이 꺾여 넘어가는 순간을 다섯 번 겪고 깨달았다. 그래서 그를 신고할 수 있었다.

그와 헤어지겠다고 마음먹자 이전에 원했던 것들이 다 부질없어졌다. 그에게 인정받고 싶지 않았고 사랑받고 싶지 않았다. 이렇게 간단했다니. 이렇게 쉬웠다니. 아아, 이렇게 가치가 없었다니. 그를 견디는 일은, 몸이 짓눌리는 그 순간을 참아내는 일은 정말, 정말 어려웠는데. 아마 그는 당황했을 것이다. 그에게는 내가 조용히 모든 걸 감내하는 모습이 익숙했을 테니까.

나는 합의를 거절했고 사과를 받지 않았고, 그에게 회사를 그만두라고 요구했다. 나는 그가 형사처벌을 받아야 한다고도 말했다. 그때 그의 표정을 기억한다. 나를 때릴 수 있다면 때렸을 것이다. 재판은 5개월이 걸렸다. 하지만 정말 우습다. 결국은 그의 말이 맞았으니까.

"이게 끝이라고 생각하지 마."

나는 나약한 사람이 아니었다. 나약한 사람이 되고 싶지 않았다. 나는 그에게 나약한 사람으로 기억되고 싶지 않았다.

그런데 300만 원이라니.

나는 그를 매일 봐야 했다. 나를 죽이겠다고 말한 사람이었다. 그가 과연 나를 가만히 둘까. 사적으로 나를 내버려둔다 해도, 회사에서 나를 과연 공정하게 대할까. 나를 차별하지 않을까. 부당하게 대하지 않을까. 사람들에게 이상한 소문을 퍼뜨리지는 않을까. 온갖 걱정이 밀려왔고, 화가 났고, 억울했다. 나는 그때 완전히 정신을 차렸다. 사람들에게 알려지는 일은 문제가 아니었다. 나는 보호가 필요했다.

고민 끝에 나는 내 이야기를 인터넷에 올렸다.

영화 리뷰가 올라오는 게시판이었지만 그냥 올렸다. 그가 나를 때린 횟수, 폭언의 내용, 상처의 정도, 병원 진단서와 사진, 판결 내용까지 모두 올렸다. 내가 아는 게시판 중 사람이 가장 많이 몰려드는 곳이었다. 영화 평론가나 잡지사 기자 들도 가입되어 있어서, 언론에서 도움을 받을 수 있을지도 모른다고 생각했다.

첫눈이 오던 날, 내 글이 기사화되었다. 그는 유급휴가를 받았다.
그게 진짜 시작이 될 줄은 몰랐다.

2. 어른이 되어야지

    우리한테 서운한 거 알아, 진아 씨. 그런데 일단 우리 이야기도 들어봐. 사실 나는 이렇게까지 변명할 이야기는 아니라고 생각해. 어쩌다 언론에 나가는 바람에 서로 우스운 꼴이 되긴 했지만, 솔직히 이게 뭐야. 회사 망신 아닌가? 회사는 예측 가능한 공간이어야 해. 신뢰가 있는 곳이어야 한다고. 무슨 일이 생기면 대처를 할 수 있다는 믿음이 있는 곳이어야 한단 말이야. 회사가 자네들을 신뢰할 수 있겠어? 대체 연애라는 게 뭔지 모르겠지만, 그걸 왜 회사에까지 영향을 미치도록 만들었냐는 말이야. 인터넷에 왜 올렸나. 나한테 왔어야지. 나는 정말 몰랐네. 진아 씨는 그런 일을 당할 여자처럼 보이지 않았으니까 말이야. 어쨌든 내게 왔어야지. 대체 왜 그랬나. 결국 회사와 자네 이름 유출되고 이게 뭔가. 진아 씨, 우리는 이미지로 먹고사는 회사야. 여행사 아닌가. 이런 일로 본부장인 내가 자네를 불러야 하겠나? 진아 씨가 얼마나 무책임한 행동을 했는지 알겠어? 자네는 우리 회사 수입에 엄청난 영향을 미친 거야.

자네가 그렇게 썼더군. 회사의 처우를 신뢰할 수 없어서 이렇게 호소한다고. 그게 지금 회사 직원들 사기를 얼마나 저하시켰는지 알아? 회사는 자네한테 법적책임을 물을 수도 있어. 뭘 그렇게 놀라? 몰랐어? 그런 행동을 했으면 당연히 책임이 따를 거라는 생각 안 했단 말이야? 자네가 회사에 한 번이라도 도움을 요청했나? 우리가 거절했어? 그래서 인터넷에 글을 올린 거야? 아니잖아. 그런데 회사 처우를 믿을 수 없기 때문이라니, 이거 거짓말 아닌가? 거짓말이야. 자네는 거짓말을 한 거야.

이 팀장이 내게 아들 같은 사람인 거 알지? 내가 그 친구에게 직접 휴직 권유했어. 그런 짓은 하면 안 되는 거지. 나도 페미니스트라네. 나는 우리 막둥이 철저하게 교육해. 지금 아들이 열 살인데, 항상 그렇게 이야기하거든. 여자는 보호받아야 하는 존재다. 다른 남자 녀석이 네 코를 부러뜨리면 바로 맞받아 때려야 하지만, 여자는 아니다. 우리 아들은 장난으로라도 여자애 절대 안 때려. 놀리고 도망간다거나 장난을 쳐서 울리는 일도 없지. 점잖은 녀석이야. 그런데 가끔 여자애들한테 맞고 올 때가 있어. 요즘 여자애들이 드세지 않나. 우리 애가 점잖게 구니까, 여자애들이 자기가 남자를 힘으로 이길 수 있다고 생각하는 모양이야. 쫓아와서 발차기 하고 주먹으로 등을 때리고 난리도 아니야. 남자애를 때리면서 무슨 희열을 느끼는 모양이야. 사실 우리 애가 봐주는 거라는 걸 모르고 말이야. 나는 말이야, 여자애들 부모도 정신을 차려야 한다고 봐. 남자든 여자든 그딴 게 어딨어. 주먹질을 하는 것 자체가 문제 아닌가? 여자애도 남자애들한테 주먹 휘두르면 혼나야 되는 거야.

남자애들은 혹시라도 힘 조절 못해서 큰 사고 칠까 봐 참으라고 그렇게 교육시키는데, 여자애들은 마음대로 주먹질을 하고 발길질을 하도록 내버려둔다니 말이 돼? 그런데 발길질하는 여자애들은 얼굴이 좀 별로야. 진아 씨 같은 여자는 절대 모르겠지만, 그런 애들이 사실 남자애들 관심받으려고 드세게 구는 거지. 아니면 진짜로 지기 싫어하는 거고. 나도 회사 생활 오래 했지만, 그런 여자애들은 커서도 똑같아. 말을 안 들어. 고집이 세. 얼굴도 좀 별로야. 내가 일반화하려는 건 아닌데, 그런 여자들은 진짜 얼굴이 영 그래. 남자도 똑같아. 말귀를 못 알아먹는 놈들 꼭 있지. 그런 남자들은 싸가지가 없어. 자기들이 잘나서 여기까지 올라왔다고 생각하는 놈들이지. 너무 오만해. 사회에서 남자가 그러면 안 돼. 어쨌든 말이 새나갔는데, 나는 진아 씨 편이라는 이야기야.

나는 미영 씨가 진아 씨 글을 반박하기 위해, 직원 채팅방 내용을 캡처해서 인터넷에 올릴 줄 정말 몰랐네. 직원들도 마찬가지야. 우리 모두 김미영 씨를 믿었다네. 왜냐하면, 우리가 거기서 나눈 대화는 진아 씨를 비난하려고 한 말이 아니야. 제삼자 입장에서 드는 안타까운 마음을 서로 조금씩 풀어놓은 것뿐이네.

그러니까, 내가 직원 채팅방에서 진아 씨를 두고 "좋은 남자 인생

망쳤다"라고 한 건, 그런 맥락에서라네. 진아 씨, 모든 이야기에는 맥락이라는 것이 있어. 그 맥락을 잘 봐야 해.

이 팀장이 잘못했지. 나쁜 일을 저질렀어. 나는 그 친구를 두둔한 것이 아니야. 아마 미영 씨도 비슷할 거야. 미영 씨 딴에는 이 팀장이 억울한 상황이라고 생각해서 다른 각도의 이야기를 알리고 싶었던 것 같네. 그 친구를 신뢰하는 입장이라고 생각되는 우리의 대화를 보여주고 싶었던 것 같아. 물론 미영 씨가 그렇게 판단한 거지, 그게 진짜 그렇다는 건 아니야.

자네가 인터넷에 글을 올린 후 난리가 났지 않나. 사람들 모두 이 팀장을 욕하고, 우리 회사도 욕먹고. 미영 씨는 균형이 필요하다고 생각했던 것 같아. 구체적인 이유까지는 나도 모르겠네. 소문대로 미영 씨가 이 팀장을 짝사랑했던 것일 수도 있고, 자네에 대해 오해가 있었던 것일 수도 있어. 어쨌든 진아 씨가 상처를 받은 것 같아 마음이 많이 쓰이네.

그런데 진아 씨, 내가 그 말을 한 건 말이야. 그 맥락을 들어봐, 진아 씨.

이 팀장이랑 만날 때 밥값 낸 적 별로 없다며? 아니, 아니. 일단 내 말을 들어봐. 이 팀장이 1년 전부터 활기도 좀 있어 보이는 것이 연애를 하는 모양새였다 이거야. 나는 보면 딱 알아. 종마들은 티가 나거든. 그런데 얼마 안 지나서 얼굴색이 별로야. 고민도 있어 보여. 그래서 술 한잔했지.

28

이 팀장이 그래도 입이 무거워. 끝까지 진아 씨라는 말은 안 했어.

여자친구가 돈을 안 써요. 이 팀장이 그러더라고. 알아, 알고 있어. 한 푼도 안 쓴 거 아니라는 거. 진아 씨도 버는 돈이 있는데. 그런데 거의 밥값은 항상 이 팀장이 냈다며. 술값도 이 팀장이 내고. 그래, 그래. 커피도 진아 씨가 샀고, 영화도 진아 씨가 예매했지. 알아, 알고 있어. 선물? 그래. 뭐 그것까지는 난 모르겠어. 둘이 주고받은 것까지 내가 다 아는 건 아니니까. 진아 씨가 나름대로 알아서 잘 챙겨줬겠지. 하지만 그 친구한테 중요한 건 선물이 아니야.

이 팀장 빛 좋은 개살구인 거, 진아 씨 알고 있었지? 부잣집 아들로 보일 뿐이지 사실은 그 집 완전 빚더미 위에 올라앉아 있잖아. 알지? 매달 집에 돈 보내고, 빚 갚고, 생활비 하고 나면 그 친구 남는 것도 없어. 임원 친척이라는 소문까지 난 것 같은데, 다 헛소리지. 그 친구 자존심이 강해서 사람들 앞에서 약한 모습을 안 보인 것뿐이야. 자기 자신을 위해서는 거의 한 푼도 못 쓰고 살았어. 남들이 봤을 때는 괜찮은 자리에서 월급 많이 받으면서 사는 것처럼 보이겠지. 물론 그 친구 허세 탓이야. 잘사는 것처럼 보이고 싶어 했으니까.

솔직히 나는 진아 씨도 처음에는 그거에 매력을 느꼈을 거라고 생각해. 맞잖아. 우리 솔직해집시다. 이 팀장 스펙이 진아 씨보다 좋잖아. 이건 남녀 차별이 아니야. 현실이야, 현실. 그래도 이 팀장 사정 나중에는 다 알았잖아. 그런데도 계속 만났다니, 사랑해서 그런 거 아니야? 사랑 말이야. 사랑하니까 구질구질해도 견딜 만했던 거잖아. 그런데 진아 씨. 고급 레스토랑 좋아한다며? 여행 갔을 때 후진 모텔 싫다고 호텔 예약해달라고 했다며? 그때 중국 출장 갔다 왔을 때, 면세점에서 선물 안 사왔다고 토라진 적도 있고.

그래, 알아. 이 팀장이 다 괜찮다고 했겠지. 그랬겠지. 진아 씨도 이유가 다 있었겠지. 그런데 진아 씨 끝까지 들어봐. 나는 그래. 요즘 세대보다 나이가 있어서 그런지 자네들이 보기에는 보수적일 거야. 남자가 여자한테 돈 쓰는 거 그렇게 엄청난 일이라고 생각 안해. 내 여자한테 돈 쓰는 게 뭐가 아깝겠어. 당연히 써야지. 내 여자인데. 나도 우리 와이프랑 연애할 때 돈 펑펑 썼어. 내가 해줄 수 있는 건 다 해주고 싶었으니까. 그게 사랑이지. 나도 알아, 사랑. 하지만 그건 말이야. 우리 와이프가 나에게 정성을 다했기 때문이기도 해. 우리 와이프는 냉장고에 반찬을 가득 채워주는 사람이었어. 내게 뭐가 필요한지 눈치 빠르게 알아채고 빠릿빠릿하게 움직이는데 어떻게 고맙지 않겠나. 그리고 와이프는 거절도 눈치껏 잘했어. 어찌나 고맙던지. 진아 씨, 해준다는 말이 다 진심이라고 생각하나? 알아서 거절했어야지. 나는 진아 씨가 그렇게까지 센스 없는 사람인 줄 몰랐네.

내가 지금 그 친구 편을 드는 것이 아니야. 그냥 내가 맥락을 알고 있었다는 말을 하는 거야. 맥락, 응? 그런 것들이 그 친구를 계속 짓눌러서 폭발 직전으로 몰고 간 거라 이 말이야. 집에서도 돈 달라 그러지, 은행에서도 돈 달라 그러지. 여자친구한테 위로 좀 받고 싶은데, 정작 진아 씨는 이 팀장 빤히 바라보면서 오늘은 뭐 안 해주나, 이러는데 솔직히 사람 안 망가지겠어?

미영 씨가 잘못했어. 알아. 그 친구가 심했어. 하지만 중요한 건 그게 아니야. 미영 씨 글에서 그 구절 말일세. 진아 씨가 이 팀장을 이용할 대로 이용하다가 폭력범 낙인까지 찍어버렸다는 부분 말이야. 오해의 소지가 있다고 나도 생각하네. 중요한 건, 왜 이런 오해가 생겼는지 그 맥락을 보는 거야.

나는 진아 씨가 일 잘하는 거 알아. 기사 봐서 알겠지만, 이 사안에 대해서 나는 어떤 말도 안 했어. 경쟁 사회잖아, 진아 씨. 진아 씨가 계속 성과를 올렸으니 모두 당연히 경계를 하지. 그럼 조심했어야 해. 혼자 해서 성과가 좋아도 질투를 받기 마련인데, 그렇게 대놓고 이 팀장 도움을 받으면 누가 실력으로 인정해주겠나. 자네 지난번 프레젠테이션 때문에 야근했을 때 기억하지? 그래, 그날 말이야. 자네 이 팀장 책상에 자료 더미 갖다 주면서 빨리 여기서 쓸 만한 거 찾아내라고 소리쳤다며? 아니야? 그래, 알았어. 알았는데, 중요한 건 사람들이 그렇게 생각한다는 거야. 그러니까 진아 씨 행동도 오해의 소지가 있었다 이거야. 아 다르고 어 다른 거지. 진아 씨가 거짓말을 한다는 게 아니라, 회사에 진아 씨가 이 팀장을 이용한다는 소문이 나 있었다는 거야. 중요한 건 그거야.

미영 씨가 올린 글까지 기사화되고 이게 뭔가. 연예인 스캔들도 아니고. 지금 완전히 진흙탕이야. 다시 말하지만 나는 한쪽 편을 들고 싶지 않아. 미영 씨가 그렇게까지 한 이유, 그러니까 그 친구의 감정에 대해서는 말하고 싶지 않아. 사생활은 보호받아야 하는 거니까. 지금 진아 씨가 잘못했다는 게 아니라, 사람들에게는 그렇게 보인다는 거야. 사람들에게는 사태를 파악할 권리가 있어. 어떤 사람에게는 진아 씨가 이 팀장의 등골까지 빼먹는 바람에, 견디다 못한 그가 주먹을 휘두른 걸로 받아들여질 수 있다고.

어쨌든 그날 진아 씨가 이 팀장 화를 돋운 건 맞잖아. 그러니까 애초에 그런 글을 왜 올렸어. 올릴 거면 진아 씨가 이 팀장을 서운하게 한 것도 객관적으로 올렸어야지. 그러면 회사 사람들도 진아 씨를 이해했을 거야. 마치 회사는 이런 일에 무관심하고, 동료들도 믿을 수 없는 것처럼 썼으면서 우리가 진아 씨를 편들어줄 거라 기대했나? 왜 이렇게 철이 없나. 어른이 되어야지, 어른이. 진아 씨.

그날, 명품 가방 사달라고 했다며. 근데 그가 거절하니까, 거지 같다고 했다면서? 그것 때문에 이 팀장 꼭지가 돌아버린 거 맞지?

3. 진아

내 안에는 많은 대답이 있었다. 당신에게, 또 당신에게. 너에게, 또 너에게.

나는 얼마든지 대답할 수 있었다. 모두를 데려와서, 내가 겪은 일을 다 말할 수 있었다. 당신이 더 잘 알고 있다고 생각하는 내 문제를 정말 상세하게 설명할 수 있었다. 나는 김미영에게 따지지 않았다. 그나마 가장 친하다고 생각했던 회사 동료가 나를 천박한 여자로 묘사해서 인터넷에 글을 올린 일에 대해. 회사 사람들끼리 모여 수군댄 채팅창 내용을 내 평판의 증거랍시고 올린 일에 대해. 내 이름까지 밝히는 바람에 부모님까지 이 사건을 알게 된 일에 대해. 나를 편들어주던 익명의 사람들이 하룻밤 사이에 등을 돌리고 나를 쓰레기 취급한 일에 대해. 폭로 기사가 이어지고 부모님 집으로 전화가 걸려오고, 주변 사람들이 내 일을 그런 식으로 알게 된 일에 대해. 나는 아무 말도 하지 않았다.

지금도 종종 내 핸드폰으로 전화가 걸려온다. 낄낄대는 목소리가. 이유 없이 분노에 찬 욕설이. 단 한 번도 나를 만나본 적 없는 사람이 내게 하는 말이 들린다.

너는 나쁜 년이야. 죽어버려.

왜 그렇게 다들 내게 죽으라고 하는 걸까.

나는 김미영을 고소할 수도 있었다. 악플 단 사람을 일일이 찾아내 신고할 수도 있었다. 하려면 뭐든 할 수 있었다. 하지만 나는 어떤 것도 안 했다.
나는 전의를 잃어버렸다. 그리고 집에 틀어박혔다.

* * *

머릿속 생각들이 컵에 가득 찬 물처럼 출렁인다. 어지럽다. 나는 고개를 위로 젖히고서 천장을 바라봤다. 벽지에 새겨진 빗금들이 내 얼굴을 향해 비처럼 쏟아져 내렸다. 축축해지는 걸 막을 수가 없었다. 그때, 다시 전화벨이 울렸다. 이번에는 문자였다. 역시 또 단아였다.

"지금 읽는 거 그만 읽어."

나는 미소를 지었다. 어지간히 걱정된 모양이었다. 나는 단아에게 답장을 보냈다.

"지금은 안 읽어."

조금 전까지 읽고 있었지만, 지금은 안 보고 있으니까 뭐. 이 정도 대답은 괜찮을 것 같았다. 바로 답장이 날아왔다.

"그럼 지금 뭐 하는데?"

"아무것도 안 해."

이번에는 잠시 시간이 걸렸다. 답장이 바로 오지 않으니 괜히 초조했다. 할 일이 없어진 기분에 나는 핸드폰을 들었다 놨다 반복했다. 슬며시 모니터 쪽으로 고개를 돌리는데, 핸드폰이 다시 진동하며 창에 문자가 떠올랐다.

"할 일 없으면 그냥 안진에 내려오라니까."

나는 답장하지 않았다.

단아는 서울이 나를 병들게 한다고 생각했다. 틀린 말은 아니었다. 서울은 타지였고, 친구도 없었으며, 여기서 만난 남자는 날 때려놓고도 벌금만 물고 빠져나갔다. 직장은 사표를 냈을 뿐 잘리다시피 했고, 모아둔 돈도 다 떨어졌다.

요즘은 이 도시에서 혼자 왜 이렇게 발버둥 치고 있는지 잘 모르겠다는 생각이 든다.

왜지? 왜 이렇게 애쓰고 있는 거지?

하지만 안진이 그립지는 않다.

단아는 우리의 고향이 안진이라고 생각하지만, 내게 고향은 부모님이 계신 팔현군의 작은 마을이다. 애초 안진에서 살게 된 건 자의가 아니었다. 조금이라도 큰 도시에서 공부해야 좋은 대학에 갈 수 있다는 부모님 성화에 떠밀려 올라왔을 뿐이다. 처음에는 나쁘지 않았다. 나는 어렸고, 시골보다는 도시인 안진이 좋았으니까. 무슨 70년대 시골 소년이 집안 기둥뿌리 뽑아 도시로 유학 가듯 나는 그렇게 안진으로 갔다. 부모님은 나를 안진의 사범대학이나 교육대학교에 보내고 싶어 했다. 별것 없는 목표처럼 보일 수 있지만, 시골에서 작은 슈퍼마켓을 하며 임대한 논에 농사를 짓던 내 부모님에게는 꽤 야심찬 계획이었다. 부모님은 내가 안진에 자리 잡기를 원했다. 쉬워 보이던 목표는 금세 어려워졌다. 나는 성적이 나쁘지 않았지만 사범대나 교대에 갈 정도는 아니었고, 자신감을 잃자 성적은 점점 더 곤두박질쳤다. 차라리 속 편하게 포기했으면 좋았을 텐데. 그럴 성격도 못 되어서 새벽에 종종 잠에서 깼다. 내가 별 볼 일 없는 인간이고, 앞으로도 뭐든 제대로 해내지 못하리라는 예감이 매일 나를 짓눌렀다. 하지만 처음에나 좀 울었지, 나중에는 그것도 관뒀다. 그냥 잤다. 몸이 피곤해지는 일이 더 힘들었다. 그러다 성적 맞춰서 입학한 학과가 거기였다. 안진대학교 유라시아문화콘텐츠학과. 당시 근대 문화 관광지로 주목받던 안진의 문화콘텐츠를 창조하고 발전시킨다는 목표로 만들어진 신설 학과였다. 거창했지만 문헌정보 같은 기록 관리를 배우는 곳이었고, 졸업하면 바로 취직이 된다는 말에 지원해서 들어갔다. 수업 내용들 중 기억나는 것들이 몇 가지 있다. '근대 문화의 유적과 관광사업으로서의 가치', '문화콘텐츠 사업에 기여하는 기록 관리의 가치', '안진 전통문화 보존 설명회 – 모내기 과정에서 부르는 전통민요 녹취를 중심으로', '안진 판소리 기록 발표회', '일제강점기 지역 독립운동가 기록물 전시'. 그러면서 어떤 수업에서는 《제인 에어》를 원서로 읽었다. 세계를 아우르는 문화콘텐츠 창조를 위한 거라고 했지만, 그냥 영문과 출신 강사가 강의할 수 있는 내용이 그것밖에 없어서 하는 거라는 걸 모르는 사람이 없었다. 그래 놓고 또 어떤 수업에서는 콘텐츠 창작이니 뭐니 해서 소설이나 시를 쓰라고 했다. 도대체 정체를 알 수 없는 학과였다.

나는 안진이 정말 싫었다. 모든 난관을 헤치고 행복해지는 '제인 에어'까지도.

이제 더는 갈 곳이 없다.

다시 전화가 울렸다. 이번에는 문자가 아니라 사진이었다.

물안개가 잔뜩 껴 있는 호수 사진이었다. 고등학생 때, 단아와 나는 호수에 자주 놀러갔다. 학교에서 가까웠기 때문이다. 선생님들은 혹여 사고라도 날까 봐 학생들에게 호수 근처에 얼씬도 말라고 으름장을 놓았지만, 우리가 말을 들었을 리 없다. 우리는 호수 근처에서 수다를 떠는 학생들과 자주 마주쳤다. 여학교였다. 그때는 똑같은 교복을 입고, 단발머리를 하고 있어도 누가 누군지 재빨리 알아챌 수 있었다. 그런데 지금 머릿속으로 그때를 회상해보면, 잔상으로 남아 있는 모든 여고생의 얼굴이 다 똑같아 보인다. 나와 단아의 얼굴까지도.

옛날과 크게 다르지 않은 호수의 안개 무리를 보고 있으니, 문득 그리움 비슷한 것이 밀려왔다. 아무리 싫어했어도 어떤 기억이 쌓이는 걸 막을 수는 없었다. 나의 일부는 이미 안진에서 퍼 올린 질척한 진흙으로 메워져 있었다. 굳지도 마르지도 않은 채.

아무리 노력해도 추억을 무시하는 건 힘들다.

단아 얼굴도 볼 겸 안진에 한번 내려갔다 올까.

아니다. 가고 싶지 않다. 나는 다시 고개를 젖히고 눈을 감았다. 적어도 이 모양 이 꼴로는 가고 싶지 않다.

안진을 떠나올 때의 기분을 떠올리려 애썼다. 얼마나 수치스러웠는지, 얼마나 끔찍했는지. 내게 어울리지 않는 곳에 머무르려 노력하고 있다는 그 느낌을 떠올리기 싫다. 그러면, 서울은 아닌가? 이 도시에서도 나는 환영받는 기분을 느끼지 못했다. 대체 어떻게 하면 남들처럼 살 수 있는지 모르겠다. 모두에게 쉬운 일들, 적당한 회사에 취직을 하고 주말에는 영화나 책을 보고, 그러다 좋은 상대를 만나서 데이트를 하고 나들이를 가고, 결혼을 하고 아이를 낳고. 모두 어떻게 그 일들을 다 해내는 걸까. 어떻게 그렇게 다들 뻔하게 행복해질 수 있는 걸까. 나에게 뻔한 것은 오직 자기 연민뿐인데.

돌아가지 않을 것이다. 나는 눈을 떴다. 단아가 보낸 호수 사진을 삭제했다. 사진이 있으면 계속 들여다보게 되고, 그러면 마음이 약해지니까. 이제 그 정도는 안다. 나는 마음이 약해지면 멍청한 일을 저지르는 사람이다. 그러니까 약해지면 안 된다.

그 순간 또 문자가 도착했다. 호수 앞에서 단아와 내가 함께 찍은 사진이었다. 스물다섯 즈음 내가 안진에 내려갔을 때 찍은 사진이다. 단아가 우체국 공무원 시험에 합격했을 때였다. 공교롭게도 단아와 나는 같은 학과에 진학했었다. 특별한 일은 아니었다. 작은 도시이고, 당시 제법 인기 있던 신설 학과였기에 한 다리만 건너면 아는 사람 천지였다. 하지만 정작 단아는 학교에 잘 안 나왔다. 이런저런 아르바이트에 시간을 다 쏟아부었고 조금만 돈이 모이면 여행을 떠나버렸다. 평생 그렇게 살 줄 알았는데, 갑자기 세계로 발송되는 우편물을 관리하며 살고 싶다며 공무원 시험을 준비했다. 그리고 2년 만에 합격했다. 바로 그즈음 저 사진을 찍었다. 나도 첫 직장이 확정된 때였다. 그래서인지 우리 모두 표정이 편해 보인다. 지금보다 훨씬 어리고, 즐겁고, 미래에 대한 기대와 낙관이 느껴진다. 그런 시절이 있었다.

그런 시절이 내게 주어지리라 꿈도 꾸지 못하던 때도 있었다. 단아는 내가 유일하게 실패하지 않은 관계다. 덕분에 다른 사람들과도 이런 관계를 맺을 수 있으리라는 용기를 얻었다. 그래서 생각할 수 있었다. 안진을 떠나도 단아 같은 친구를 또 만날 수 있겠지.

팔현에서도 나는 친구가 없었다. 어른들의 세계는 아이들의 세계로 이어지는 법이다. 나는 부모님에게 임대해준 건물주나 관리인,

관계자들의 아이들과 친해지기가 힘들었다. 그 애들도 알고 있었다. 자신들이 학교에서 심한 장난을 치거나 누군가를 괴롭혀도 특별히 뭐라 할 사람이 없다는 걸 말이다. 우리는 친구였지만 동등하지는 않았다. 그 애들은 언제든지 나를 따돌릴 수 있었고, 실제로 그렇게 했다. 그 애들이 내게 친절한 건 착한 마음을 쓰는 일이었지만 내가 그들에게 친절한 건 따돌림받지 않고 좋은 사람으로 보이기 위해 애쓰는 일이었다. 지금도 기억하는 아이가 있다. 송보영.

팔현 파출소장의 막내딸이었다. 송보영은 기분 내키는 대로 아이들을 따돌렸다. 특히 송보영은 춘자네 손녀를 자주 외톨이로 만들었다.

춘자네는 마을의 허드렛일을 도와주는 할머니였다. 딸 이름이 춘자였다. 이연자라는 이름이 버젓이 있었지만, 딸 이름을 따와서 춘자네라고 불렸다. 춘자는 마을의 유명한 골칫덩이였다. 나는 춘자에 대한 소문을 많이 들었다. 열다섯 살에 술을 마셨고, 마을에서 내놓다시피 한 문제투성이 남자애들과 자고 다녔고, 다른 마을 여자애들과 패싸움을 벌이다 경찰에 불려갔고 집에서 돈을 훔쳤다. 지금 생각하면 그 말들이 모두 다 사실이었을까 싶다. 세상에 존재해서는 안 되는 사람을 묘사하는 듯한 가차 없는 말들. 물론 한 가지 분명한 진실은 있었다. 춘자는 어느 날 임신해서 돌아왔다. 애를 낳기까지 딱 4개월. 그 시간이 춘자가 집에 진득하게 붙어 있던 시간이라고 했다. 딸을 낳은 뒤 춘자는 다시 집을 나갔다. 지병으로 누워 있던 춘자의 아버지도 그때 세상을 떠났다. 춘자네는 빚을 갚고 손녀를 키우기 위해 닥치는 대로 일했다. 식당일은 물론 농사일도 도왔고, 김장철에 일손을 보태는 건 물론 마을 회관 청소도 했다. 푼돈을 주는 일도 마다치 않았다. 마을 사람들은 춘자네를 불쌍하고 안쓰럽게 생각했다. 그렇다고 그녀를 대접해주지는 않았다.

사람들은 알고 있었다. 마을 사람들이 춘자네에게 일을 주지 않으면 그 가족은 먹고살 수 없다는 것을.

송보영은 알고 있었다. 자신이 놀아주지 않으면 누구도 춘자 딸과 어울리지 않으리라는 것을.

하루는 친절했다. 다음 날에는 냉랭했다. 또 그다음 날에는 친절했다. 그러다 한 달을 냉랭했다. 나는 춘자 딸이 우는 걸 자주 봤다. 가장 잔인한 건, 그 애에게 친구를 만들어주는 거였다. 송보영은 때때로 그 애가 누군가와 친해지는 걸 내버려뒀다. 그리고 둘을 떼어놓았다. 이제 더는 춘자 딸과 놀지 말라고 말하는 식으로.

나는 모두 모른 척했다. 어차피 춘자네를 함부로 대하는 사람은 송보영 혼자가 아니었다. 내가 무엇을 할 수 있었겠는가. 나 역시 송보영 눈 밖에 나면 언제든 따돌림을 당할 수 있었다.

내 할머니는 춘자 딸이 지나갈 때마다 혀를 차곤 했다.

"지 엄마 닮아서 속 좀 썩일 게다."

내 할머니는 좋은 사람이었다. 따뜻하고 다정한 사람이었다. 언젠가 할머니는 춘자네에게 손발이 느려서 일을 못 시켜먹겠다고 화를 냈다. 그리고 또 언젠가, 할머니는 춘자네에게 말귀를 못 알아듣는다며 이렇게 말했다.

41

"춘자 그것도 제 엄마 답답해서 집 나간 거야."

그게 어떻게 그런 소문으로까지 퍼져나갔는지 모르겠다. 춘자가 자기 엄마를 보고 당신 같은 귀머거리와는 살 수 없다며 패악을 부리고 집을 나갔다는 이야기가 마을에 돌기 시작했다. 춘자가 우는 갓난아이를 이불 위로 던지며 엄마처럼 말귀를 못 알아먹는 애니까, 알아서 키우라고 했다는 말도 돌았다. 송보영이, 춘자 딸을 앞에 세워놓고 말했다.

"네 할머니가 귀 병신이라며?"

나는 송보영 뒤에 서 있었다. 송보영만 학교를 다니는 것도 아니고 다른 애들과 어울려 놀면 괜찮았을 것이다. 하지만 그게 잘 안 됐다. 내가 다른 친구들과 놀면 송보영이 방해를 하는 것도 있었지만, 솔직히 나는 송보영과 노는 게 좋았다.

선생님이 잘해주는 아이들. 다른 아이들이 부러워하는 아이들. 부모님이 좋아하는 아이들. 그들과 있으면 나도 그런 애가 된 기분이 들었다. 나는 춘자 딸이 되고 싶지 않았다. 송보영은 내 진심을 알아챘던 걸지도 모른다. 그러니까 그렇게 나를 쥐고 흔들 수 있었겠지. 그리고 보면 사람은 누군가의 약점을 쥐고 있는 게 큰 무기가 될 수 있다는 걸 어린 시절부터 이미 잘 알고 있는 것 같다.

"안 진 오고 싶지?"

단아의 문자가 다시 도착했다. 울지 않으려 버티다 보니, 눈이 벌겋게 타오르는 느낌이 들었다. 나는 답장을 보냈다.

"생각 좀 해보고."

"무슨 생각을 또 한다고 그래. 생각 좀 그만해."

웃음이 나왔다. 정말로 오랜만에 기분이 한결 좋아졌다. 몸속 깊은 곳이 맑아지는 기분이었다. 만일 단아를 만나지 않았다면, 나 역시도 많은 것을 내줄 수 있는 사람이라는 걸 영영 알지 못했을 것이다. 그 순간, 몸이 바닥으로 끌려 내려가는 느낌이 밀려왔다. 나는 그렇게 이진섭도 믿었다. 김미영도 믿었다. 나는 그들을 좋아했다.

왜일까. 대체 김미영은 내게 왜 그랬을까.

처음에 내가 먼저 인터넷에 글을 올렸던 그때도 나를 비난하는 댓글들은 있었다. 내가 그의 관심을 끌려고 그런다는 사람도 있었고, 과장한다고 말하는 사람도 있었다. 하지만 나는 그 글에서는 그다지 상처받지 않았다. 아니, 상처는 받았지만 견딜 수 있었다. 그들은 나를 모르기 때문이다. 그들이 내게 하는 말이 진짜가 아니라는 걸, 스스로에게 말해줄 수 있었다. 나는 괜찮다고. 나는 그런 여자가 아니라고. 하지만 김미영의 글은 무시할 수 없었다.

그래서다.

온종일 나는 인터넷에서 내 이름을 뒤적이며, 나에 대한 무용한 말들을 긁어모은다. 나를 모르는 사람들의 이야기를 읽기 위해서가 아니다. 나를 아는 사람들의 이야기를 읽기 위해서다.

그리고 그것이 내가 회사를 걸어 나온 진짜 이유다. 나는 석 달 동안 매일매일 트위터, 페이스북, 온갖 SNS와 포털 사이트를 돌아다니며 내 이름을 뒤적거렸다. 내 기사와 댓글을 읽고 또 읽었다. 나는 알고 싶었다. 대체 나는 어떻게 생겨먹은 걸까. 어떻게 보이는 걸까. 정말 나는 형편없는 인간일까. 그래서 사랑하는 사람에게 폭행을 당하고, 죽여버리겠다는 말을 듣고, 그나마 친하다고 생각한 동료에게 뒤통수를 맞은 걸까. 나는 어떤 사람일까. 어쩌다 이렇게 된 걸까.

그는 나를 때리고 나면 꼭 섹스를 하고 싶어 했다. 무릎을 꿇고 울면서 사과를 한 뒤였기 때문에, 나는 마음이 약해져 있었다. "나는 이런 사람이 아니야. 이런 적, 한 번도 없었어." 그가 괴로워하면, 나는 더 괴로웠다. 나는 말할 수 없었다. 평소 그가 섹스 도중 머리채를 잡아당기거나, 갑자기 코와 입을 막아 숨을 쉬지 못하게 하는 일들이 싫다고 말할 수 없었다. 엎드리라고 명령하고, 관계 내내 눈한 번 맞추지 않고, 내가 아파해도 몰아붙이는 그의 행위가 나를 겁나게 한다고 말할 수 없었다. 나는 그것을 강간이라고 말할 수 없었기 때문에, 그럴 자신이 없었기 때문에 그에게 아무 말도 할 수 없었다. 저항하지 않았으니까. 싫다고 안 했으니까. 하지만 계속 짓밟히고 있는 기분에서 벗어날 수 없었다. 비참한 기분에서 빠져나올 수가 없었다. 그래서 나는 용서를 했다. 그러면 마음이 나아졌다. 누군가를 미워하는 무거운 마음을 내려놓을 수 있어서? 아니. 지저분하고 굴욕적인 그 상황을 내가 그나마 통제하고 있다는 느낌이 들었기 때문이다. 이 역겨운 상황에 들어온 것이 내 선택 때문이라는 생각을 하면, 언젠가는 내 선택으로 벗어날 수 있으리라는 생각도 할 수 있었다.

단 한 번, 정말로 생각대로 행동한 적이 있었다. 세 번째로 두들겨 맞았던 날. 그리고 '절대' 강간이 아닌 관계를 했던 날. 나는 성폭력 상담소에 전화를 했었다. 상담원이 내게 물었다. 모르는 사람인가요? 거부 의사를 밝히셨나요? 도중에 하지 말라는 말을 한 적 있으세요? 싫은 기색 비친 적 있으세요?

아니요. 아니요.

아니요!

전화를 끊고 나는 다시 용서하는 시간을 가졌다. 그러나 의문들이 부푸는 걸 막을 수 없었다. 왜일까. 사랑하는 사람이 나를 만질 때, 어떤 사랑도 느끼지 못하는 걸까. 내게 무슨 문제가 있는 걸까. 알고 싶었다. 알아야 했다. 지금도 마찬가지다.

나를 모르는 이들이 나를 욕하고, 나를 모르는 이들이 내 편을 드는 거대한 목소리들 사이에서 나는 그 이유를 찾아다녔다.

어쩌다 이렇게 된 걸까. 나는 누구일까. 모두 알지만 나만 모르는 이유는 무엇일까.

그러니까, 내가 맞아도 싼 년인 이유는.

그러니 안진으로 돌아가지 않을 것이다. 나는 핸드폰을 멀찍이 떨어뜨려놓았다. 컴퓨터 앞에 앉았다. 손가락이 먼저 움직였다. 읽다 만 댓글이 다시 눈에 들어왔다.

멍청하다고. 내가 멍청하다고.

이런 건 대답이 될 수 없다. 지루하다.

이번에는 트위터에 들어가보기로 했다. 나는 트위터에 내 이름을 넣고 눌렀다. 여러 가지 글이 주르륵 떠올랐다. 트위터는 실시간으로 올라온 의견보다는 기사를 링크해둔 것들이 더 많았다. 트위터도 확실히 예전만큼 시끄럽지 않았다. 다른 여자들 이야기가 더 많았다. 나처럼 애인에게 두들겨 맞은 여자들. 나처럼 헤어지지 못한 여자들. 이제 나는 그런 여자들 중 한 명으로 기억되는 중이었다. 이상한 일이다. 온갖 상처를 주는 말들이 범람할 때는 아무렇지 않더니 관심이 사라져가자 나에 대해 아무렇게나 지껄인 말들이 속을 후벼판다. 마음 한 껍질이 얇게 찢어진다.

역시, 나는 별것 아니었구나. 그래, 흔한 이야기다. 멍청한 이야기지.

그 순간, 나는 시선을 멈췄다.

이상한 글이 보였다. 천천히 그 글을 읽었다. 서서히 손이 떨려왔다.

김진아는 거짓말쟁이다. 진공청소기 같은 년. @qw1234

다시 속이 단단하게 들어차는 기분이다. 픽, 하고 부러질 것 같다.

4. 진공청소기

연습

진공청소기? 아아, 하유리?

개는 진짜 쉽지. 개는 고백하면 다 받아줘. 완전 싸게 굴거든. 네
가 어떤 사람인지 별로 알아보지도 않고 그냥 덥석 너를 사랑하게
될걸. 청소기처럼 다 빨아들여.

일단 개한테 다가갈 때는 세상에서 이런 사랑을 해본 적이 없는
것처럼 굴어야 돼. 개가 너무 좋아서 정신을 못 차리겠다고 하는 거
지. 마치 개한테 선택권이 있는 것처럼 굴어.

절대 어렵지 않을 거야.

며칠이면, 개는 마음을 홀짝 열고 이번에야말로 나를 사랑해주는

진짜 남자를 만났다는 생각에 눈이 반짝반짝 빛날 테니까. 자존감 낮은 여자들은 연습 상대로 진짜 최고야.

그리고 엎어뜨리는 거지. 중요한 건 그때부터야. 차갑게 굴어. 적당히. 너 어차피 걔랑 진지하게 사귈 생각 없잖아? 그런데 또 무참하게 버리면 골치가 아파요. 무슨 말을 어떻게 하고 다닐지 몰라. 다른 여자애들이 걜 거둬줄 리는 없지만, 적어도 정보는 공유할 거란 말이지. 너 앞으로 인생 망치면 안 되잖아. 그러니까 이렇게 해. 어쩐지 다른 생각을 하는 것 같다, 속을 알 수 없다, 그런 느낌을 넌지시 계속 주는 거야.

어렵지 않을 거야. 걔를 보며 애당초 무슨 생각을 한 적이 없을 테니까. 그리고 계속 짜증을 내. 걔 잘못인 것처럼. 네가 잘못해서 내가 기분이 나쁜 거다. 상처를 받았다. 너는 노력을 하지 않는다. 계속 강조해. 그러면서 슬쩍슬쩍 말해. "너는 날 만날 준비가 되어 있었니?" 그러면 아주 안달이 날 거야. 이번에야말로 잡은 운명적인 사랑이 자기 잘못 때문에 또 사라질까 봐 환장을 할 거라고. 절대 선택권을 주지 마. 네가 주도권을 쥐고 흔드는 거야. 걔가 마음에 안 들면 언제든지 떠날 수 있지만, 한때 진심으로 사랑했던 마음 때문에 의리를 지키는 거라는 식으로 말해. 물론 걔가 널 원망할 수도 있어. 따질 수도 있지. 어떻게 사람이 그렇게 변하냐고. 그럼 말해줘. "처음부터 잘 알아보지도 않은 건 바로 너라고. 네가 나를 좋아해서 그런 거잖아?" 중요한 건 걔한테 계속 틀렸다고 말하는 거야. 절대 어떤 의견도 인정해주지 마. 그러면 더 인정받으려 노력하고 네 눈

49

치를 볼 거야. 그때마다 슬쩍 틈을 보여줘. 네가 어떻게 하느냐에 따라 그 진실된 사랑이 돌아올 수 있다고. 그럼 끝이야.

헤어지기 전까지 너는 걔를 네 마음대로 할 수 있어. 걔는 네가 원하는 건 다 해줄 거야.

그래, 뭐부터 하고 싶냐?

인상

하유리? 아니? 나 걔 모르는데. 학교 같이 다니면 다 아는 사이인 줄 아니? 뭐? 그게 예쁜 거야? 엄청 쉬워 보이던데. 뭐 예쁘다면 예쁘다고 말할 수 있겠지. 그럼 뭐해. 얼굴값 못하고 사는데.

그리고 걔 고아라며? 어쩐지, 그러니까 가정교육이 중요한 거야.

사건

맞다. 유리가 이전에 자살 소동 벌이지 않았어? 자살 사이트인가 뭔가 가입해서 모텔 갔다가 경찰이 출동하고 난리였다던데. 맞아! 신문에도 나왔어. 쇼 한번 제대로 했지. 관심받고 싶어서 좀 돈 것 같더라.

기억

유리. 아, 유리.

글쎄. 내가 기억하기로 유리는 어디서나 눈치를 보는 애였어. 마치 자기 존재가 주변 사람들의 심기를 불편하게 하는 건 아닌가 하는 걱정으로 물 한 잔도 못 따르는 것 같았지.

물어보니까 기억난다. 맞아. 기억나는 술자리가 있어.

신입생 환영회 직후, 동기들끼리 술 마시던 날이었을 거야. 어쩌다 그 이야기가 나왔는지는 모르겠지만, 우리는, 하하, 그래. 맞아. 유라시아문화콘텐츠인가 뭔가 하는 이상한 이름으로 묶여버린 우리는, 이제 막 스무 살이 되었다는 이유로 《제인 에어》 이야기를 시작했었지. 아마 너는 안 와서 모를 거야.

국문과 갔다고 모두 기형도 시를 읽었을 리가 없듯, 우리가 《제인 에어》를 읽었을 리가 없지. 게다가 우리는 영문과도 아니었으니까. 그런데 필수 과목으로 신청한 수업에서 그 책을 원서로 읽을 거라는 소식을 들은 거야. 나는 《제인 에어》에 대해서는….

저 멀리 떨어진 섬나라의 황량한 요크서 지방의 어떤 외로운 여자가 썼다는 것 정도는 알았지. 여자가 주인공이라는 것, 시련 끝에 사랑하는 남자를 만난다는 것, 굉장히 아름다운 이야기라는 것도. 그래서 소설에 대해 한마디씩 하고 있었어. 그러다 영화로 화제가 넘어갔지.

누가 물어봤더라. 아무튼 누군가 말했어.

"주연배우가 누구였지?"

누군가 프랑코 제피렐리 감독의 1996년 영화를 이야기하고 있을 때였을 거야. 어린 시절 제인을 연기한 안나 파킨이 도발적인 눈빛으로 헬렌의 옆에 선 뒤, 내 머리카락도 함께 자르라고 고개를 확 숙이는 그 영화 말이야. 응, 난 그 영화를 참 좋아했어.

유약한 헬렌의 곁을 지키던 제인의 단호한 얼굴은 성인이 되면서 마르고 가냘픈 여배우의 얼굴로 변해버려서 어울리지 않는다는 말도 있었지만, 나는 좋았어. 헬렌이 세상을 떠난 뒤 긴 시간 동안 외롭게 지낸 제인이라면 얼마든지 그렇게 달라질 수 있을 거라 생각해. 말하기 전에 잔뜩 고민하는 표정으로 로체스터를 응시하는 것도 좋았고, 자신감 없는 눈빛으로 주변을 둘러보며 어깨를 움츠리는 것도 좋았고.

영화에 대해서 나름 기억하는 바가 있었지만 그 자리에서 굳이 말은 안 했어. 주목받기 싫었거든. 알잖아. 좋아하는 거 떠들어봤자 뭐해. 쟤는 잘난 척하기 좋아하는 애다. 아니면 좀 과한 취미를 가진 애다. 그렇게 평가나 받지. 그리고 그 정도는 누구나 알 것 같기도 했고.

그런데 옆에서 느닷없이 누군가 소리를 치는 거야.

"샤를로트 갱스부르야!"

나는 진짜 놀랐어. 목소리가 정말 컸거든. 귓가가 얼얼했지. 바로 유리였어. 그 영화를 정말 좋아한다는 둥, 너무 기쁘다는 둥 큰소리로 떠들었어.

그때 나 좀 이상한 걸 느꼈다?

유리가 좀 예쁘잖아. 기억나? 얼굴은 하얗고 눈은 인형처럼 크고, 긴 생머리가 허리까지 내려왔지. 음식점 들어오는 순간부터 남자애들 눈이 유리한테 쏠리는 걸 느꼈거든. 그런데 유리가 입을 열자마자 남학생들 눈빛이 묘하게 달라지는 거야. 그럴 법도 한 것이, 목소리 큰 유리는 별로 예쁘지 않았거든. 얼굴은 붉어지고 코는 벌름거리고. 말하는 내내 손을 양쪽으로 흔드는데 집중력 장애 있는 줄 알았어. 무엇보다 가장 보기 불편했던 건, 이런 거였지.

내가 그 영화를 알아! 알고 있어! 그러니까 어서 내게 말을 걸어! 내 이야기를 들어줘! 하는 모습. 이제는 그 상태를 설명할 수 있을 것 같아.

유리는 너무 외로워서 누가 말만 걸어도 바로 사랑에 빠질 것 같았어.

부담스러웠지.

그때, 유리한테 대답한 사람이 진아였을걸?

맞아, 진아야.

진아가 유리한테 나도 그 영화 좋아해서 여러 번 봤다고 대답했어. 내가 보기에는 유리가 너무 시끄럽게 구니까 적당히 대답해줘서 입을 다물게 할 생각이었던 것 같은데, 유리가 진아를 덥석 문 거지. 뭐라고 했는지 알아? 나 진짜 웃겨서, 지금도 기억하잖아.

유리가 이렇게 말했어.

"역시! 이곳에 오면 친구를 만날 수 있을 것 같았어!"

그때 김진아 표정을 봤어야 해. 왜라니! 낯부끄러운 말이잖아. 어디 영화에 나온 대사를 그대로 읊는 줄 알았다니까. 주변 사람들 의식하면서 자기 연출을 계속하는데 그게 안 웃겨? 황당하지 않아? 게다가 유리는 거기에서 그치지 않고 진아에게 더 다가가더니, 영화를 DVD로 갖고 있다며 다음 날 자기 집에 와서 같이 보자고 그러더라.

이걸 기억하는 건, 진아도 꽤 인상적이었기 때문이야. 그때 진아가 유리를 진절머리 내는 것이 눈에 보였거든. 글쎄, 몰라. 이건 내가 진아에 대해 느낀 바가 섞여서 좀 객관적인 기억은 아닐 수도 있어. 너는 듣기 불편할 수도 있겠지만, 나는 진아를 안 좋아했어. 거만하다고 생각했지. 자기만 성적 맞춰서 대학 온 것도 아닌데, 매일 울적한 얼굴로 나타나고, 다른 애들 무시하는 것 같기도 하고, 그냥 내가 여기 있을 사람이 아니라는 티를 너무 많이 낸다고 생각했어. 왜 자기 기분을 주변 사람들이 다 알게 해? 자기가 뭐라고? 솔직히 말하면, 난 진아가 유리에게 비슷한 점을 느껴서 그렇게 반응했다고 생각해. 맘먹고 신입생 환영회 왔더니 유리 같은 애가 옆에 앉아 있는 거잖아. 싫었겠지. 그리고 자기의 진짜 모습을 들킬까 봐 무서웠겠지. 기분 나쁘게 듣지 마. 그때 그렇게 느꼈다는 것뿐이니까. 어쨌든 그때 진아가 한 대답을 지금도 기억해. 다시는 말도 걸지 말라는 표정으로 냉랭하게 유리를 쏘아보더니 이렇게 말했어.

"내일은 내 친구와 약속이 있어."

내 친구라니. 꽤 냉정하다고 생각했어. 그때는 거짓말한다고 생각했는데, 나중에 보니 단아 널 말한 것 같아. 내가 누군가에 대해 생각하는 것들이 어떻게 다 맞을 수 있겠어. 나도 나를 잘 모르는데. 어쨌든 그래도 유리가 진아를 좋아하게 된 건 맞는 것 같아. 수업 시간마다 진아 옆에 앉고, 밥 먹을 때 따라가고 그러는 거 몇 번 봤거든. 진아는 진절머리 내고. 너무한다 싶었지만 나라고 어쩌겠니. 내가 도와주면 유리는 나한테 왔을 텐데. 그걸 감당할 자신은 없었어.

유리는 부담스럽기도 했고, 소문도 많았잖아.

유리와 얼마 만에 잘 수 있는지 내기도 있었지. 맞아, 알아. 얼마나 오래 걸릴지 내기한 게 아니라는 걸 알겠지. 당연히, 얼마나 빨리 그 애의 몸에 올라탈 수 있는지에 대한 내기였어. 진짜 역겨워.

그런데 있잖아. 나는 그런 소문이 비겁한 남자애들 사이에만 떠돌아다닌다고 생각했어. 비겁한 이야기는 그만큼 비겁한 사람들에게서 시작되는 법이니까. 상대의 약점을 알아채고 어떻게든 이용할 생각밖에 없는 사람들. 남녀 관계의 축을 섹스에만 맞추기 때문에 공감이나 위로 같은 내밀한 감정을 무시하는 변태들에게나 해당되는 말이라고 말이야. 하지만 나중에 알았는데, 평범하고 수더분한 남자애들도 유리를 쉽게 잘 수 있는 여자로 생각하더라고.

현규 선배 기억하지? 동기 남자애한테 들었는데 그 대단한 오빠도 유리를 만만하게 생각한다고 그러더라. 하긴 현규 선배는 뭐 남자 아니니. 그 오빠도 그냥 남들보다 예의가 좀 있었을 뿐이야. 그냥 내가 생각하는 변태들처럼 무슨 일을 함부로 저지르지 않을 뿐이지 사실은 유리를 모두 그렇고 그렇게 생각한다는 거야.

아직 내가 건드리지 않았을 뿐이지, 마음만 먹으면 언제든 잘 수 있는 여자라고 생각한다는 거지. 너무 외롭고 약해서 언제든 옷을 벗을 준비가 되어 있는 여자.

뭘까. 사랑하는 여자와 그저 쉽게 잘 수 있는 여자를 구분하는 기준은.

약한 것? 외로운 것?

약점은 왜 보호받기는커녕 공격과 이용의 대상이 되는 걸까.

유리를 싸구려라고 놀려대고 판단한 남자애들은 그 애가 남자라면 환장한다고 말했어. 하지만 아니야.

내가 보기에 유리는 그냥 인간 모두에게 환장한 사람이었어.

사실

유리는 스물한 살에 교통사고로 죽었다. 겨울이었다.

5. 진아

"딱 봐도 아무렇게나 만든 아이디야. 그냥 네 이야기 떠도는 거 보고 생각나는 대로 아무렇게나 지껄인 거라고."

단아가 나를 타일렀다. 하지만 나는 진정하지 못했고, 전화 너머로 소리쳤다.

"그럼 이게 아무 의미가 없다고 생각해? 진공청소기가?"

단아가 한숨을 쉬었다.

"내가 다른 친구한테도 물어봤다니까. 이런 식으로 부른 건 그냥 그때 변태들이나 하던 짓이야. 게다가 이렇게 불린 여자애가 그때 하유리만 있었겠어? 엄청 많을 거야."

"그래, 혹시 모르지. 나도 그렇게 불렀을지도."

이 말을 내뱉고 나자 더 분했다. 내가 진공청소기라고? 내가 그 애랑 똑같다고?

아니다. 흥분을 가라앉히자. 단아 말이 틀린 건 아니었다. 유치하고 경박한 별명이다. 하지만 유독 이 말이 가슴에 와 박히는 이유는 진공청소기로 불리던 유리를 기억하고 있기 때문이다. 그 애가 어떤 취급을 받았는지, 그 애를 두고 어떤 말들이 오갔는지 나는 또렷하게 기억하고 있다. 내가 거짓말쟁이라고. 죽은 사람까지 끌어들여 이렇게까지 말하는 이유가 뭘까. 온몸이 뜨거워졌다. 이 글을 쓴 사람은 분명 나를 아는 사람이다. 틀림없다. 12년 전의 나를. 그리고 스물한 살의 김진아를. 유리를 알고 있는 사람이다.

나를 그때의 기억 속으로 끌어들여 모욕하고 있는 것이다. 왜냐하면 유리는 그 시절 유문과의 진공청소기였고, 나는 바로 유문과의 거짓말쟁이였으니까.

단아가 담담한 목소리로 나를 불렀다. "진아야, 너는 거짓말쟁이가 아니야."

나는 목이 메었다. 하지만 단아는 모른다. 그때 단아는 내 곁에 없었다. 첫 학기 내내 아르바이트니 여행이니 하면서 학교에 안 나오더니, 여름방학 때는 아예 안진을 떠나버렸다. 세계 여행을 갔다. 무려 1년 동안이나.

남자 때문이었다. 단아는 열일곱 살 때 임신한 적이 있었다. 그때 단아 남자친구는 우리가 사랑해서 만든 아이니까 낳아서 기르자며 애틋하게 말했는데, 사실은 돈이 없어서 그런 거였다. 본인도 불안한 건 어쩔 수 없었는지 단아를 만날 때마다 진짜 임신한 게 맞느냐고 확인하다가, 나중에는 정말 내 애가 맞느냐고 물었다. 그러다가 결국에는 단아를 못 믿겠다고 말했다. 이제는 사랑하지 않는데 아이를 낳을 필요가 있겠냐고 말했다.

개자식. 차라리 처음부터 싫다고 말할 것이지. 멋있어 보이고는 싶고, 그렇다고 책임지기는 싫고. 아이는 남자와 여자가 함께 만드는 거지만, 정작 배가 불러오는 쪽은 여자다.

그 녀석은 의심스럽다느니 실수였다느니, 온갖 핑계로 상황을 회피할 수 있었지만 단아는 그럴 수 없었다. 부모님에게도 상의하지 못했다. 이상한 일이다. 나를 낳아준 사람들인데, 가장 중요한 문제는 부모님에게 절대 말할 수 없다.

단아의 부모님은 낙태를 반대하는 독실한 가톨릭 신자였고, 엄격한 성격의 공무원들이었다. 단아는 부모님에게 알리느니 차라리 죽는 편이 낫다고 생각했다. 우리는 여자애들이었다. 해도 되는 것보다 해서는 안 되는 것들을 더 많이 배운 여자애들. 된다는 말보다 안 된다는 말을 더 많이 듣고 자란 여자애들. 단아는 끝까지 부모님에게 숨겼다.

때문에, 내가 이진섭에 대해 누구에게도 말 못 하고 혼자 끙끙 앓았다는 걸 알았을 때 단아는 이해했다. 그녀는 내게 말했다. 그럴 수 있다고. 당연히 그런 마음이 든다고.

이런 걸, 이해한다니.

이해할 수 있는 일이 주위에서 계속 벌어진다니.

그 개자식이 사라진 후, 나는 중학교 때부터 통장에 모아둔 돈을 인출해서 단아를 만났다. 알음알음으로 병원을 소개받았다. 병원에 들어가서 나올 때까지 우리는 계속 손을 잡고 있었다. 나는 그것으로 단아의 문제가 해결되었다고 생각했다. 상처는 받았지만, 잘 이겨낼 거라고.

　그날 이후 세계 여행을 떠나기 전까지, 단아가 매일 '죽은 아이'에게 편지를 쓰고 있다는 걸 알기 전까지는 그랬다.

　"아무렇지 않은 사람들도 많은데, 나는 그게 잘 안 돼. 나는 왜 이렇게 질척거리는 사람일까. 왜 과거에 자꾸만 묶여 있을까."

　단아는 여행을 가기 전날 그 편지를 써온 사실을 털어놓으며 말했다. 편지에 온갖 미안함과 죄책감, 자책을 쏟아냈다고 말했다. 그래서 여행을 떠난다고 말했다. 더는 견딜 수 없어서. 아마 나 때문이기도 했을 것이다. 나는 모든 걸 알고 있는 사람이었고, 그 기억 속에 함께 존재했으니까. 그리고 돌아온 단아는 완전히 달라져 있었다. 나는 단아가 진짜 사랑을 했다는 걸 알았다. 그녀를 아껴주고 진심으로 소중하게 대해서 서로 모든 걸 줄 수 있었던 사랑. 그리고 오래된 사진의 색이 바래가듯 사랑이 서서히 꺼져가는 경험까지.

　그리고 나는 엉망진창이었다. 성적이 안 나와 장학금을 놓쳤고, 부모님은 또 실망했으며, 현규 선배의 여자친구와 틀어지는 바람에 안 좋은 소문도 났다. 양수진. 그 애는 정말 나를 힘들게 했다. 그렇게 온갖 안 좋은 일투성이였다. 다급한 대로 의지할 사람을 찾다 우연히 김동희라는 동기와 사귀게 되었는데, 어설프기 짝이 없는 연애였고 4개월 만에 흐지부지 끝났다. 그래 놓고 류현규 선배를 보겠다며 여전히 술자리를 기웃거리고 있었다. 상황을 해결하겠다고 떠올린 방법이 편입이었다. 안진이 지긋지긋하다고. 떠나겠다고. 문제는 이곳이지 내가 아니라고.

단아가 돌아왔을 때 나는 그런 상태였다. 하지만 단아는 내 유일한 친구였고, 많은 걸 의논할 수 있는 상대였다. 나는 단아가 돌아와서 기뻤다. 그러나 모든 걸 말하지는 못했다.

나는 목소리를 겨우 끌어 올렸다.

"네가 몰라서 그래. 이건 내 이야기야. 너는 몰라. 그때 안진에 없었잖아. 그리고 왜 진공청소기 이야기가 나와? 유리에게 지금까지 이래도 되는 거야? 어떻게 사람이 사람한테 이렇게까지 해?"

그 말을 하고 나자 정말로 참을 수 없이 화가 났다. 그래, 어떻게 사람이 사람한테 이렇게까지 할 수 있는가. 내게 왜 이렇게까지 하는가.

나에게 이렇게까지 할 사람이 누구인가. 나를 미워하고 비웃고 끝까지 싫어할 사람.

내 불행을 기꺼이 즐거워할 사람.

나를 절대 용서하지 않을 사람.

익숙한 얼굴 하나가 눈앞에 떠올랐다. 그때 단아가 말했다.

"음, 그때 네가 만났다던 남자 있잖아."

"김동희?"

"응, 걔가 그런 건 아닐까?"

"아니야."

나는 곧장 대답했다. 동희는 아니었다. 확실했다. 너무 깡말라서 손을 잡으면 송곳에 찔리는 기분이 들었던 남자. 동희는 데이트 시간 대부분을 학교 구조 문제나 예비역 선배들을 욕하는 데 썼다. 동희는 류현규 선배도 뭔가 구린 데가 있다며 싫어했다. 하지만 내가 보기에는 류현규 선배를 질투하는 거였다. 동희는 학과의 상황을 주도하고 싶어 했고, 중요한 사람으로 인정받고 싶어 했다. 나를 좋아한다는 마음도, 내가 좋아한다는 마음도 전혀 느낄 수 없었던 남자였다. 언젠가 단아가 김동희와 어떻게 만나게 되었냐고 물어본 적이 있다. 나는 대답하지 못했다. 그냥 어쩌다 보니, 어쩌다 보니 만나게 됐어. 그렇게 말했다. 이상한 대답이었지만, 그게 사실이었다. 김동희에게도 나는 별 의미 없는 사람이었을 것이다. 그리고 동희는 할 말이 있으면 자신을 드러내서 주목을 받는 쪽을 택하지 이런 식으로 유치한 말장난을 하지는 않을 것이다.

무엇보다, 내 머릿속에는 이런 짓을 할 만한 사람 하나가 이미 떠올라 있었다.

"아니야." 나는 다시 단호하게 대답했다.

"동희하고는 이런 말이 오갈 정도로 특별한 일도 없었어."

"그래?" 단아가 이상하다는 듯 대답했다. "하지만 동희라는 애랑 처음에 사건 좀 있지 않았어?"

그러자 퍼즐이 맞춰지는 기분이 들면서 소름이 돋았다. 단아 말이 맞았다. 나는 분명 동희와 사건이 있었다. 하지만 애초 그 일의 시작 역시 바로 그 사람 때문이었다. 그녀 때문이었다.

각진 턱과 신경질적인 입매. 나를 노려보던 날카로운 눈동자. 나를 끝까지 싫어하고 미워할 사람. 바로 그녀 때문에 모두 나를 믿지 않게 되었다.

그래, 사람들 모두 나를 거짓말쟁이라고 믿게 된 사건.

양수진.

나는 단아에게 물었다. "양수진 기억나?"

"양수진? 아, 류현규? 응, 기억나."

단아는 잠시 말을 멈췄다. 그리고 천천히 되물었다.

"너 지금 이걸 양수진이 썼다고 생각하는 거야?"

믿을 수 없다는 말투였다. 단아는 결코 모른다. 안진대학교를 떠나기 전까지 양수진이 내게 얼마나 악랄하게 굴었는지 말이다. 나는 단아에게 정말로 모든 걸 말하지 않았으니까.

어차피 안진을 떠날 계획이었다. 단아가 돌아왔을 때, 나는 미래만 이야기했다. 계획들, 꿈들, 절대 돌이키지 않을 실수들.

그래서 단아는 지금까지도 양수진과 나 사이에 약간 오해가 있었던 거라고만 생각한다. 내가 류현규 선배를 좋아하는 걸 들키는 바람에 양수진과 그 친구들에게 조금 망신을 당한 거라고.

아주 조금.

단아가 조심스레 되물었다.

"설마 그 일 때문에 아직도 이런다는 거야?"

나는 대답하지 않았다. 나야말로 궁금했다. 정말로 설마 양수진일까. 그 애는 나를 지금까지 미워할까. 물론 나는 양수진이 나를 지금까지도 충분히 미워할 수 있다고 생각한다. 나 역시 양수진이 미우니까. 그리고 진공청소기. 나는 양수진이 유리를 바라보는 표정을 목격한 적이 있었다. 시선에는 경멸이 가득했다. 그래, 이해할 수 없었겠지. 싫었겠지.

하지만 그렇다고 죽은 사람까지 끌어들여서까지 나를 비난해야만 했을까.

알아야겠다. 나는 생각했다. 이 글을 누가 썼는지, 그리고 내게 왜 이런 말을 했는지 알고 싶었다. 만일 정말로 양수진이라면, 나도 할 말이 있었다. 그 일 이후 12년이나 지났다. 그 일에 대해 나 역시도 할 말이 있었다. 그리고 만일 양수진이 쓴 글이 아니라면, 적어도 들끓는 이 분한 감정이라도 차분히 가라앉힐 수 있겠지. 어차피 밑져야 본전이었다. 나는 단아에게 양수진의 연락처를 알아봐달라고 했다.

안진의 비 오던 날을 떠올린다. 안개 무리가 가득하던 호수. 풀 비린내가 진동하던 안개 속. 아무것도 할 수 없었기 때문에 정말로 아무것도 하지 않았던 시간들.

기억은 짓무른 살점처럼 벗겨져 있다. 뭉개진 홍시처럼 시어터진 냄새를 풍긴다.

그때 난 무엇을 해야 했을까. 어떻게 해야 했을까.

오래전, 할머니는 춘자 딸을 볼 때마다 이렇게 말했다.

"지 엄마 닮아서 속 좀 썩일 게다."

이제 할머니는 그런 말을 할 수 없을 것이다. 하지만 할머니는 틀리지 않았다.

양수진이 춘자 딸이었다.

다음 날, 단아가 양수진의 연락처를 보냈다. 단아는 내게 한 번만 더 생각해보고 연락하라고 메시지를 남겼다. 내가 괜한 실수를 하는 건 싫다고 했다.

하지만 단아야, 실수는 그때 이미 충분히 했어.

유문과는 신설 학과라서 선배가 있을 수 없었지만 학교에서 복수 전공과 전과를 많이 권장해서 학과를 옮긴 사람들이 있었다. 현규 선배가 그중 하나였다. 그는 제대 후, 복학하자마자 영문과에서 유문과로 전공을 바꿨다. 나중에 알고 보니 현규 선배는 안진대학교에 문화콘텐츠 학과가 생길 거라는 걸 알고 입학한 사람이었다. 들리는 말로 현규 선배는 한참 남아도는 성적으로 안진대학교에 입학했다. 안진신문사 집안의 막내아들이었으니 그랬을 법하다는 생각이 든다. 지역에서 이런저런 문화 사업이 한창 많이 벌어지던 때였다. 선배 집안이 안진에서 기반을 확실히 잡으려는 의도였다고 들었다.

나는 현규 선배가 공부하는 걸 본 일이 거의 없다. 그는 학교 사업단에서 아르바이트를 하거나, 교수들 혹은 학교 임원들과 식사를 하거나 총장실에서 근로 장학생으로 일했다. 그는 졸업 후 안진대학 로스쿨에 갔고 변호사가 되었다. 수학 공식의 답처럼 완벽하게 계산된 진로였다. 하지만 선배를 아는 사람이라면 누구도 그걸 뻔하게 느끼지 않을 것이다. 그는 친절하고 정의롭고, 완벽한 남자였다. 법의 길목에서 옳은 말을 하는 모습이 선배에게 정말 잘 어울렸다. 현규 선배가 남자 주인공 같은 사람이었으니, 양수진도 여자 주인공 같아야 마땅했다.

양수진은 강의실 뒷자리에 앉아서 다른 여학생들의 외모 품평회를 했다. 쟤는 머리가 너무 커, 다리가 짧아, 어깨가 굽었어. 쟤는 처음 볼 때는 예뻤던데 계속 보니까 별로다. 뭐지? 쟤가 예뻐? 야, 저건 예쁘려다 만 거야. 만들다 만 얼굴이라고. 다들 주제 파악 좀 하고 옷 입으면 안 돼? 그중에는 당연히 나도 있었고, 유리도 있었다. 시간강사를 하던 이강현이라는 사람도 비웃음의 대상이었다.《제인 에어》를 원서로 읽는 수업을 하던 사람이 바로 그 여자였다. 남자 같은 이름이어서 지금도 기억한다. 위가 좋지 않은지 입 냄새가 조금 나는 편이었는데, 양수진은 그 사실을 놀림거리로 삼았다. 제지하는 사람이 거의 없었다. 양수진은 험담을 해도 별 문제가 안 되는 이들만 골랐기 때문이다. 유리처럼.

이강현은 강의를 끔찍하게 못하는 나이 많은 여자 강사였다. 그런데 수업 텍스트는 꼭 원서로 진행했다.《제인 에어》나《멀베이니 가족》,《마음은 외로운 사냥꾼》같은 영미 소설을 계속 읽게 했다. 강사를 할 만한 사람이 아닌데, 지도교수에게 잘 보여서 계속 필수 수업을 배정받는다는 소문도 파다했다. 무슨 생각을 하는지 도무지 알 수 없는 데다, 가끔 우리를 냉소적인 시선으로 내려다보던 사람이었다.

그때 양수진은 절대 자신이 이강현 같은 여자는 되지 않겠다는 생각으로 그런 말들을 함부로 내뱉었을 것이다. 나이 많고 실력 없고 처세에만 신경 쓰는 여자. 지금 그녀는 유문과의 부교수다.

그때는 모두가 꿈꾸지 않는 그야말로 멍청한 여자였다. 양수진은 그녀의 입 냄새를 맡기 싫다며 뒷자리에 앉아 그 험담들을 늘어놓았다. 언젠가 한번은 수업 시간에 그대로 나가버리기도 했다.《멀베이니 가족》을 읽던 날이었다. 이강현의 영어 발음이 형편없어서 다들 웃음을 참고 있었는데, 양수진이 더는 듣고 있을 수 없다는 듯 강의실을 나가버렸던 것이다. 이강현은 자존심 상한 표정으로 양수진의 빈자리를 노려보았다. 양수진은 개의치 않았다.

하지만 현규 선배가 양수진을 두고 그렇게 착한 여자는 본 적이 없다고 말하고 다녔던 걸 보면, 남자친구 앞에서는 절대 본색을 드러내지 않았던 모양이다. 소문에 의하면 양수진이 선배를 유혹하기 위해 별짓을 다했다고 했다. 항상 짧은 치마를 입고 나타났다거나 술 먹고 갑자기 품에 달려들었다거나, 핑계를 만들어서 항상 기숙사까지 데려다주게 만들었다는 식이었다. 한마디로 순진한 선배를 온갖 수단을 다 동원해서 양수진이 꾀어냈다는 이야기였다. 동정심은 안 들었다. 완벽한 현규 선배가 여자 보는 눈만큼은 별로라고 생각한 사람이 나 혼자는 아니었는지, 선배에게 고백했다는 여학생들을 하루가 멀다고 볼 수 있었다. 어쨌든 그들도 양수진이 만만했던 것이다. 하지만 현규 선배는 흔들리지 않았다. 선배는 양수진이 졸업할 때까지 기다렸다가 결혼했다. 지금 양수진은 대학가 근처에서 큰 카페를 한다. 목이 가장 좋은 자리다.

선배를 마지막으로 본 날을 기억한다. 날짜도 기억하고 있다. 2학년 말, 12월 8일. 사실 사람들은 내가 그 모임에 갔던 것을 모른다. 모임은 대학가 근처의 삼겹살집에서 열렸는데 나는 그 안에 들어가지 않았다. 근처까지만 갔다.

나는 오직 현규 선배를 보기 위해 그곳에 갔다. 그에게 작별 인사를 하고 싶었다. 삼겹살집은 어두운 골목 한가운데 있었는데, 음식점에서 나온 빛이 그 거리를 환히 비추었다. 내가 서 있던 곳만 어두웠던 기억이 난다.

구부러진 길목을 돌아 나오자 시끌벅적한 소리가 들려왔고 음식점 안의 사람들이 보였다. 현규 선배가 일어나 있었다. 선배가 과 회장을 했던 학기였다. 마지막 인사를 겸해 사람들에게 무슨 말을 하고 있었던 것 같다. 그 옆에 양수진이 앉아 있었다. 또 그 옆에는 양수진과 친한 여자애들이 나란히 앉아 있었고, 건너편에는 또 다른 선배와 후배들이 주르륵 앉아 있었다. 모두 현규 선배와 친한 사람들이었다. 음식점에 들어가면 나는 현규 선배에게서 한참 떨어진 구석 자리에 앉아야 할 터였다. 특별한 일은 아니었다. 나는 항상 그런 곳에 간신히 앉아, 멀리 서 있는 현규 선배를 슬쩍 쳐다보고는 했으니까.

　나는 음식점 근처 전봇대 옆에 서서 그들을 보았다. 내가 가질 수 없는 것을, 내 것이 아닌 것을 갖고 싶어 했다. 그건 불가능했기에 나는 그림자 밑에 숨어 마음을 원망할 뿐이었다. 나는 여기에 왜 온 걸까. 이제 내가 떠난다는 말을 하기 위해? 우리 학교보다 좋은 학교로 떠난다고? 서울로 간다고? 그러니까 당신이 몰랐던 내 진가를 이제라도 알아봐달라고? 그러나 나는 알고 있었다. 선배는 아무 관심이 없을 거였다. 그에게 나는 없는 사람이나 마찬가지니까. 그는 내게 무엇도 궁금하지 않으니까. 그건 정말 바보 같은 짓이었다. 그곳에 있는 사람 중 나를 부러워하거나 아쉬워할 사람은 아무도 없었다. 저들은 저 안에서 행복하고 즐거웠다. 나는 그저 그렇게 학교를 다니다 어느 날 사라진 학생 한 명에 불과했다. 나는 현규 선배와 그를 둘러싼 사람들을 가만히 바라보다 집으로 돌아왔다.

　그것이 끝이었다.

　가끔 생각한다. 그 일이 없었다면, 나는 그 학교를 계속 다녔을까. 지금과 다른 삶을 살게 되었을까.

　예쁜 수진이. 착한 수진이. 성실한 수진이.

　무슨 일이 있었느냐고. 어떤 일을 저질렀냐고?

　처음에 나는 양수진과 같은 학교에 진학했다는 사실에 조금 충격을 받았다. 팔현에 살 때 양수진은 내 성적의 반에도 못 미치는 실력이었다. 하지만 안진에서는 누구도 양수진을 춘자 딸로 안 불렀고, 누구도 그 애가 자기 엄마처럼 살 거라는 말도 안 했다. 믿을 수 없었다. 대학생이 되어 다시 만난 양수진은 나보다 우월했다. 이 애와 같은 대학에 오다니, 그리고 모든 면에서 뒤처지다니. 나는 1학기 성적이 하위권으로 나온 뒤 부모님에게는 전화도 잘 하지 않았고, 팔현에도 안 갔다. 팔현에 가면 온통 양수진 이야기뿐이었다. 걔가 세상에 국립대학에 갔다더라. 장학금을 받는다더라. 그 틈에 아르바이트를 해서 할머니에게 용돈을 보낸다더라. 누구도 이제 그 애를 춘자 딸로 안 불렀다. 예쁜 수진이. 착한 수진이. 성실한 수진이. 아이구, 수진이가 효녀네. 효녀.

나는 혼자 도서관에 앉아 음악을 듣거나 사람이 없을 때를 틈타 조조나 심야 영화를 보러 갔다. 학과 행사를 가도 한구석에 앉아 무심한 척 소매를 매만졌다.

하지만 나는 양수진을 보고 있었다. 그 애의 웃음, 여유, 친구들. 양수진을 보고 있으면 내가 원하는 것이 뭔지 알 수 있었다. 사랑하는 사람을 만나고, 따뜻한 인정을 받고, 소박한 일상에서 행복을 느끼는 것.

그러다 1학년 가을, 동기 몇 명이 모인 자리에서 양수진이 현규 선배와 사귀기 시작했다는 소식을 듣고, 나는 정신이 살짝 나가버렸다.

춘자 딸이. 세상에, 겨우 춘자 딸이?

그렇다. 나는 그 일을 저질렀다.

세상에, 수진이 남자친구가 그렇게 부잣집 아들이라며? 아이구, 수진이가 잘될 줄 우리 마을 사람들 다 알고 있었어.

나는 동기들에게 말했다.

"류현규 선배? 에이, 아니야. 양수진은 김동희랑 사귀던데. 둘이 고속터미널 근처 카페에서 만나는 거 내가 봤어."

거짓말은 아니었다. 작년 여름방학에 나는 양수진과 김동희를 봤다. 한 학기 만에 처음으로 팔현에 갔다가 돌아오던 길이었다. 그때까지 나는 김동희와 이렇다 할 대화를 나누어본 적이 없었지만 그 애가 누군지는 알았다. 동희는 키가 189센티미터였는데 현규 선배보다 2센티미터 컸다. 어떤 사람인지 알 정도로 대화해본 적은 없지만, 눈에 띄는 키 때문에 나는 동희를 기억하고 있었다. 우리 과에서 키가 큰 남자를 찾으려면 김동희 아니면 류현규 두 사람이었다.

폭염주의보가 내린 한여름이었다. 버스에서 내리자마자 햇빛이 정수리로 떨어져 내렸다. 시야가 흩어지고 숨이 가빠졌다. 걸어가는 내내 이마에서 땀방울이 흘러 눈가를 적셨다. 어서 기숙사로 돌아가 에어컨 바람을 쐬고 싶었다. 나는 횡단보도에 서서 한숨을 쉬었다. 내 숨에 델 것 같았다.

건너편의 다리를 따라 3미터쯤 내려가면 학교로 가는 버스 정류장이 있었다. 그러니까 횡단보도를 건넌다고 해서 버스를 바로 탈수 있는 게 아니었다. 그 정류장은 배차 시간이 길어서, 운이 나쁘면 30분 가까이 기다려야 할지도 몰랐다. 그 생각에 나는 짜증이 나 있었다. 책이 한가득 든 가방은 무겁기 그지없었고 공기에서는 텁텁한 먼지 내음이 났다. 나는 고개를 비스듬히 기울이고 신호가 바뀌기를 기다렸다. 그러다 무심코 고개를 돌렸는데, 오른편에서 낯익은 얼굴이 보였다. 김동희였다. 체격 때문에 알아볼 수 있었다. 카페 앞에서 핸드폰을 보는 것이 누군가를 기다리고 있는 것 같았다. 왜 들어가지 않고 밖에 서 있지?

그 생각을 하는 찰나 신호가 바뀌었다. 나는 재빨리 길을 건넜다. 횡단보도를 다 건너고 다시 뒤를 돌아봤다. 김동희는 없었다. 대신 카페 앞에는 양수진이 서 있었다.

'뭐야.' 순간 나는 그렇게 생각했다.

'혹시 둘이 만나기로 했나?'

나는 몇 초 정도, 그 거리에서 양수진을 봤다. 한여름에 검은 옷을 입고서 머리를 한 갈래로 묶었는데, 더워 보이기는커녕 무척 싸늘해 보였다. 몇 걸음이면 통과할 정도로 횡단보도 거리는 짧았기에 양수진의 표정을 나는 알아볼 수 있었다. 인상을 찡그리고 있었다. 뭔가 고민이 있는 것처럼 보였다. 사실 그건 내 추측일 뿐이었고, 그 날씨라면 얼굴에 당연히 떠오를 만한 표정이었다. 그러나 나는 그렇게 생각하고 싶었다. 양수진에게 어떤 불행한 일이 있는 거라고. 그 순간, 나는 카페의 커다란 유리창 너머 김동희가 음료수를 마시고 있는 모습을 봤다. 그리고 양수진이 카페 안으로 걸어들어가는 모습까지. 거기까지 보고 나는 고개를 돌렸다. 다리를 따라 내려와 버스를 기다렸다.

'둘이 사귀나? 그런가 보지. 몰래 사귀나? 그럴 수도 있지.'

나는 손등으로 목덜미의 땀을 닦았다. 비가 오면 좋겠다고 생각했다.

아무에게도 그 이야기를 하지 않았다. 나는 두 사람이 소문이 날까 봐 조심하느라고 학교와 멀리 떨어진 곳에서 만났다고 추측했다. 그들은 내게 어떤 부탁도 하지 않았지만, 나는 알아서 입을 다물었다. 좋았다. 양수진의 비밀을 지켜주고 있다는 사실은, 내가 그녀보다 나은 사람이라는 기분을 느끼게 해줬다.

그 상대가 동희가 아니라 현규 선배라는 이야기를 듣기 전까지는.

양수진이 그럴 리 없었다. 감히 그런 상대를 만날 리 없었다. 나는 진심으로 그렇게 생각했다. 내가 가질 수 없는 것을, 양수진이 가졌을 리 없다. 그건 절대 그 애 것이 아니야. 그러니까 이건 거짓말이 아니지.

나는 말해버렸다. 류현규가 아니라 김동희라고. 내가 봤다고.

소문이 퍼졌다. 오래전 우리 할머니가 춘자네가 말귀를 못 알아먹는다고 했던 말이, 춘자네가 귀 병신이라는 소문으로 퍼져나갔던 것처럼.

무슨 말이 돌았더라. 그 말들이 어떻게 돌아다녔더라.

양수진이 류현규가 아니라 김동희와 사귄다.

양수진이 류현규와 김동희 두 남자에게 양다리를 걸치고 있다.

양수진과 김동희는 잠자리만 하는 사이다.

양수진이 현규 선배를 이용하고 있다.

소문들이 다시 내게 돌아왔고, 사람들이 물어오기 시작했다. 그들은 확인하고 싶어 했다. 무엇이 진짜인지, 나는 어떻게 그 진실을 갖게 되었는지. 나는 당황했고 어찌할 바를 몰랐다. 그리고 양수진이 나를 찾아왔다.

할머니가 춘자네에게 함부로 말하면, 춘자네는 가만히 있었다. 양수진은 그러지 않았다. 화가 잔뜩 난 얼굴로 나를 찾아왔고, 따져 물었다. 거의 4년 만에 해보는 대화였다.

"나를 어디서 봤다고?"

언제, 어디서. 내가 그때 뭐 하고 있었어? 정말 나를 봤다고? 김동희랑? 내가 뭐 하고 있었니. 김동희랑 함께 서 있었니? 아니면 어디에 앉아 있었니? 껴안고 있었니? 밥 먹고 있었어? 손잡고 있었어? 우리가 이름 부르는 걸 들었어? 아니면 널 보고 아는 척하기라도 했어? 어때 보였어? 봤다며? 뭘 봤어? 네가 본 게 뭔데? 말해봐. 소문내는 건 너희 집안 특기잖아. 말해봐. 언제 어디서 내가 뭘 어떻게 하고 있었는지 말해보라고.

나는 그 질문들에 정확히 대답할 수 없었다. 무려 한 계절 지난 일이었다. 처음에 나는 '분명히 너를 봤어'라고 대답했다. 하지만 질문이 계속되자 처음부터 희미했던 자신감이 완전히 사라져버렸다. 나는 '그냥 너를 본 것 같아'라고 대답했다. 그리고 나중에는 '미안해. 너를 봤다고 생각했어'라고 말했다. 만나서 인사를 한 것도 아니었고, 바로 앞에서 마주친 것도 아니었다. 멀리서 '어, 김동희네. 그리고 양수진이네'라고 내가 생각했을 뿐이니까.

그래도 마지막 남은 어설픈 확신으로 간신히 버티고 있는데, 양수진 뒤에서 현규 선배가 걸어오는 모습이 보였다. 그 순간 내가 무슨 짓을 했는지 분명히 깨달았다. 그제야 알 수 있었다. 나는 양수진에게만 실수한 게 아니었다. 현규 선배에게도 엄청난 실수를 한 것이다.

나는 재빨리 뒤돌아섰고, 그대로 걸었다. 뒤에서 양수진이 내 이름을 불렀다. 나는 빠른 걸음으로 걸어 나갔다. 그곳에서 벗어나고 싶었다. 그때 등 뒤에서 거센 힘이 가방을 낚아챘다. 몸을 돌리자, 양수진의 차가운 얼굴이 보였다.

"뭐 하는 짓이야? 지금 장난해?"

나는 급한 일이 생각나서 그랬다고 변명했다. 양수진 뒤에 현규 선배가 거의 가까워졌다. 미칠 것 같았다. 제발 사라지고 싶었다. 말한번 제대로 해본 적 없는 저 사람에게 내가 무슨 짓을 한 걸까. 이제 저 사람은 나를 싫어하겠지. 최악의 인간으로 기억하겠지. 그런 생각밖에 안 들었다. 나는 벌게진 얼굴로 주변을 두리번거리며 피할 곳을 찾았다. 그때, 양수진과 눈이 마주쳤다. 양수진이 나를 보고 있었다. 모든 걸 알겠다는 표정으로, 이제 이해가 된다는 표정으로.

"너." 양수진이 말했다. "혹시, 일부러 그런 말 한 거야?"

아니야.

그런 게 아니야.

"저 사람 때문에?"

양수진이 현규 선배를 가리키며 다시 물었다. 차분한 목소리였다. 조금은 떨고 있는 것 같기도 했다. 내가 미워서. 화가 나서. 그리고 참을 수가 없어서. 모르겠다. 이제는 많은 것들이 확실하지 않다. 그 순간 나는 슬프고 괴로웠다. 창피하기만 했다. 그때 설명했어야 한다는 걸 안다. 아니라고, 그런 게 아니라고. 하지만 무엇이 그런 게 아니라고 말한단 말인가. 대체 무엇을. 나는 춘자 딸에게 구구절절하게 변명하고 싶지 않았다. 나는 양수진에게서 고개를 돌렸고, 빠른 걸음으로 그 자리를 떠났다. 양수진은 쫓아오지 않았다.

그렇게 나는 거짓말쟁이가 되었다.

나는 양수진이 뒷자리에서 가장 많이 험담을 하는 여학생이 되었다. 헛소문을 내는 거짓말쟁이였다. 주제를 모르는 년이었다. 현규 선배를 쫓아다닌 년이었다. 그리고, 또 그리고. 나는 …… 한 년이었다. 나는 누구든 될 수 있었고, 이미 그렇게 되어 있었고, 이후로도 무엇이든 얼마든지 할 수 있었다.

이게 끔찍하지 않다고 느끼는 사람이 있다면, 목을 졸라버릴 것이다.

12년 전 일이다. 그런데 지금 또 왜. 거짓말쟁이라고? 내가 여전히 거짓말쟁이라고?

더는 생각할 필요 없다. 나는 핸드폰을 들었다. 번호를 누르고 귀에 가져갔다. 신호음을 듣자 오랫동안 참아왔던 말들이 혀 밑으로 기어올라왔다.

나는 거짓말쟁이가 아니다.

그리고 유리는 죽었다. 누구에게도 제대로 기억되지 못하고, 영원히 진공청소기로 남았다. 이럴 수는 없다. 이건 옳지 않아. 그런 대접을 받아도 되는 사람은 없어.

신호음이 멈췄다.

"여보세요?"

양수진의 목소리였다. 날카롭고 자신만만한 목소리. 나는 단번에 알아들을 수 있었다. 내가 어떻게 네 목소리를 잊을 수 있겠니, 수진아. 나는 침을 삼켰다. 이제 겁나지 않았다. 그때 양수진은 저 목소리로 내게 말했다. 누군가의 헛소문을 내는 것만큼 무식한 짓은 없다고. 들킬 줄 몰랐지? 당연히 몰랐겠지. 모르니까 그렇게 말하고 다닐 수 있는 거야. 너는 멍청하니까.

이제 나는 그 말을 되돌려줄 생각이었다. 할 수 있었다.

"여보세요? 누구세요?"

순간 나는 목구멍까지 밀려 올라온 확신이 사그라드는 것을 느꼈다. 이번에도 아니라면? 내가 또 틀린 거라면? 양수진이 다시 말했다.

"여보세요? 누구세요?"

"나야."

나는 마음을 다잡고 대답했다. 여전히 확신은 없었다. 그러나 물어볼 수는 있다고 생각했다. 네가 그런 글을 썼어? 혹시 내게 아직도 화가 났어? 그래, 얼마든지 물어볼 수 있다. 진작 그랬어야 했다.

나는 이진섭에게 맞으면서도 맞지 않을 방법만 생각했다. 그의 비위를 맞추고, 기분을 좋게 해서 손찌검을 피할 방법을.

하지만 진짜 필요했던 건 내 목소리였다. 하지 마.

나를 때리지 마.

"네? 누구세요?"

양수진이 되물었다. 나는 대답했다. "나, 김진아야."

나는 간신히 숨을 길게 내쉬었다. 양수진은 대답이 없었다. 나는 준비한 말을 혀 아래로 끌어모았다. 더 늦춰서는 안 된다. 빨리, 제대로, 정확하게 물어보자.

양수진을 부르려는 찰나, 어이없다는 듯 혀를 차는 소리가 들렸다. 그리고 단호한 목소리가 이어졌다.

"미친년."

그리고 전화는 끊겼다. 양수진은 더는 전화를 받지 않았다.

6. 검토

마지막으로 한 번만 물어보자. 이거 정말로 네 기록 아니지?

알았어. 걱정되니까 하는 말이야. 이게 네 기록이면, 당장 병원에 끌고 갈 생각이거든.

그래, 지금부터 설명할게.

결론만 말하자면, 이 환자는 병원에 엄청나게 다녔고, 상태가 좋지 않으며, 그래서 엄청나게 힘들었을 거라는 거야.

자궁경부암 검사에서 비정형 세포가 발견되었고, 다음 단계 검사를 해본 결과 인유두종 바이러스 고위험군 2개와 저위험군 1개가 검출되었어. 고위험군 바이러스는 너도 알겠지만 경부암으로 발전하는 바이러스야. 이 환자는 조직 검사도 했어. 그래서 이형성증 단계까지 나왔어. 암으로 발전하기 전 단계가 있는데, 이형성증이 그거야.

이형성증도 단계가 있어. 암 직전까지 3단계가 있다고 하면 이 환자는 2단계에서 3단계로 가는 중이야. 이해가 되지? 드물게는 지켜보는 경우도 있는데, 이 정도면 우리 원장님은 수술을 권하시더라.

수술은 원추 절제라고 해서 병변이 있는 경부를 동그랗게 잘라내는 거야. 그런데 환자 기록은 여기까지라서 수술을 했는지 안 했는지는 모르겠어.

병원에 있다 보면 이런저런 환자들을 많이 보게 되고, 나도 영향을 받아. 산부인과 간호사로 일하면서 가장 많이 느낀 건 억울함이야. 특히 지금 이 기록의 환자들을 보면 그런 기분이 많이 들어. 너도 알겠지만 인유두종 바이러스는 남자 몸에서는 별 반응이 없어. 그러다 여자 몸에서 폭죽처럼 터지지.

나는 가끔 조물주가 제정신이었나 싶을 때가 있어.

아이도 여자가 낳게 만들어놓은 걸로 모자라서, 병도 여자가 걸리게 만들었나 싶어서. 내가 조물주였다면 아이는 남자와 여자 중 누가 낳을지 모르게 만들었을 거야. 섹스를 하면, 둘 중 누구한테 아이가 생길지 모르는 거지. 그러면 남자들이 콘돔 하면 느낌이 안 난다며 떼를 쓴다거나, 남자들은 원래 욕구를 참을 수 없다거나 뭐 그런 소리를 하는 일은 거의 없을걸. 나는 병원에서 우는 여자들 많이 봤어. 특히 성병 걸렸을 때. 그거 별거 아니야. 정말 별거 아니야. 그냥 살다 보면 걸릴 수 있는 건데, 어떤 여자들은 정말 무서워해. 자신들이 더러워졌다고 생각하는 거야. 그게 뭐야. 병에 걸린 거랑 더러워지는 거랑 무슨 관계가 있어.

균 때문에 걸린 성병은 약 먹고 치료하면 괜찮아져. 그런데 바이러스는 암이 될 수 있는 거야. 자기 몸이 병들어 죽어갈 수 있는 문제라고. 함께 즐겼는데, 여자에게만 이런 병이 발현된다는 게 말이 되니. 진짜 조물주 고소해야 한다니까. 그래서 여자들은 이런 상태가 되면 어디다 말할 곳도 원망할 곳도 없어.

생각해봐. 다른 병은 그래도 책임을 찾을 수가 있어. 평소 음식을 자극적으로 먹어서 위염에 걸렸다거나, 운동을 안 해서 살이 찌고 성인병에 걸렸다거나. 인유두종 바이러스는 나는 분명 걸렸는데, 방금 전 섹스 한 남자에게서는 찾을 수 없는 경우가 대부분인 거야. 바이러스는 남자들의 요도 안쪽까지 면봉으로 파고들어서 검사하지 않는 한 검출하기가 쉽지 않아. 그러니 일부 남자들이 내게는 바이러스가 없다, 이건 네 문제다, 라고 말할 수 있는 거야. 바이러스를 남녀 모두가 보유하고 있다는 말도 정확하게 알려져 있지 않으니 더더욱 이런 식이지. 검사명도 자궁경부암 검사잖아. 마치 여자들이 알아서 자기 몸을 책임져야 한다는 것처럼.

게다가 무엇보다 말이야. 어쨌든 본인이 아픈 게 아니잖아. 병이라는 건 말이야, 그래. 아무리 가까운 사람이라고 해도, 정말 다정하고 이해심이 넓다고 해도 내가 아픈 게 아니라면 이해하는 데 한계가 있어. 심지어 남녀는 신체 구조가 다르잖아. 여자 성기는 안으로 들어가 있는 구조야. 그래서 들여다볼 수가 없어. 이상한지 아닌지 알 수가 없는 거야. 그냥 불안한 거지. 생리가 늦거나, 배가 아프거나 하면 보이지 않는 곳을 느끼며 그냥 계속 불안한 거야. 나 괜찮은 건가, 어디 아픈 건 아닌가 하면서. 그 상태로 계속 사는 거야. 그런데 실제로 아프다고 생각해봐. 병에 걸렸다고 생각해보라고. 내 몸은 아프지. 옆에 있는 남자는 위로를 하긴 하지만 결국, 자기 일은 아닌 거야.

이야기 하나 해줄까.

어떤 여자가 결혼해서 자궁경부암에 걸렸어. 남편이 헌신적으로 돌봤지. 중증이 아니어서 여자도 좀 고생하다가 완치되었고. 행복한 이야기지? 그런데 여자가 힘들어한 게 뭔지 알아? 남편이었어. 그녀를 사랑하고 헌신하는 남편.

남편은 이 연약한 여자를 잘 돌봐야 한다는 생각만 했어. 자신의 모든 스케줄을 아내에게 맞췄지. 섹스는 당연히 못 했지. 이건 정말 당연한 건데, 사람들은 남편이 대단하다고 감탄했지. 어떻게 그런 사람이 있냐며 말이야. 그래, 대단하지. 회사 야근을 끝내고 집에 가는 길에 아내가 먹을 딸기를 산다며 유기농 매장을 찾는 그가 어떻게 대단하지 않을 수 있겠어. 사람들은 그의 헌신 때문에 그녀가 점점 더 좋아진다고 말했지. 틀린 말은 아니었어. 어쨌든 간호는 힘든 일이니까. 그에게는 보람이 있었어. 사랑하는 여자를 위해 헌신하는 남자라는 보람. 사람들의 칭찬. 그는 아내에게 목도리만 둘러줘도 좋은 남편이 될 수 있었으니까. 아내를 돌볼수록 그는 자신이 좋은 남자라는 사실을 계속 느낄 수 있었고, 그건 그에게 꽤 의미 있는 경험이었지. 그럼 아내는 어땠을까?

수술을 받고 항암 치료를 견디고, 식이요법을 하고 운동도 하고 병 때문에 밀려오는 우울증과도 싸워야 했지. 하지만 그녀는 어느 날 양념 통닭 같은 거 하나만 먹어도 무책임하다는 말을 들어야 했지. 지금까지의 노력은 아무 의미가 없고, 오직 그거 하나로 나쁜 환자가 되어버리는 거니까. 게다가 남편이 그녀를 위해 뭔가를 할 때마다, 그녀는 노력해야 했어. 어쩌다 이렇게 된 걸까. 이런 생각을 하지 않기 위해 말이야. 만일, 남편의 사랑이 끝나면 어떻게 되는 걸까. 그녀가 이 사람을 묶어두고 있는 건 아닐까. 혹시 남편은 어떤 책임감 때문에 그녀 곁에 있는 건 아닐까. 그래서 그녀의 병이 완치되기만을 기다리고 있는 거라면? 그녀를 견디고 있는 거라면? 이런 생각을 견디는 일까지도.

그녀는 남편을 사랑했어. 그래서 또 노력해야 했어. 그의 사랑을 지키기 위해 병마와 싸워야 했지. 그녀가 지치면 그는 실망할 테니까. 이제껏 그녀를 위해 헌신한 것들이 무용하다고 느낄 테니까. 그리고 그런 식으로 악에 받쳐 싸우는 편이 훨씬 나았어. 쉴 없이 화를 내다 보면, 누군가에게 원망을 돌릴 새가 없었으니까. 그래, 그 생각을 할 겨를이 없어야 했어. 나는 어쩌다 이 병에 걸린 걸까.

통증이란 하얀 도화지에 붉은 물감을 뿌려놓은 것처럼 선명하고 단순해. 매일 똑같은 통증이 몸에 가해지는 거야. 통증 외에는 어떤 것도 느낄 수가 없어. 맛도 소리도 촉감도. 마음도.

통증이 살갗 아래에서 느껴질 때마다 알게 되지. 오직 그 감각만 느끼면서 깨닫게 되지. 감정이라는 것도 사라질 수 있는 거구나.

하지만 괜찮은 척해야 했지. 울부짖고 싶은 마음과 싸워야 했어. 그녀는 죽을까 봐 무서웠고, 남편을 잃을까 봐 두려웠고, 그래서 병에 걸린 자신을 미워했어. 증오했어.

그래, 내가 겪은 시간들이야.

외로웠어. 정말 외로웠어.

치료받을 때 그런 환자도 봤어. 아프다는 것 자체로 이미 여자로서의 가치가 떨어졌다고 생각해서, 남에게 어떤 고통도 호소하지 않는 환자. 남자는 그 여자가 괜찮다고 생각해서 계속 섹스를 원했고, 여자는 응할 때마다 더 엉망진창이 되어갔어. 상태가 악화된 거지. 그 여자가 바보 같다고 생각해? 그래, 바보야. 어리석어. 그런데 나는 모르겠어. 아프면 마음이 약해져. 미래가 보이지 않으면 시야가 좁아져. 그 환자에게는 당장 옆에 있는 사람이 세상의 전부였어. 그게 나빠? 아픈 것만으로도 충분히 고통스러운데, 왜 환자가 외로워하고 누군가에게 매달리는 마음까지 한심하다는 평가를 받아야 해? 애초 성관계로 인한 병이잖아. 함께 책임을 나눠 가지고 있다는 인식만 제대로 있어도 그런 상황까지는 안 갔을 거야. 그래, 의연하고 자신감 넘치는 여자들 많지. 어느 상황에든 자신의 몫을 해내는 여자들. 하지만 모두 그렇게 태어나지는 않았잖아. 모두 그렇게 자라지는 못했잖아. 왜 또 그런 상황에서는 평가 기준이 높아지는 건데. 왜 환자가 자신의 정신력까지 챙기면서 견뎌야 해?

하긴, 가장 매달리게 되는 건 병 자체지. 제발 나아달라고. 사라져

달라고.

이미 절박한 마음이기 때문에 모든 것에 매달리게 돼. 나는 그랬어. 욕심이 없어지는 사람들, 모든 걸 내려놓는 사람들도 있지만 나는 반대였어. 모든 걸 지키고 싶었어. 그 마음이 정말 싫었어. 절박하고 간절하고, 최선을 다해야 하고. 그런 찌꺼기 같은 감정들을 긁어내며 지내던 어느 날, 난 느꼈어. 제발 끝났으면 좋겠다. 이 모든 고통이 끝났으면 좋겠다. 제발 쉬고 싶다.

죽고 싶다.

병에 걸린다는 건, 내 행복을 남에게 맡겨놓는 것과 마찬가지야. 불안하고 끔찍하지.

이 환자는 정말 힘들었을 거야.

말로 할 수 없을 만큼.

차트 보면서 이런 감상적인 이야기는 하고 싶지 않은데. 어쨌든 계속할게.

8월 20일부터 12월 1일까지 거의 한 달에 두 번씩 병원에 왔어. 그래서 상태를 진술한 걸 보면, 이런 것들이 대부분이야.

8월 29일 질 안쪽에서 피가 배어 나옴. 찌르는 통증이 심함. 결과는 질 안쪽 상처.

9월 14일 질 입구 통증으로 내원. 이때 성병 검사를 했어. 의사가 관계를 중지할 것을 처방했고.

그리고 9월 24일 계속 질 입구 통증을 호소해. 또 다쳐서 온 거야.

성병 검사 결과는 여기 보면 알겠지만, 트리코모나스와 클라미디아 균이 검출되었고, 의사가 또 관계 중지를 권유했어. 약 처방 후, 재검도 했네. 균은 없어진 걸로 나와. 이때가 10월 5일이야.

그다음 10월 24일, 25일 연속으로 왔는데 증상 똑같았고, 역시 관계 중지 권유. 성병 검사를 다시 했어. 그리고 일주일 뒤 또 트리코모나스, 클라미디아 검출.

이건 그 상대는 치료를 안 했다는 뜻이야. 그리고 다시 감염되었다는 뜻이고. 감염이 되어도 증상이 안 나타나는 사람들이 있어. 그래서 무심코 옮기게 되는데, 그러다 보면 누가 누구에게 옮겼는지 알 수 없는 상황까지 가게 되지. 그런데 다시 검출된 걸 보면, 아마 상대에게 병에 대해 말을 안 한 것 같아.

왜 말을 안 한 건지, 여기서 상상력을 발휘하고 싶지는 않다.

한동안 안 오다가 11월에 다시 왔어. 이때 좀 심각해. 외음부 쪽에 고름까지 나왔어. 그리고 자궁경부암 검사를 했는데, 일주일 뒤에 바이러스가 잔뜩 나왔어. 이날 조직 검사도 했네.

검사 결과가 나온 게 12월 8일이네. 이형성증 2단계 판정받았어.

나는 다른 판단을 하고 싶지는 않아. 그런데 여길 봐. 의사가 계속 관계 중지를 권유했어. 그리고 트리코모나스, 클라미디아 치료를 했는데도, 또 같은 균이 나왔어. 이건 말이 안 돼. 아픈 와중에도 섹스를 계속했다는 거잖아. 살갗이 엄청나게 아플 텐데 그 와중에 하는 섹스가 좋았을까? 그게 아니라면, 아픈 걸 즐기는 사람이겠지만, 그런 사람일까?

이 환자는 치료받고 싶어 했어, 분명.

이 사람 누구니.
아는 사람이야?

알았어, 그래. 안 물어볼게. 그런데 아는 사람이면 꼭 병원 데려가.

그런데 이 기록 언제 거야? 1년 전인가? 아아, 이때구나. 그러면 그건 뭐야.

어, 지금 들고 있는 노트. 그것도 병원 기록이야? 아니야? 그러면 뭔데?

뭘 그렇게 숨겨.

그래, 알았어. 안 물어볼게. 아무튼, 내가 할 수 있는 말은 이것뿐이야.

이 사람 누군가 꼭 도와줘야 해.

7. 동희

"환장하겠군."

동희는 침대에 눕자마자 중얼거렸다. "이 미친년을 어떻게 하지?"

아무리 생각해도 이유가 없었다. 그날 분명 아무 일도 없었다. 그의 수업을 들은 학부생 다섯 명과 밥을 먹었고 술을 마셨고 노래방에 갔다. 그때 조금 취해 있었기 때문에 정확히는 모르지만, 김동희는 노래를 네 곡 정도 불렀다. 학생들이 노래할 때 그는 자리에 앉아 있었다. 물론 김이영의 옆에 있기는 했다. 그의 수업을 듣는 학생 중 가장 똑똑한 친구였다. 이제 2학년이었지만 작품을 분석하고 이해하는 시각이 졸업을 앞둔 선배들보다 뛰어났다. 그런데 노래방에서 노는 건 영 재능이 없었다. 요즘은 공부 잘하는 여자애들도 놀 때는 빠지지 않던데, 김이영은 전형적인 공부쟁이 유형이었다. 김이영은 가만히 구석에 앉아서 친구들이 노래하는 걸 보고 있기만 했다. 처음부터 그렇게 조용했던 건 아니다. 김이영은 2차 술자리까지는 신나게 떠들었다. 그런데 노래방에서는 우울한 표정으로 벽을 바라보고 있었던 것이다. 내숭을 떠는 건가 싶기도 했고, 친구들과 말다툼이라도 했나 싶었다. 너무 조용하다 보니 도리어 눈치가 보였고 어색했다. 뭐라도 해야 할 것 같은 기분이었다. 그래서 그는 무슨 일이 있든 기운 내라는 의미로 이영의 등을 툭 두드렸다.

정말 툭, 이었다.

선생이 학생에게 하는 전형적인 손길. 사람들은 힘내라고 응원할 때도 등을 두드리고, 아이를 꾸중한 뒤 나아질 거라고 다독일 때도 등을 두드린다. 오랜만에 만난 친구에게 반가움을 표시할 때도 등을 두드리고, 모르는 사람에게 길을 물어보려 할 때도 등을 두드린다. 정말로 '툭, 두드린다'. 이상의 의미도 이하의 의미도 없었다. 그냥 등을 툭 두드렸다. 그래서 며칠 뒤, 이영이 동희가 자신을 성추행했다고 상담센터에 고발했다는 걸 알았을 때 그는 엄청나게 당황하고 말았다.

툭 쳤다.

그는 그 자체 이외에는 아무것도 기억나지 않았다. 동희가 기억하기에 오직 그것만이 이영에게 신체 접촉한 유일한 행동이었다.

그런데 내가 이영을 성추행했다고?

이영은 학생 상담센터의 양성평등 상담소에 이렇게 진술했다.

"친구들이 노래하느라 정신없는 틈에 유라시아문화콘텐츠 학과 김동희 선생님이 제 곁에 앉았습니다. 저는 술을 많이 먹어서 속이 좋지 않았습니다. 몸이 조금 마비된 느낌이어서 자리에 가만히 앉아 있었습니다. 그때 김동희 선생님이 제 등을 어루만졌습니다. 브래지어 끈이 있는 부분을 더듬었습니다. 그의 손가락 끝이 제 등에 와 닿은 걸 분명하게 기억합니다. 놀란 제가 몸을 비틀자 선생님은 웃었습니다. 그리고 선생님은 일어나 노래를 불렀습니다."

상담센터에서 전화를 받았을 때 동희는 웃음을 터뜨렸다. 농담인 줄 알았다.

"제가 뭘 했다고요?"

하지만 김이영 학생과 술을 마신 게 사실이냐고 되묻는 센터 실장의 목소리는 냉랭하고 심각했다. 그 순간 동희는 무언가 잘못되었다는 걸 느꼈다. 지금 이 일에 적극적으로 대응하지 않으면 더 큰 일이 벌어지리라는 걸 알았다. 그는 곧장 상담센터로 달려갔다. 그가 들어가자마자 직원들의 시선이 한눈에 쏟아졌다. 모두 그를 비난하고 있는 것 같았다.

실장이 동희를 보자마자 딱딱한 표정으로 인사를 했다. 동희는 실장과 오랜 안면이 있었다. 그래서 직접 사정을 설명하면 말이 통할 거라 생각했다. 그런데 실장은 갑자기 동희와 거리를 유지하려 들었다. 겨우 스물한 살짜리가 한 말을 모두 믿고 있는 것이다. 동희는 안진대학교를 12년을 다녔다. 이럴 수가 있는가. 센터의 실장은 그가 학부 시절부터 알고 지냈던 사람이었다. 인문대 행정 직원이었는데 나중에 행정실장으로 승진했다. 장학금 문의를 하러 갔을 때도 만났고, 대학원에서 조교를 할 때도 무수히 마주쳤다. 그때 실장은 심리학과 대학원 박사과정에 다니고 있었다. 나이는 제법 많았지만 어쨌든 같은 학생이었기 때문에 동희는 대학원 술자리에서도 그를 자주 만났다. 그는 서글서글하고 남자다운 사람이었다. 그는 동희를 좋아했다. 어떤 술자리에서 한번은 동희에게 그런 말을 한 적도 있다. 최근 남학생들이 인문학 공부를 기피하는데 동희처럼 패기 넘치는 남자가 학교에 남아서 정말 다행이라고. 실장은 동희의 어깨를 두드리며 말했다.

"남자답군. 남자다워."

동희는 일반 직원이었던 그가 행정실장까지 승진하는 걸 지켜봤다. 그사이 동희는 20대에서 30대가 되었고, 학생에서 강사가 되었다. 실장은 2년 전에 학생 상담센터로 발령이 났다. 그때 동희는 그에게 화분도 보냈다. 하얀 수국이 활짝 핀 싱그러운 화분이었다. 그걸 고르느라 동희는 꽃집에서 13분을 고민했다. 그리고 김이영은 이 학교를 겨우 1년 반 다닌 어린애였다. 겨우 1년 반! 동희와는 12년을 알고 지냈는데, 그 새파란 거짓말쟁이의 말에 무게를 더 실어준단 말인가. 자기가 피해자라고 주장한다는 것만으로? 오직 그것만으로?

실장이 그를 안쪽 상담실로 이끌었다. 동희는 경찰 취조실로 들어가는 기분이었다. 실장은 지금 자신의 평판을 신경 쓰고 있는 것이다. 성추행은 굉장히 민감한 사안이었다. 피해자와 가해자의 문제로 끝나지 않았다. 신고 접수를 어떻게 받았는지 얼마나 신속하고 합리적으로 대처했는지 같은 것들도 함께 문제가 되었다. 조사 과정의 실수가 피해자에게 또 다른 폭력으로 작용할 수 있기 때문이었다. 그럴 경우 기관은 가해자를 옹호한다는 비난에 몰리게 된다. 그러면 가해자와 피해자의 문제로 끝나지 않는다. 기관과 가해자가 세트로 묶여 낙인이 찍히는 것이다. 게다가 김이영처럼 따박따박 잘 따지고 똘똘한 여자애가 피해자라면?

동희는 자리에 앉으며 결국 얼굴을 찌푸렸다. 김이영은 실장에게 여학생 인권이니 시간강사의 권력 같은 말을 들먹였을 것이다. 그래서 지금 이 사건을 제대로 처리하지 않으면 언론에 알려서 문제를 만들겠다고 말이다. 실장은 겁을 먹은 것이다. 동희는 상황이 완벽하게 이해되었다. 동희도 김이영을 처음 봤을 때 만만치 않은 여자애라고 생각했다. 생각하는 것이나 행동하는 모습이 다른 학생들과는 달랐다. 자신이 뛰어나다는 걸 알고 있고, 그에 어울리는 위치로 가기 위해서 얼마든지 노력할 의지로 가득한 어린애. 솔직히 동희는 그 때문에 이영에게 흥미를 느꼈다. 학부 시절 자신이 떠올랐던 것이다. 동희는 시간강사가 그저 밥벌이에 불과하다고 생각하는 편이었지만, 어쨌든 선생 기질이 있었다. 그 기질이 이영이라는 원석을 보고 자꾸 반응했던 것이다. 이영은 질문이 많았다.

동희는 이영을 이해했다.

학교에는 학생들에게 발표를 시키고 뒤에서 잠을 자는 노교수나 고등학교처럼 적당히 판서를 시키는 교수, 레포트만 잔뜩 내주고 아무것도 가르치지 않는 교수 들로 가득했다. 그들의 강의 평가가 잘 나오는 이유는 오직 학점을 잘 주기 때문이었다. 반대로 유명 교수의 수업은 수강 신청 때마다 미어터졌다. 백 명 가까이 되는 학생들이 강의실에 옹기종기 앉아 군고구마를 나눠 먹듯 지식을 쪼개 가져야 했다. 질문은 당연히 못 했고, 토론도 불가능했다. 그저 학자의 목소리를 듣는다는 것에 만족해야 했다. 동희 역시 오래전에 겪었던 일이었다. 12년 전 동희처럼, 이영이 불만에 억눌려 있는 모습이 한눈에 보였다. 그딴 계집애 신경 쓰는 게 아니었는데. 지금까지 해온 일이 모두 물거품이 될 거라고 생각하니 아득했다. 어쩌다 이런 상황에 얽혀 들게 된 거지? 게다가 이강현. 입에서 역한 냄새를 풍기는 그 마녀는 동희를 보고 혀를 차며 계산기를 두드릴 것이다. 이제 가치가 없어졌다는 듯 냉정한 얼굴로 그를 바라보겠지.

실장은 내년에 센터장을 바라보고 있었다. 사소한 일로 모든 걸 무용하게 만들고 싶지 않을 테지. 당연히 동희와의 12년보다, 자신의 경력 12년이 더 중요할 것이다. 동희는 냉정해지려 애썼다. 하지만 분노가 끓어올랐다. 김이영이 덜떨어진 애였어도 실장이 이렇게 나왔을까. 문득 그는 오래전 학교에서 소리 소문 없이 사라진 누군가를 떠올렸다.

진공청소기. 웃음이 나올 것 같았다. 한번은 동기 남자애가 하유리에게 억지로 입을 맞춘 적도 있었다. 그러나 하유리는 그에 대해 왈가왈부하지 않았다. 문제를 만들지 않았다. 순한 여자애였다. 역

96

시, 재력이든 권력이든 성격이든. 피해자는 뭔가 만만치 않은 걸 갖고 있어야 하는 법이다.

"이건 모함입니다."

동희는 간신히 목소리를 내뱉었다. 실장이 그에게 찬물이 담긴 종이컵을 내려놓았다. 동희는 자신이 기억하는 상황을 자세히 설명했다. 1차는 삼겹살집에서 고기와 소주를 먹었고, 2차는 호프집에 가서 맥주를 마셨다. 실장이 조심스레 물었다.

"호프집에서 선생님이 술을 강권하셨다고 그러던데요."

동희는 한숨을 쉬었다. 김이영의 얼굴이 떠올랐다 사라졌다. 실컷 밥 사 먹이고 커피 사주고 이것저것 가르쳐줬더니 이런 식으로 엿을 먹여? 그는 후회가 밀려왔다. 하지만 다시 차분하게 상황을 설명했다. 다섯 명 중 세 명이 남학생이었다. 김이영 말고 다른 여학생도 있었다. 그 여학생은 동희보다 술을 잘 마시는 것 같았다. 잘 마시길래 술을 계속 따라줬다. 김이영은 술을 못 마시는 것 같았다. 남학생들과 그 여학생 한 명으로도 충분히 주거니 받거니 할 만했다. 그래서 동희는 김이영에게 크게 신경 쓰지 않았다. 솔직히 김이영이 술을 많이 먹었는지조차 생각나지 않는다. 다만 모두 술을 마시는데 혼자 물을 홀짝거리길래 "너도 좀 한잔 마셔라"라고 몇 번 말을 걸었던 건 사실이다. 술을 따라서 입에 억지로 부어 넣은 것도 아니고, 술을 안 마시면 가만두지 않겠다고 협박을 한 것도 아니다.

그냥 술 좀 마시라고 말했을 뿐이다. 빌어먹을.

동희는 술 안 먹는 후배나 신입 들을 눈꼴셔하며 입에 억지로 술을 부어대고 깔깔대는 그런 꼰대가 아니다. 동희는 꼰대를 증오했다. 그런 남자 어른들처럼 되지 않기 위해 동희는 수없이 자기 검열을 해왔다. 괜찮은 남자라는 건 동희의 자부심이었다. 동희는 자신 있게 대답했다.

"절대 아니에요. 이건 다른 애들이 증언해줄 겁니다. 확실해요."

실장은 표정 변화가 없었다. 동희는 짜증이 난 목소리로 덧붙였다. 그럼 다른 여학생은 왜 동희를 고발하지 않느냐고. 동희가 술 마시라고 부추긴 쪽은 오히려 그 여학생이었는데 말이다.

동희의 말을 듣던 실장이 익숙한 말투로 그에게 대답했다.

"그러게 학생들과 술은 왜 드셨어."

동희는 이제야 말이 통한다는 느낌이 들었다. 그는 곧장 대답했다. 그의 수업을 3학기 내내 들은 학생들이어서 눈길이 갔다고. 대학원에 진학하고 싶어 하는 눈치도 보여서 이야기 좀 하고 싶었다고. 그리고 동희는 강조했다. 애초 선생님과 술을 마시고 싶다고 말해온 게 그 학생들이었다고. 김이영이었다고! 김이영이 동희에게 술을 사달라고 말했다!

평소 같으면 그냥 웃고 넘어가겠지만 그날은 오후 약속도 취소되었고 종강도 앞둔 터라 한 번쯤은 학부생들과 시간을 보내도 될 것 같다고 생각했다고.

하지만 술자리를 충동적으로 결정했다는 말은 하지 않았다.

이강현 때문이었다. 사건 전날, 동희는 작년부터 추진해온 연구센터 설립이 확정되었다는 소식을 들었다. 지도교수는 지난 학기에 지원한 프로젝트 사업팀을 중심으로 센터가 움직일 거라고 말했다. 기획서를 쓸 때부터 함께 일했으니 동희는 당연히 연구팀에 합류할 예정이었다. 한 5년 전부터, 유문과의 중요 프로젝트는 모두 이강현이 지휘했다. 그리고 그날 이강현이 직접 전화를 했다. 앞으로 동희가 맡게 될 직책을 설명하고, 수고했다고 칭찬을 했다. 그리고 말했다.

"그나저나 번역 말인데, 빨리할 수 없을까?"

동희는 전화를 끊고 속으로 욕을 내뱉었다. 마녀 같은 년. 대학원에 들어온 뒤 지금까지 동희는 이강현의 연구 논문에 필요한 자료의 번역 작업을 해주고 있었다. 논문 일부를 대신 쓰기도 했다. 동희와 이강현만 아는 일이었다. 학부 시절 입 냄새를 가지고 몰래 놀려먹던 이강현과 이런 관계가 될 줄 동희는 정말 몰랐다.

그의 기준으로 따지면 이강현은 진작 학교를 떠났어야 할 사람이었다. 12년 전부터 지금까지 19세기 영문학에 드러난 여성성 연구 같은 걸 가르치는 여자였다. 그게 문제라는 게 아니다. 동희는 페미니즘 수업에 불만이 없었다. 그는 오히려 페미니즘 수업이 더 많아지고 다양해져야 한다고 주장하는 사람이었다. 하지만 남성은 무조건 여성을 억압하는 존재고, 여성은 오랜 시간 차별당한 피해자라는 논리를 12년간 똑같은 텍스트로 앵무새처럼 똑같이 수업하는 건 폭력이라고 생각했다. 연구자라는 것이 무엇인가. 새로운 담론을 만들고 진보를 이끄는 것이 그 역할 아닌가. 물론 동희는 그에 한계가 있다는 건 잘 알았다. 솔직히 동희 역시 담론을 생산하는 학구파에 속하지는 않았다.

그는 목표가 달랐으니까. 하지만 이강현은 심했다. 그건 최소한의 책임도 없는 거였다. 이강현은 19세기 여성 영문학을 연구하는 사람이 아니었다. 그냥 그 주제를 자신의 깃발 삼아 이 학교에서 화석처럼 버티는 여자였다. 페미니즘이라고? 동희는 진심으로 이강현을 비웃었다. 마흔이 다 되도록 혼자였던 그 여자는 재작년 부교수로 승진한 후 안진의 어떤 한의사와 결혼했다. 선을 무수히 봤다. 그 여자는 술자리에서 공공연하게 말하고는 했다. "남자가 집도 있고 가정환경도 좋고, 웬만큼 벌이도 있어야 결혼을 하지."

개 같은 년. 동희는 속으로 생각했다. 학교에서는 《제인 에어》를 읽으며 여성의 경제적 자립을 그렇게 지껄이면서, 남자가 집을 해와야 한다고?

그 여자는 사기꾼이었다. 영문학과 출신이지만 원서 수업 하나 제대로 못했다. 하지만 강의 평가는 최고로 받았다. 역시 학점 때문이었다! 아이들에게 공짜 사탕을 나눠주듯 A 학점을 여기저기 뿌려댔다. 필수 과목과 절대평가 수업만 맡아서 했기 때문이다. 지도교수와 인문대의 온갖 선생을 구워삶은 덕분이었다.

그러나 동희는 이강현을 존경하기도 했다. 그는 정말 그녀가 싫었지만, 그 정치 능력이 무서웠다. 대학원에 가자마자 가까이해야 할 사람이 이강현이라는 걸 동희는 본능적으로 알았다. 그런데 이강현이 동희를 싫어했던 것이다. 그녀는 툭하면 동희를 어설픈 마초 새끼라고 불렀다. 이해할 수 없었다. 그는 이강현 앞에서 그런 행동을 한 적이 없었다.

솔직히, 동희를 그런 식으로 부르는 사람은 이강현뿐이었다. 그의 친구들, 특히 여자 동기들이 의아해했다. 어떤 여자도 동희를 '마초'라고 생각하지 않았다. 동희는 이강현이 피해의식이 가득한 이상한 여자라는 걸 깨달았다. 뻔했다. 그 나이까지 연애 한번 제대로 못하면서 공부만 한 여자였다. 예쁘지도 않았고 입에서는 냄새가 났다. 어떤 남자들이 그녀를 선택하겠는가. 남자들이 그녀를 좋아하지 않는 이유를 페미니즘 같은 걸로 설명하며 화풀이하며 살았겠지. 그리고 동희처럼 여성들과 잘 어울리는 남자를 보면 견디지 못하고 화를 내는 것이다. 평소 같으면 동희는 그런 여자들을 피했을 것이다. 하지만 대학원에서 이강현을 피할 수는 없었다. 동희는 노력했다. 술자리에 가면 옆에 가서 술을 따르고, 노래방에 가서 나오지도 않는 고음을 있는 대로 끌어내 노래했다. 매번 집에 갈 때까지 곁에 있다가 택시를 태웠고, 명절날이면 꼬박꼬박 전화를 하고 선물도 잊지 않았다.

그러나 이강현은 냉랭했다. 이유를 알 수 없었다. 동희는 속이 탔다. 최근 이강현은 학과에서 가장 영향력 있는 교수가 되어가고 있었다. 이강현 입장에서는 이제 정교수를 노려야 하니, 이렇다 할 성과가 필요할 것이다. 이강현은 엄청나게 많은 논문을 발표하는 건 물론 학교 프로젝트에도 깊이 관여하고 있었다. 요즘 세상이 어떤데 그렇게 무능한 인간이 교수가 되었는지 모르겠다는 말도 많았다. 하지만 동희 생각에 그건 정말 세상 물정 모르는 말이었다. 실력? 중요했다. 그러나 진짜 중요한 건 통계로 드러나는 현격한 연구 실적이었다. 이강현은 실적을 쌓는 데 있어서는 엄청나게 유능했다. 실력 있는 연구원도 많고, 학벌 좋은 연구원도 많았지만 이강현 같은 사람은 없었다.

그건 동희가 알아챈 그녀의 재능이었다. 동희 역시 실리적인 인간이기 때문이었다. 동희는 박사과정을 마치자마자 수업을 할당받았고 논문 네 개를 연달아 발표했다. 쉽지 않은 일이었지만 동희는 해냈다. 동희는 학문을 사랑했지만, 그건 학문 자체에 대한 열정과는 달랐다. 그는 정확하게 학자의 지위를 사랑했다. 그는 지방대학에서 공부를 밥벌이로 선택한 것이 어떤 의미인지 알았다. 그는 공부 자체가 좋아서 대학원에 간 것이 아니다. 누군가 대기업에 들어가고 공무원 시험을 보는 것과 다르지 않았다. 이건 직업이었다. 학자라는 직업. 교수라는 지위. 내 글에 누군가 주석을 달고 그 의견을 확장해 새로운 이론을 생산하는 일. 나 자체가 누군가의 레퍼런스가 되는 명예. 동희는 노골적으로 그 직위를 탐했다. 그러나 동희는 온갖 똑똑한 놈들이 넘치는 이 바닥에서 정공법을 선택할 생각이 전혀 없었다.

아무리 노력해도 1년에 논문 한 편 겨우 쓰는 연구자가 있는가 하면, 높은 수준의 논문을 몇 달에 한 번씩 토해내는 연구자도 있었다. 솔직히 학벌 차이는 큰 장벽이었다. 서울의 대학에는 외국어를 자유자재로 구사하는 원어민에 가까운 연구자들이 많았다. 정보는 또 어떠한가. 대부분의 담론이 서울을 중심으로 생산되고 소비되었다. 동희는 지방대학 연구자였다. 동희는 그들과 똑같은 주제로 동등하게 경쟁하겠다는 생각이 전혀 없었다.

그는 목표가 뚜렷했다. 그는 항상 그랬다. 12년 전 이 촌 도시 지방대학에 한참 남아도는 성적으로 하향 지원한 건 두 가지를 확실하게 얻을 수 있기 때문이었다. 하나는 장학금이었고, 두 번째는 취업이었다. 처음에 그는 학교를 다니는 동안 문헌정보 관련 자격증을 모두 취득해서 공기업에 취업할 생각이었다. 학교에 다니면서 생각이 바뀌었다. 일단 공부가 재밌었다. 그는 영어를 잘하는 편이었고, 제2외국어로 일본어도 공부하고 있었다. 유라시아문화콘텐츠학과라는 이름답게 외국어 텍스트를 다루는 수업이 많았고 그는 두각을 나타냈다. 동기들 중 그보다 뛰어난 인재가 없었다. 그는 대학원 진학을 조금씩 생각하며 분위기를 살폈다.

텍스트에 대한 글을 쓰고 토론을 하는 과정에서 그는 연구도 재능이 필요한 분야라는 걸 어렴풋이 깨달았다. 주제를 선택하는 안목, 담론을 이끌어가는 글솜씨, 엄청난 양의 텍스트를 이해할 능력, 모두 재능이 필요한 일이었다. 군에서 제대하고 반년이 지났을 무렵 그는 대학원에 가기로 결정했다. 자신이 있었는가? 있었다. 재능이 있었기 때문에? 아니었다. 동희는 자신이 재능이 있다는 생각은 전혀 안 했다. 다만, 그는 할 수 있는 것과 할 수 없는 것을 정확하게 파악했다.

그는 새로운 주제를 이끌어내는 편은 아니었지만, 적어도 주제

주변에서 화제가 될 만한 다른 소재를 선택하는 감각이 있었다. 글을 빨리 썼고 눈치가 빨랐다. 그리고 외국어를 잘했다. 외국어를 잘하는 연구자들은 많지만 안진에서는 아니었다. 신설 학과였다. 편입하거나 전과한 선배들을 제외하면 그가 첫 번째 학번이었고, 첫 번째 대학원생이 될 예정이었다. 교수들은 물론 강사들까지 의욕에 넘쳤다. 어서 성과를 내서 학과를 안정시키는 것이 그들이 자리 잡는 길이었기 때문이다. 동희는 학부 시절 교수들과 강사들에게 가장 많이 불려간 학생 중 하나였다. 그들은 동희에게 대학원 진학을 여러 번 권유했다. 전액 장학금, 연구비 지원, 사업단 활동. 생계를 걱정하지 않고 공부할 길이 얼마든지 있다며 동희를 설득했다. 공기업 취업을 위해 준비하는 시간, 돈, 그리고 입사 후 승진까지 걸리는 시간을 계산해보았을 때 유문과 대학원 진학은 크게 손해 보는 장사가 아니었다. 게다가 그가 안진대학교 출신이라는 이점도 있었다. 서울권에서 내려온 교수가 절반, 안진대학교 출신 교수가 절반이었다. 학벌은 신라시대 골품제도와 비슷했다. 동희는 서울권 대학원에 얼마든지 진학할 수 있었지만, 그건 골품제도에서 경건하게 쌓은 인맥과 기득권을 넘어설 수는 없다는 의미였다. 동희는 자신을 잘 알았다. 그가 엄청나게 뛰어난 인재라면 모를까, 수도권에서 그의 실력으로 육두품을 벗어날 수 있을 리 없었다. 하지만 적어도 안진에서는 지방 호족으로 남을 것이다. 동희는 실리적인 인간이었다. 그는 성과가 확실한 것만이 도전할 가치가 있다고 믿었다. 학부 출신, 대학원, 신설 학과, 외국어 능력, 이런저런 것을 조합한 결과 그는 어중간한 회사에 취직을 하는 것보다 대학원에 진학하는 편이 더 빨리 출세할 수 있는 길이라는 결론을 내렸다. 설사 조금 늦어진다 하더라도 대학원 경력으로 안진 기업체와 연계해서 얼마든지 다른 일을 할 수 있었다. 대학원에 진학할 무렵 그의 목표는 확실하게 완성되어 있었다. 그는 안진대학에서 일인자가 될 생각이었다.

이강현은 그와 비슷했다. 그녀가 선택하는 프로젝트, 발표 논문 주제, 학교의 인맥 모든 것이 실리적이었다. 그것이 사람들이 그녀를 우습게 보는 이유이기도 했다. 그의 동기나 선배 들은, 일명 '학문에 영혼을 바치는 연구자'들은 이강현 같은 사람 때문에 진짜 실력자들이 인정받지 못한다고 한탄했다. 공부보다 정치가 우선이고 학문의 순수성보다 이득이 남는 학교 사업에 힘을 쏟는 것이 무슨 꼴이냐고 말이다. 그들은 이강현 때문에 안진대학이 발전할 수 없는 거라고 분노했다. 동희는 그들의 말에 반박하지 않았다. 누군가의 의견에 반발해서 척지는 건 그의 스타일이 아니었다. 그는 그들 앞에서는 적당히 인상을 쓴 채 회의와 고뇌에 빠진 젊은 학자 코스프레를 했다. 하지만 동희가 진짜 경멸하는 이들은 바로 학문에 영혼을 바친 그들이었다. 학문, 열정, 대학의 본질? 그는 학문 자체가 좋아서 공부를 한다는 식의 말을 경멸했다. 인간의 언어란 정말 대단했다. 본질을 감추고 외피를 만드는 데 언어만큼 적당한 건 없었다. 진실하다는 마음을 표현하기 위해 따라붙는 무수한 수식어는 정말 놀라울 지경이었다. 학문이란 진실을 추구해야 하고, 이 세상이 남겨놓은 인간 존재에 대해 질문하는 마지막 보루라고? 냉혹한 자기 검열을 해가며 학문이란 무엇인지 계속 탐구해야 한다고? 오직 성과만이 선善이 된 이 자본주의사회에서 학문은 늘 불편한 질문을 던지는 존재로 남아야 한다고?

그러나 그렇게 토로하는 이들이 진짜 원하는 건 이강현의 자리였다. 그들이 이강현을 싫어하는 건, 그 자리에 그녀가 있기 때문이었다. 진짜 인정받고 대접받아야 할 학문의 기사인 '내'가 아니라 그녀라는 것이 싫은 것이다. 그리고 그녀가 여자이기 때문이겠지. 동희가 보기에 자신의 인정 욕구와 학문에 대한 사랑을 구분 못 하는 어설픈 학구파들보다 이강현이 훨씬 유능한 사람이었다. 이강현이 그를 싫어하지만 않았다면 완벽했을 것이다.

대체 왜?

그는 이강현이 수업 시간에 공공연하게 그에게 어설픈 마초라고 놀리거나, 무관심한 얼굴로 노려볼 때면 등줄기에 땀이 흘렀다. 그는 이강현 앞에서만큼은 말과 행동을 정말 조심했다. 내가 언제 그녀의 비위를 건드린 거지? 동희는 정말로 여자들에게 평판이 좋았다. 지금껏 사귄 여자친구들은 모두 동희를 좋아했다. 물론 헤어질 때 욕을 먹은 적이 있긴 하지만, 세상에 좋게 헤어지는 커플이 어디 있는가. 그는 여자 앞에서 권위적으로 행동하거나 폭력을 쓰지 않았다. 그는 여자들이 원하는 남자의 모습을 거의 완벽하게 알고 있었다. 물론 처음부터 유능했던 건 아니다. 그는 배웠다. 오래전 류현규 선배를 보면서.

현규 선배를 보며 여자들은 친절하고 다정한 남자를 좋아한다는 걸 알았다. 여자가 남자 자신의 소중한 부분이라는 걸 느끼게 하는 것이 점수를 얻는 비결이었다. 그러고 보면 류현규 선배는 정말 대단한 인간이었다. 처음에는 그를 보는 게 좋지 않았다. 가진 게 워낙 많으니 태생적으로 여유 있는 사람일 수밖에 없다고 생각했던 것이다. 그러나 현규 선배는 정말로 좋은 사람이었다. 그런 사람은 세상에 쉽게 태어나지 않는다. 그래서 결코 쉽게 찾을 수 없는 사람이다. 동희가 여자친구들에게 '다른 남자'라는 평가를 들을 수 있었던 건 그 덕분이었다. 그에게 배운 대로 행동하면 모든 게 쉬웠다. 오직 이강현만 제외하고. 마치 그녀는 너는 아무리 노력해도 류현규 같은 남자가 될 수 없다고 말하고 있는 것 같았다.

쌍년.

입에서 냄새나 풍기는 멍청한 여자가 공공연하게 그를 무시하는 걸 견딜 수 없었다. 어느 날 그는 결국 담판을 짓겠다는 생각으로 이강현의 연구실로 찾아갔다.

이강현은 그를 슬쩍 보고는 관심 없다는 듯 책을 내려다봤다. 동희는 그녀 앞으로 다가갔다. 이강현이 한숨을 쉬었다. 동희는 숨을 참았다. 한 걸음 가까워질 때마다 역한 냄새가 전해졌다.

잠시, 동희는 그녀 앞에 말없이 서 있었다.

이강현은 여전히 동희에게 관심을 주지 않았다. 동희는 침을 한 번 삼켰다. 이강현이 내려다보는 책을 흘낏 바라보았다. 영어 원서였다. 그는 어떤 생각을 했다.

그리고 입을 열었다.

"제가 도울 수 있을 것 같아서 왔습니다."

그제야 이강현이 힐끔 그를 올려다봤다. 입가에 미소가 떠올랐다. 가소롭다는 표정이었다.

"뭐를?

"일손을 좀 덜 수 있는 것들요."

이강현은 여전히 동희를 가만히 보며 말했다. "그래?"

그게 시작이었다. 그는 이강현의 영어 논문을 검수했다. 자료를 번역했다. 초고 일부를 대신 썼다. 이강현은 그 이후 동희에게 놀라울 정도로 친절해졌다. 주요 자리에 그를 데리고 나갔으며, 교수들에게 칭찬을 해줬다. 이후 동희는 이강현의 영어 논문을 거의 도맡았다. 그는 비굴하다고 생각하지 않았다. 착취당한다고 생각하지도 않았다. 그건 확실하게 주고받는 관계였다. 동희가 이강현을 도우면, 이강현은 그에 합당한 대우를 해줬다. 이강현은 동희의 지도교수가 아니었기 때문에 그 관계를 누구에게도 의심받지 않았다. 그제야 동희는 알 수 있었다. 이강현은 동희가 아무것도 하지 않고 대우를 받으려는 것이 싫었던 것이다. 세상에 그걸 그렇게 몰랐다니! 이강현이야말로 동희 못지않은 실리주의자 아니었던가.

그러나 어쨌든 유리한 패를 이강현이 쥐고 있는 건 사실이었다. 이강현은 주는 쪽에 속했고, 동희는 받는 쪽이었으니까. 때문에 그 날처럼 이강현이 아주 당연하다는 듯 동희를 부려먹을 때가 분명 있었다.

"썅년!"

그날 그는 이강현과 대화를 마친 후 차 속에서 소리를 질렀다. 이강현과 비즈니스 관계가 된 후에도, 그는 찜찜함을 지울 수 없었다. 뭐가 문제인지 모르지만 이강현은 동희에 대해 뭔가 알고 있는 것 같았다. 이강현은 항상 의심스러운 눈빛으로 동희를 봤다. '모두 네가 싹싹하고 영리하다고 하지만 나는 네게 속지 않아.'

거만한 년. 자궁 속에서 간신히 붙들고 나온 그 정치력마저 없었으면 진작 사장되었을 주제에. 이강현은 지금 그가 들이받기에 너무 높은 자리에 있었다. 가끔 진실을 까발리고 싶을 때가 있었지만 그는 참았다. 지금까지 이룬 것을 그렇게 망칠 수는 없었다. 그는 하극상을 연출해서 온갖 피해를 다 감수할 정도로 어리석지 않았다.

그때, 김이영이 인문대 앞을 지나가는 걸 보았다. 학부 때 이강현보다 백배는 똑똑하겠지만, 성격은 그년과 똑같을 새파란 계집애. 만일 과거로 돌아가 저 나이 때의 이강현을 만난다면 절대 이렇게 당하지 않을 것이다. 제대로 갖고 놀 것이다. 그에게 매달리고 애원하고 눈물을 흘릴 때까지. 그는 차에서 일어났다. 성큼 앞으로 걸어가면서 그녀를 불렀다.

"김이영 학생!"

이영이 그를 돌아보았다. 그리고 환히 미소를 지었다. 순간, 화로 가득했던 동희의 마음이 수그러들었다. 한창때의 이강현보다 훨씬 똑똑하고 싹싹한 여학생이, 입 냄새도 안 나고 훨씬 예쁘고 여성스러운 학생이 동희를 존경했다. 그는 이영과 함께 강의실로 걸어갔다. 이영에게서는 향기가 났다. 은은하고 부드러운, 그 나이의 어린 여자에게서만 흘러나오는 나긋한 향. 그건 이강현 같은 여자에게서는 절대 맡을 수 없는 냄새였다. 동희의 말을 모두 신뢰하는 김이영. 그에게 세상의 답을 구할 수 있다는 듯이 바라보며 온갖 질문을 다 해대는 김이영. 그녀가 그의 곁에 있었다. 동희는 입을 열었다.

"요즘 술 마시기 참 좋은 날씨죠?"

그때까지만 해도 김이영은 분명 동희를 존경했다. 이영은 얼굴을 붉히면서 기다렸다는 듯 대답했으니까.

"네, 선생님! 언제 한번 술 좀 사주세요."

동희는 대답했다. "그럼 오늘 저녁 시간 있어요? 3학기 내내 수업 들은 학생들이랑 같이 술 한잔하고 싶은데."

"네! 선생님, 친구들에게 한번 물어볼게요. 다들 괜찮을 거예요."

동희는 다시 웃었다. 그리고 이영의 등을 툭, 쳤다. 다시 기억이 났다. 술자리에서뿐만 아니라 바로 인문대 앞에서, 모든 학생이 보는 앞에서 이미 이영의 등을 툭, 쳤던 것이다. 그러면 왜 이것에 대해서는 아무 말이 없는 거지? 도무지 알 수가 없었다. 제길. 여자들이란. 빌어먹을 여자들이란, 모두 자기가 피해자라고 생각하지.

"김 선생."

실장이 그를 불렀다. "말이 계속 다르면, 진상조사위원회가 열릴 겁니다."

"열라고 해요. 나도 피해자니까."

동희는 날카롭게 대답했다. 실장이 한숨을 쉬었다. 반대하는 것이다. 동희도 알았다. 이 일로 진상조사위원회까지 가고, 조사를 받고 잘못해서 경찰 조사까지 나오게 되면 진짜 골치 아프게 된다. 동희는 실장이 뭘 권유하는지 눈치챘다. 제대로 기억은 나지 않지만 술김에 실수를 저질렀다고 인정하고 넘어가라는 것이다.

"저지른 게 없는데, 제가 뭘 인정합니까."

동희는 다시 목소리를 높였다. 그러자 실장은 동희의 상황이 좋지 않다고 했다. 진상조사위원회가 열리면 이게 진짜 사건화가 된다는 뜻인데 그러면 지금처럼 적당한 선에서 끝나지 않는다는 거였다. 이야기를 듣던 동희는 김이영이 요구한 사안이 있다는 걸 눈치챘다. 그렇지 않으면 이렇게 빙빙 돌려서 이야기를 할 필요가 없다. 실장은 일단 동희가 불리한 상황이라는 걸, 김이영의 요구를 받아들일 수밖에 없다는 걸 이해시키려 하는 것이다. 동희는 물었다.

"원하는 게 뭐래요?"

실장이 동희의 눈을 피했다. 김이영은 동희의 해고를 원했다. 동희가 다시 소리를 지를 것을 예상했는지 실장이 바로 말을 이었다.

"합의할 수 있을 겁니다."

실장은 동희 앞의 종이컵을 그에게 가까이 밀어주며 말을 이었다.

"그래도 최소 다음 학기 강의는 중단하셔야 합니다. 학교 활동 포함해서요."

동희는 아무 대답 없이 자리에서 일어났다. 그리고 곧장 집으로 돌아왔다.

잠이 오지 않았다. 잠을 잘 수 있을 리 없었다.

"이 미친년을 어떻게 하지?"

그는 침대에서 일어나며 중얼거렸다. 그의 모든 경력은 오직 학교에만 있었다. 이직할 수도 없고 이제 와서 공무원 시험이나 임용고시를 볼 수도 없었다. 그는 베개를 벽에 던졌다. 왜 내가 피할 생각을 하고 있지. 왜 이런 일 때문에 지금까지 소중히 다루어온 경력을 망가뜨려야 하는가. 아마 학과에 소문이 돌았을 것이다. 지도교수에게도 연락이 갔을 것이다. 하지만 지금까지 전화 한 통도 없었다. 누구도 그에게 사정을 물어보지 않았다. 그의 진실을 말이다. 학부생 성추행범을 두둔하느니 그냥 인연을 끊는 것이 낫다고 여기는 걸까.

동희는 웃음을 터뜨렸다. 이전 여자친구들에게 모두 연락을 해볼까. 한번 물어보는 것이다. 내가 단 한 번이라도 동의 없이 뭔가를 저지른 적이 있냐고. 잘못한 적이 있느냐고. 부질없다는 생각과 함께 비참한 기분이 밀려왔다.

그는 컴퓨터 앞에 앉았다. 어차피 잠자기는 틀렸다. 생각 때문에 숨도 쉬기 힘든 지경이었다. 뭐든 보자. 그는 생각했다. 영화든 드라마든 잡념을 날릴 무언가를 찾아 잠시라도 숨을 쉬어야 했다. 그는 인터넷에 접속해 즐겨찾기 해둔 다운로드 사이트를 들어갔다. 그런데 포털에 눈에 띄는 기사가 있었다. 남자친구가 여자친구를 폭행해서 고소당했는데 벌금 300만 원에 그쳤다는 기사였다.

'사귈 거면 곱게 사귈 것이지. 난리도 아니군.'

생각 없이 기사를 스크롤하던 그는 댓글에서 사건에 휘말린 여자의 이름을 봤다.

'어라, 김진아?'

설마 싶어 나이를 확인하는데 그와 동갑이었다. '설마?'

그는 계속 댓글을 읽었다. 이제 신상은 그만 파헤치라는 댓글이 있었다. 중요한 건 이 여성의 고통이라며, 이 여자가 글을 올린 최초 게시판 사이트가 링크되어 있었다. 그는 게시판으로 들어갔다. 그리고 동희는 웃음을 터뜨렸다.

김진아가 맞았다. 자기 연민과 피해의식으로 가득한 문장들. 두들겨 맞았다니 안타깝기는 했다. 그런데 솔직히 동희는 그 남자가 조금 이해되었다. 김진아는 동희가 만난 여자 중 최악이었다. 도대체 무슨 생각을 하는지 알 수도 없었고, 자기감정에만 빠져서 옆에 있는 사람이 어떤 상황인지 관심도 없었다. 그러면서 남자친구는 사귀고 싶은지 주변 남자들을 힐끗힐끗 살폈다. 그게 이상하게 눈길이 가서 어쩌다 보니 시작된 관계였지만, 어쨌든 우습게 끝났다. 4개월간 사이좋게 지냈다고 생각했는데, 어느 날 갑자기 지금까지 동희와 지낸 시간이 다 가짜였고, 한 번도 행복했던 적이 없다며 눈물을 쏟으며 헤어지자고 했던 것이다.

미친년이라고 생각했다.

모두 가짜였다고? 밥 먹고 여행 가고 놀고 함께 시험 공부한다고 밤새 붙어 있고, 겨울 바다에 놀러가서 갯벌에 낙서를 하며 놀던 풋풋한 그 시간들이 모두 거짓말이었다고? 그때 동희는 나름대로 상처를 받았다. 그래도 그는 화내지 않았다. 깨끗하게 보내줬다. 그러다 김진아가 류현규 선배를 보는 눈빛을 봤다.

동희는 다시 웃음을 터뜨렸다. 솔직히 동희는 사귀는 내내 자신이 김진아에게 과분한 남자라고 생각했다. 그걸 결코 드러내지는 않았지만, 사실 그랬다. 김진아는 예쁘기는커녕 성격도 이상해서 어떤 남자도 그녀에게 눈길을 주지 않았다. 정말이지 어쩌다 보니 사귀게 되었을 뿐이다. 4개월 내내 터덕거리는 관계였지만, 동희는 최선을 다했다. 그런데 류현규 선배를 보고 있다니. 동희는 그때 엄청나게 우스웠고, 기가 막혔다. 김진아는 대체 자기가 뭐라고 생각하는 건가.

'실컷 잘해줬더니. 주제도 모르고.'

사람은 변하지 않는다. 김진아는 그대로였다. 남자가 평소 자기를 학대했고, 함부로 대했고, 존재감을 짓눌렀다고? 그래, 사실일 수 있다. 골목에서 때리고 목을 졸랐고 발로 찼다고. 사실일 것이다. 그래서 죽을까 봐 무서웠다고. 그래, 역시 사실일 것이다. 그러면 나머지는? 김진아는 남자가 자신을 때린 것들만 기술했지, 자신이 남자에게 무슨 짓을 했는지는 전혀 적지 않았다. 이게 김진아였다. 네가 피해자라고? 행복하지 않았다고? 그러면 가해자의 말도 들어봐야지. 널 만나는 4개월 동안 내가 얼마나 재미없고 지루해서 미쳐버릴 것 같았는지는 궁금하지 않던?

동희는 계속 게시판을 돌아다녔다. 분명 뭔가 더 있을 것이다. 동희가 아는 김진아는 자기 위주로 이야기를 만드는 여자였다. 그래, 김이영과 똑같은 년이지. 똑같은 년들에게 두 번씩이나 당하다니. 이강현의 얼굴이 번뜩 스쳐 지나갔다. 이강현도 늘 그런 식으로 동희를 봤다. 네가 무슨 짓을 했는지 알고 있다는 듯이. 마치 동희가 이강현에게 무슨 짓을 했다는 듯이 말이다. 그래서, 대체 그게 뭔데! 당신들이 내게 한 짓은 아무것도 없다고 생각하나!

역시.

회사 사람이 쓴 글이 보였다. 김진아가 회사에서 어떤 사람인지 이야기한 단체 채팅방 캡처도 있었다. 가해자한테 사치품도 요구하고, 심지어 데이트할 때 돈 한 푼 안 냈다고. 그럼 그렇지. 너는 정말 그대로구나.

악랄한 마음이 그를 휘감았다. 그는 매일 열심히 살았다. 자신의 사람들에게 최선을 다했고 피해를 끼치지 않으려 노력했다. 그에게 잘못이 있다면 이런 거짓말쟁이들에게 틈을 보였다는 것이다. 피해자는 그녀들이 아니라 동희였다. 거짓말쟁이들이 쉽게 죄를 뒤집어씌우고 마음껏 자기 연민할 수 있도록 친절을 베푼 그가 잘못이었다.

그는 아무렇게나 트위터 아이디를 만들었다. @qw1234

김진아. 억울하시겠지. 하지만 이게 너의 진짜 본모습이야. 가슴이 철렁 내려앉을 거다. 그는 트위터에 썼다.

김진아는 거짓말쟁이다.

뭔가 부족했다. 그녀가 자신의 본질을 깨닫고 양심에 가책을 느끼기에는 이걸로 부족했다. 갑자기 동희는 그간 완전히 무시하고 있었던 학문을 향한 순수한 영혼이 고개를 드는 걸 느꼈다. 진실을 외면하지 말 것. 진짜라고 생각하는 것에 질문할 것. 문제를 만들 것. 사람들에게 진실과 거짓을 구분하게 하는 경계의 잣대를 보여주는 것이 바로 학자들의 임무였다. 사람들은 이 사태 때문에 남자의 폭력성만 떠들고 있었지만, 진짜 주목해야 할 것은 그 폭력성의 이면에 두 사람의 문제가 존재한다는 것이다. 누군가 피해자가 되는 순간, 가해자의 입장은 조금도 고려되지 않는다. 이게 진실인가. 오직 피해자의 연민만이 권리로 추구되는 것이, 이것이 진실인가. 썩어빠진 세상 같으니. 모두 희생자가 되는 법만 가르치고 있다. 진짜와 가짜를 구별하지 못하는 것들만 양산되고 있다. 김이영이 똑똑하다고 생각한 건 오산이었다. 그년이야말로 가장 멍청하고 허세 가득한 꼬맹이다. 네가 지금 뭔가를 이루었다고 생각하겠지. 네 알량한 거짓말로 눈앞의 권위를 무너뜨렸다고! 하지만 진실은 반드시 알려지기 마련이다. 세상에는 그런 거짓말 따위와 상관없이 제대로 살아가는 사람들이 있다. 그 순간이었다. 동희의 머릿속에 오랫동안 잊고 있던 그 얼굴이 다시 떠올랐다.

하유리.

모든 소문에 휩싸여 있었지만 고고하고 꼿꼿하게 앉아 있던 유리. 동희는 당시 유리에게 약간의 존경심이 들기도 했다. 어떻게 사람이 그렇게 끊임없이 누군가를 쉽게 믿을 수 있을까. 상처를 그렇게 혼자 감당할 수 있을까. 불쌍한 여자였다. 동희는 하유리와 사귄 적이 없었다. 하지만 늘 하유리에게 눈길이 갔다. 그녀를 가장 경멸한 건 누구였던가. 여자들이었다. 자신은 하유리와 다르다며 마치 진실에 맞서는 듯 지껄이던 년들. 하유리와 다르다는 걸 자랑스러워했지. 너희가 가장 악마들이었어. 너희는 다 똑같은 년들이야. 동희는 이어 썼다.

김진아는 거짓말쟁이다. 진공청소기 같은 년. @qw1234

그리고 컴퓨터를 껐다. 그리고 침대에 돌아가 누웠다. 마음이 편안했다. 안에 있던 분노를 화르륵 쏟아낸 기분이었다. 천천히 이성이 돌아오고 상황이 파악되기 시작했다. 지도교수는 아직도 연락이 없었다. 그는 엄정한 사람이었다. 다른 문제면 몰라도 이런 일에서는 냉정한 편이었다. 동희가 지금까지 바친 충성은 중요하지 않았다. 물론 동희를 감싸줄 수도 있겠지만, 그러기에는 감수해야 할 것이 너무 많다. 오명이 더 클 것이다. 동희는 생각을 빠르게 돌렸다. 그러면 오명에도 불구하고 손을 내밀 수밖에 없게 하려면? 이득이 있어야 한다. 감수할 만한 가치가 있어야 한다. 그러면 이야기가 달라진다. 이강현처럼.

그래, 이강현처럼 되어야 한다. 동희는 생각했다. 학교에 도움을 가져다줄 존재가 되어야 했다. 그렇다면 도움이 필요했다. 역시 모든 대답은 이강현에게 돌아간다.

이강현은 마치 이런 일에 깨끗하다는 듯 지금 모른 척하고 있지만 절대 동희를 버릴 수 없을 것이다. 어차피 이런 식으로 학교를 그만두게 될 거라면, 그는 마지막 패를 다 내보이고 얼마든지 폭탄을 던질 각오가 되어 있었다. 그래.

이강현. 그녀에게 가자.

애초 그녀의 방에 들어가 담판을 지었던 것처럼.

그래, 이강현.

당신은 나와 한배를 탔어. 이런 식으로 넘어갈 수는 없지.

내일 연구실에 도착하자마자 말하는 거다. 지금까지 선생님 대신 번역한 작업 목록을 모두 공개할 겁니다. 그 오만한 얼굴에 당황의 빛이 스칠 걸 생각하니 웃음이 나왔다. 안도의 한숨이 흘러나왔다. 이제 잠을 잘 수 있을 것 같았다. 그는 누워서 눈을 감았다. 그리고 트위터에 올린 우스운 진실에 대해서는 잊어버리고 말았다. 사소하다고 생각한 일에 대해서 늘 그랬듯이, 새카맣게 잊어버렸다.

8. 진아

"어서 오세요."

카페 문을 열고 들어가자 카운터에 앉아 있는 양수진의 얼굴이 보였다. 손님인 줄 알고 느긋하게 인사를 건네던 그녀의 얼굴이 나를 보자마자 딱딱하게 굳었다. 거의 10년 만이었다. 그녀는 나를 가만히 응시하더니, 내가 무슨 말을 하기도 전에 먼저 손끝으로 어깨 너머를 가리켰다. 돌아보니 그곳에 빈자리가 있었다. 거만한 태도가 거슬렸지만, 아무 말 않고 자리에 가 앉았다.

아무리 아침이어도 그렇지 손님이 너무 없는데? 장사가 잘 안 되나? 뒤틀린 생각이 슬며시 떠올랐다.

어제 전화를 끊자마자 나는 곧장 고속터미널로 가서 안진행 심야표를 끊었다. 단아는 놀랍지도 않다는 듯 나를 맞이했다. 뜬눈으로 밤을 새우고 아침이 되자마자 카페로 향했다. 잠을 자지 못한 탓인지, 아니면 일어나자마자 벌컥벌컥 들이켠 인스턴트커피 때문인지 여기까지 오는 내내 심장이 빠르게 뛰었다. 가슴이 쿵쿵대는 소리를 들을 수 있었다.

1분쯤 기다리자 양수진이 내 앞에 와 앉았다.

"뭐 마실래?" 그녀가 물었다.

나는 고개를 저었다. 수진이 앞에 앉았다. 아무것도 잘못한 것이 없다는 듯 나를 물끄러미 바라보았다. 나는 그 눈빛을 피하지 않았다. 어디서부터 말을 꺼내야 하나, 단어들을 고르는데 갑자기 수진이 공격적으로 말했다.

"너 여기서 뭐 하니?"

"뭐?"

"안진에서 지금 뭐 하냐고."

나는 이마를 찡그렸다. 예나 지금이나 사람을 깔아뭉개는 데 일가견이 있는 애였다. 결혼도 했고, 서른도 넘어서 이제 좀 달라졌을 거라고 생각했는데 전혀 아니었다. 하긴, 달라졌다면 애초에 그런 글을 인터넷에 올리지도 않았을 것이다. 나는 양수진을 똑바로 바라봤다. 양수진이 이렇게 나오는데 내가 굳이 예의를 차릴 필요는 없었다.

"너 그거 왜 썼어?"

"뭐?" 양수진이 눈썹을 찡그리며 되물었다.

나는 준비한 말들을 늘어놓았다. 트위터, @qw1234. 그게 너라는 거 알고 있다. 나는 너를 신고할 수도 있다. 이건 명예훼손이다. 너는 아무렇지 않게 그런 식으로 살아왔으니 별문제 없다고 생각하겠지만, 이건 신고를 할 수 있는 문제다.

수진은 여전히 내 말이 무슨 이야기인지 모르겠다는 듯 나를 빤히 봤다. 나를 한심하게 바라본다는 느낌도 들었다. 수진이 내 이야기를 전혀 심각하게 여기지 않는다는 생각이 들자, 화가 치솟으며 조급해졌다. 말이 빨라졌다. 내 이야기뿐 아니라 학부 시절, 수진이 함부로 험담했던 사람들에 대한 이야기도 줄줄이 쏟아냈다. 이야기가 거듭될수록 분한 기분이 두텁게 쌓였고, 얼굴이 뜨거워졌다.

"네가 사람들한테 무슨 짓 했는지 생각해본 적 없지?"

수진은 답이 없었다. 이제 내 목소리는 조금씩 떨리기까지 했다.

"남한테 그러는 거 아니야. 너도 별거 없잖아. 그러면서 남들 모욕하고 비웃고."

그 순간, 양수진이 내 말을 잘랐다.

"너 도대체 여기 왜 왔니?"

옛날과 똑같았다. 수진은 누군가를 함부로 말한 뒤 그런 적 없다는 듯 모른 척했다. 배려 넘치는 척, 속이 깊은 척하면서 남들을 벼랑 끝에서 계속 밀어냈다. 이번에도 똑같다. 나는 수진이 그 글을 썼다는 확신이 들었다.

나는 목소리를 높였다. 그날, 전화 걸었을 때 나는 너와 대화할 생각이었다. 너는 내 이야기를 듣지도 않고 함부로 욕을 내뱉었다. 말을 할수록 용기가 솟아났다. 그래, 나는 잘못한 게 없어. 나는 당당했다. 너를 얼마든지 고소할 수 있고, 그렇게 할 거라고. 네가 나를 모욕할 권리는 없다고. 내가 얼마나 너와 대화하고 싶었는지 알아? 나는 계속 말했다.

"이번 일로 내가 깨달은 게 뭔지 알아? 누구도 나를 함부로 대할 권리가 없다는 거야. 남일 가만히 지켜보다 한마디씩 하면 기분 좋지? 네가 중요한 사람이 된 거 같으니까. 하지만 결국 다 바닥에 떨어진 남의 자존감 주워 먹는 짓일 뿐이야. 그리고 유리."

나는 잠시 숨을 골랐다.

"죽은 사람한테… 어떻게 사람이 사람한테 그럴 수가…."

더는 말하기가 힘들었다. 그 애의 마음이 어땠는지 잘 알지 않냐는 말이 솟아 올라왔다. 너도 알잖아. 고립되는 것. 외로워지는 것. 눈이 뜨거워졌다. 금방이라도 울음이 터져 나올 것 같았는데 이상하게도 부끄럽지 않았다. 알 수 없는 일이었다. 수진 앞에 서면 단아에게도 보일 수 없는 솔직한 부분들이 툭 튀어나올 때가 있었다. 팔현 마을의 냄새를, 저물녘 노란 들판이 발갛게 물들던 순간의 풍경을 함께 기억하고 있기 때문일까. 나는 하고 싶었던 말을 꺼냈다.

"너도 여자잖아."

그러나 수진은 여전히 귀찮은 표정으로 나를 바라보고 있었다. 내가 유난스럽게 호들갑 떤다는 듯, 넌더리를 내는 것 같았다. 나 혼자 진지하게 눈물까지 흘린 일이 민망했다. 수진은 짧은 한숨을 내쉬며 나를 똑바로 바라보더니, 차분하게 말했다.

"너 거짓말쟁이 맞잖아."

창피했다. 이런 인간 앞에서 눈물을 내보였다니. 상대방의 진심 따위는 조금도 중요하게 생각하지 않는 이런 인간 앞에서, 고향 따위를 떠올리며 감상에 빠지다니. 나는 마음을 진정시켰다. 나도 더는 수진을 앞에 두고 이상한 감정에 젖어들고 싶지 않았다. 나는 최대한 냉정한 말투로 말했다.

"그럼 법대로 하는 수밖에 없겠네."

내 말에 수진이 웃음을 터뜨렸다.

"그래, 해." 수진은 귀찮다는 듯 대답했다. "너 진짜 하나도 안 변했다. 징그럽네, 아주."

더는 여기 있을 이유가 없었다. 그래, 제대로 대응해주겠다. 나는 가방을 챙겼다.

그때 수진이 이어 말했다.

"나도 뭐 하나 물어보자."

나는 고개를 들었다.

"그때 겨울에, 너 진짜로 내 남편 봤어?"

"뭐?"

"모르는 척하지 마. 네가 또 소문낸 거 다 알고 있으니까."

나는 인상을 찡그렸다. 지금 무슨 이야기를 하는 거야? 수진에게 맞받아치려는데, 갑자기 떠오르는 기억이 있었다.

스물한 살 겨울, 12월 8일, 삼겹살집 골목을 빠져나오던 그날.

나는, 하유리를 만났다.

"진아야!"

전봇대 앞에서 몸을 돌리는데, 유리가 나를 부르며 옆 골목에서 뛰어나왔다.

"왔구나, 진아야! 언제 오는지 궁금해서 저쪽에서 계속 기다렸어!"

"어, 안녕."

나는 당황했다. 아무도 모르게 왔다 가려고 했는데, 하필 여기서 애를 만나다니. 나는 항상 유리가 귀찮았다. 신입생 환영회에서 한 번 대화를 한 이후, 유리는 사람들에게 나와 친하다고 말하고 다녔다. 나는 유리와 친구라고 생각한 적이 단 한 번도 없었다. 나는 대충 인사를 하고 집에 가려고 했다. 빠르게 발걸음을 옮겼다. 그런데 유리가 내 뒤를 따라왔다.

"진아야, 안 들어가?"

나는 못 들은 척했다. 하지만 유리는 끈질기게 따라왔다. 나는 집에 일이 있어서 가봐야 한다고 말했다. 유리는 실망한 눈치였다. 묻지 말았어야 했는데, 나도 모르게 말하고 말았다.

"나 왜 기다렸는데?"

유리는 연극 대사를 외우듯 잔뜩 만들어진 말투로 내게 말했다.

"응, 너한테 할 말이 있어서."

그러더니 목소리를 낮추고 내 곁으로 가까이 다가와 속삭였다.

"있잖아, 나 좀 도와줄 수 있어?"

귓가에 유리의 따스한 입김이 축축하게 묻었다. 나는 신경질적으로 귀를 문질렀다. 짜증이 났다. 이미 누군가에게 여기 왔다는 걸 들켰다는 사실도 짜증 났고, 그 사람이 유리라는 사실이 더 싫었다. 왜 하필 이 애와 서 있는 걸까. 왜 현규 선배나 다른 사람들이 아닌 거지? 유리가 무슨 말을 하려고 다시 입을 여는 순간, 나는 공격적으로 물었다.

"뭘 도와달라는 건데?"

유리가 심각한 표정으로 나를 봤다. 싫었다. 뭔가를 연출하는 느낌이 역력한 얼굴. 나는 한숨이 나왔다. 끔찍하다. 나는 왜 얘와 대화를 계속하고 있는 거지? 무슨 대답을 하건 그냥 집에 가야겠다고 생각한 순간이었다.

"유리야!"

골목 뒤편에서 누군가 유리를 불렀다. 남자 목소리였다. 유리가 흠칫 놀라며 뒤를 돌아보았다. 어쩐지 익숙한 목소리에 나는 귀를 기울였다. 하지만 목소리는 더 들리지 않았다. 유리가 엉거주춤 뒤를 돌아봤다. 가로등 불빛에 남자의 그림자가 흐리게 비쳤다. 키가 큰 것 같았다. 유리는 남자와 나를 번갈아 바라보며 우물쭈물거렸다. 그 남자에게 가고 싶은 눈치였다. 이제 내가 필요 없어졌다는 듯한 태도에 나는 화가 치밀었다. 남자가 나타나니까 이제 나에게는 볼일 없다는 거야? 결국 내가 마지막으로 만나는 사람은 너구나. 그리고 너의 무수한 남자 중 한 명. 나는 유리에게 분풀이하고 싶은 기분이 들었다. 하지만 꾹 참고서 뒤돌아섰고, 앞으로 걸어 나갔다.

"진아야!"

유리가 다시 나를 불렀지만 뒤돌아보지 않았다. 나는 다시는 이곳으로 돌아오지 않을 것이다. 나를 부르는 소리가 골목에 계속 울려 퍼졌다.

돌아오는 길에 동기인 과 대표의 전화를 받았다. 당연히 보고 싶어 하는 말투는 아니었다. 어쨌든 모두가 모이는 자리에 빠졌으니 한번 연락은 해봐야 할 것 같아 전화했다는 식의 목소리였다. 나는 그 동기가 애써 숨긴 목소리가 귓가에서 울리는 걸 느꼈다. 우리는 너를 따돌리는 게 아니야. 네가 오해하는 거지. 봐, 오늘 모임이 있다는 것도 알려줬고, 지금은 네게 이렇게 연락하고 있잖아?

그녀는 내게 오늘 모임에 안 오느냐고 물었다. 내가 안 간다고 대답하자 살짝 빈정대는 대답이 돌아왔다.

"그래? 유리는 방금 너 봤다던데?"

나는 소리 없이 인상을 확 찡그렸다. 그제야 알 수 있었다. 나를 부르고 싶어서 전화한 건 당연히 아니고, 내가 근처에 왔다 간 걸 확인하고 싶어서 전화한 거였다. 내가 너희들 꽁무니를 쫓아다닌다는 험담을 하고 싶은 거지. 나는 유리는 방금이 아니라 한참 전에 마주친 거라고 둘러대며, 다른 쪽으로 이야기를 돌렸다. 대부분 질색하는 척하면서 실제로는 호기심을 보이는 바로 그 이야기. 나는 유리에게 또 남자가 생긴 것 같다고 말했다.

"그게 하루 이틀이니."

예상대로 동기는 관심 없다는 듯 대꾸하면서, 유리의 남자 이야기를 계속하고 싶어 했다. "이번에는 누군데? 또 우리 과야?"

나는 말했다. "몰라, 그런데 그 남자 키 엄청나게 크더라."

사람들이 현규 선배로 오해할지도 모른다는 생각을 했다. 현규 선배를 또 곤란하게 만들고 싶지 않다는 생각도 했다. 하지만 정정하지 않았다. 더는 내 알 바 아니었다. 처음부터 나와 상관없는 일이었다. 이곳도, 이 사람들도. 나는 떠날 것이고 다시는 돌아오지 않을 거야. 나는 양수진을 떠올리며 웃었다. 이번에는 서울까지 와서 따지려나? 그래, 마음대로 하라지.

나는 키가 크다는 말밖에 안 했다.

며칠 후, 유리는 죽었다.

"덕분에 내 남편이 하유리랑 그렇고 그런 사이라고 소문났거든. 알지?"

"아니, 나는…."

할 말이 없었다. 사실 모르지 않았다. 혹시나 해서 정말로 그런 이야기가 도는 건 아닌가 싶어 확인해봤으니까. 사람들이 참 웃기다고 생각했다. 그때 키가 큰 남자는 현규 선배와 동희가 전부가 아니었다. 신입생들도 있었고, 제대한 예비역 선배들 중 키가 큰 선배도 있었다. 인문대 전체를 뒤지면 열 명은 넘게 나올 터였다. 그런데 결국 현규 선배를 지목해서 소문이 났다니 황당했다. 하지만 곧 잊어버렸다. 나는 더는 안진대학교와 관계가 없었다. 그리고 솔직히 그 일로 양수진과 류현규가 헤어지지는 않았는지, 그 일이 더 궁금했다. 그들은 헤어지지 않았다. 나는 흥미를 잃어버렸다. 그 일을 잊었다고는 말할 수 없었다. 하지만 기억한 적은 없었다. 그건 남의 집 앞에 있는 택배를 몰래 가져와 뜯어보고 물건을 망가뜨린 것과 같았다. 그 이후에 내가 한 일은, 물건을 상자에 다시 넣고 밀봉해서 그 자리에 다시 갖다 둔 것이었다. 아무 일도 없었다는 듯, 모르겠다는 듯. 수진은 그 일 때문에 지금까지 화가 나 있는 건가? 그래서 나를 거짓말쟁이라고 쓴 건가?

수진이 차갑게 말했다.

"너 그런 거 잘하잖아. 안 봤는데 봤다고 하는 거. 모르는데 아는 척하는 거."

나는 구차하고 수치스러운 기분이 들었지만, 제대로 짚고 넘어가야 한다고 생각했다. 나는 그럴 의도가 아니었다. 이번에는 정말 제대로 말해야 했다. 그때 수진이 말했다.

"그 트위터 글, 내가 안 썼어."

그러더니 자리에서 일어났다. 더는 할 말이 없다는 식이었다. 찾아온 사람은 난데, 수진만 할 말 다하고 끝난 것이다. 수진은 나를 혼자 남겨두고 카운터로 휘적휘적 걸어가버렸다. 나는 이를 악물고 자리에서 일어났다. 그리고 수진에게 다가갔다.

"경찰서에 조사해달라고 할 수도 있어."

수진이 차갑게 대꾸했다. "조사해. 내가 안 썼으니까."

나는 가만히 서 있었다. 기분이 이상했다. 따져 묻기 위해 온 사람은 난데, 잘못한 사람이 되어 있었다. 나는 물러서고 싶지 않았다. 나는 물었다.

"그럼 그 소문 때문에 나한테 미친년이라고 한 거야?"

수진은 대답하지 않았다. 이해도 할 수 없었고 납득도 가지 않았다.

나는 다시 물었다. "그럼, 그냥 물어보면 됐잖아. 그때는 왜 안 따졌는데?"

유치했다. 그때 일로 이러는 거라면, 정말로 유치했다. 내가 무슨 일을 겪었는지 다 봤으면서, 어떤 심정이었을지 다 짐작하면서 어떻게 그럴 수가 있는가. 수진이 나를 보더니 미소를 지었다. 정말 우스운 질문을 한다는 듯 냉랭했다.

사람은 절대로 변하지 않는다. 놀라울 정도로.

"좋아." 수진이 결정했다는 말투로 말했다. "그 글은 내가 안 썼고 네가 낸 소문은 와전된 거야. 그럼 된 거 아니야? 그걸로 이야기는 끝났어. 그리고."

수진이 잠시 말을 멈췄다. 나는 수진이 끔찍했다. 너만 내가 징그러운 것이 아니다. 나 역시 그렇다. 수진이 말했다.

"나 여자 아니야. 그러니까 이제 그만 좀 꺼져줄래?"

* * *

수진의 카페를 나와 한참 동안 걸었다. 아무 음식점이나 들어가 혼자 점심을 먹는데 모욕감이 구역질처럼 밀려왔다. 나는 바깥으로 나와 숨을 억누르고 계속 걸었다. 정신을 차려보니 안진대학교 교정이었다.

익숙한 길이었다.

정문으로 들어가면 양쪽에 벚나무가 가로수처럼 늘어서 있었다. 벚꽃은 안진대학교의 상징이었다. 벚꽃이 만개한 봄이면 안진 사람들은 꽃구경하러 학교에 산책을 나왔다. 하지만 진풍경은 밤에 드러났다. 벚나무들 사이 가로등이 하얀 꽃잎을 비추면 밤하늘에 빛자국이 투명하게 떠오르곤 했다. 바람이 불면 꽃잎들은 머리 위로 흩어져 내리다 바닥에 하얗게 가라앉았다. 지금은 겨울이어서 봄과는 분위기가 전혀 달랐지만, 운치가 있었다.

나는 몸을 떨며 걸었다. 추위 때문인지, 불쾌한 기분 때문인지 알 수 없었다. 나는 헤매지 않고 앞으로 계속 걸었다. 어느새 정문이 뒤편으로 한참 밀려나 있었다. 여기서 다섯 걸음, 그때 나타나는 첫 번째 커브를 따라 돌면 인문대로 향하는 좁은 길이 나타난다. 나는 속으로 숫자를 세며 걸었다.

하나, 둘, 셋, 넷, 다섯.

기다렸다는 듯 나무들이 사라지고 좁은 길이 드러났다. 처음 학교에 입학했을 때, 나는 이 길이 동화 속에 자주 등장하는 좁은 굴 같다고 생각했다. 완전히 다른 세계로 이어지는 좁고 깊은 연결 고리. 스무 살이 되기 전까지 내게 안진대학교는 밤에 벚꽃이 화사하게 피어나는 곳이었다. 학교에 들어간 후, 벚꽃 너머에 다른 세상이 있다는 걸 알았다. 내가 가야만 하고, 있어야 하는 곳. 굴속을 기어 가듯 벚꽃 아래를 살금살금 걸어 그 세계로 들어갔다.

나는 걸음을 멈췄다. 인문대 건물이 눈앞에 드러났다. 어린 학생들이 건물 주변을 돌아다니고 있었다. 술 냄새처럼 시큼한 향이 건물에서 풍겼다. 기억 속을 걷는 기분이었다. 나는 홀린 듯 인문대 건물을 향해 계속 걸었다. 건물 뒤쪽에도 역시 벚나무가 가득했다. 그곳에는 후문과 연결된 인문대 소운동장이 있었다. 그리고 후문 너머에 원룸촌이 있었다. 학교 기숙사보다 원룸촌이 인문대에 더 가까웠다. 강의실에 도착하면 이제 막 머리를 감고 나온 친구들을 만날 수 있었다. 기숙사에 살던 나는 자취하는 친구들이 부러웠다. 김동희가 그곳에 살았다. 하유리도 그곳에 살았다. 1학년 말에 양수진도 기숙사에서 원룸촌으로 독립해 나갔다. 그들 모두 모여 살았다.

추억인지 아닌지 모를 옛날 일에 잠겨 있는데, 갑자기 핸드폰 문자 알림이 울렸다. 나는 핸드폰 창을 켰다가 바로 꺼버렸다. 이진섭이었다.

정말 오늘 가지가지 하는구나. 속이 답답했다. 그냥 돌아갈까 싶었지만, 갈 곳이 없었다. 단아가 퇴근하려면 아직도 한참 남았다. 번호키 비밀번호를 알려주기는 했지만, 빈집에 들어가기는 싫었다. 나는 주변을 둘러봤다. 혹시 이진섭이 여기까지 따라온 건 아닐까. 나는 주변을 살피며 인문대 앞으로 걸었다. 마음도 진정시킬 겸 소운동장을 한 바퀴 걷고 학교 밖으로 나가야겠다고 생각했다. 그 순간이었다. 인문대 앞에 붙은 대자보가 눈에 띄었다.

나는 입이 벌어졌다.

'영어영문학과 김동희 강사를 고발합니다. 지난 12월 16일 그와 함께한 술자리에서 저는 성추행을 당했습니다. 그는 제 등의 속옷 부분을 더듬었습니다. 그 자리에 친구들 네 명이 있었지만, 모두 노래를 부르느라 정신이 팔린 사이 은밀하게 이루어진 행위였기 때문에 누구도 눈치채지 못했습니다. 저는 피하려 몸을 틀었으나 김동희 강사는 더 노골적으로 손을 뻗어 제 등을 계속 만졌습니다.

학교 양성평등 상담센터에 신고를 했습니다. 상담센터에서는 제가 공식적인 절차와 비공식적인 절차를 선택할 수 있고, 가해자의 징계도 요청할 수 있다고 했습니다. 비공식적인 절차는 상담센터의 개입으로 피의자와 협의를 하는 것이고, 공식적인 절차는 진상조사위원회를 열어 사건 조사를 하는 것이었습니다. 저는 일단 김동희 강사의 해고를 요청했습니다. 공식적인 절차를 밟고 싶었지만, 학교에 제 개인적인 이야기가 소문날까 봐 걱정이 되기도 했습니다. 그런 과정에서 상담센터는 비공식 절차를 권했습니다. 김동희 강사가 합의를 원한다고 했습니다. 저는 결국 비공식 절차를 받아들였습니다. 저와 김동희 강사의 진술이 엇갈리고, 목격자가 한 명도 없으며, 증거물이 없기 때문에 진상조사위원회를 거친다 하더라도 해고까지 이끌어낼 수 없을 것 같았습니다. 그 결과로 김동희 강사에게 한 학기 휴강의 징계가 내려졌습니다. 등을 어루만진 행위는 성추행으로 간주할 수 있으나, 그 강도와 추행 부위가 해고를 결정할 만큼 절대적이지 않고 증거와 목격자가 없기 때문입니다. 제가 느낀 수치심이 과연 객관적인 항목에 의해서 그 절대성을 평가받을 수 있는지 의문입니다. 하지만 김동희 강사가 한 학기 휴강하는 것으로 어느 정도의 처벌이 이루어졌다고 판단해 받아들이기로 했습니다. 그런데 다음 학기 김동희 강사가 공대와 자연과학대학에서 인문학 연계 수업이라는 명칭으로 강의를 진행하게 되었다는 것을 알게 되었습니다. 또한 김동희 강사는 학교 대학원 프로젝트의 중요 업무를 맡아 대외적인 활동도 계속 진행하기로 한 것으로 알려졌습니다. 센터에 항의하니 김동희 강사의 인문대 수업을 폐지하여 피해자인 저와 마주치지 않게 한 것으로 충분히 합리적인 조처를 했다는 대답이 돌아왔습니다. 저는 이 사안을 학우 여러분께 알리고 신고하고자 합니다. 한 번 신고를 해서 마무리한 사건은 재신고를 할수 없습니다. 김동희 강사는 제가 존경하던 선생님이었습니다. 저를보호하고 이끌어주리라 생각했던 사람에게 씻을 수 없는 상처를 입었습니다. 학교는 상담센터를 명목으로만 두고, 정작 피해자의 요구와 입장은 고려하고 있지 않습니다. 그래서 학우 여러분께 도움을 청하고자 합니다. 진상조사위원회를 열고 지난 학기 사건을 제대로 조사할 수 있도록 도와주십시오.

유라시아문화콘텐츠 학과 김이영'

오랫동안 잊고 있던 동희의 얼굴이 스쳐 지나갔다. 그를 만나는 4개월 내내 불편했다. 이건 제대로 된 연애가 아니라고. 아무리 처음이었고 아무것도 모른다지만, 그 정도는 알 수 있었다. 동희와 내 관계는 결코 연애가 아니었다. 문득, 이진섭의 얼굴이 빠르게 떠올랐다. 그러고 보니 이진섭을 처음 봤을 때 익숙하다고 생각한 이유를 알 것도 같았다.

그동안은 현규 선배 때문이라고 생각했는데, 다시 생각해보니 어쩐지 동희 때문이었던 것 같다. 그렇게 생각하니 소름이 돋았다.

남자 둘이 안쪽에서 걸어 나왔다. 두 사람은 대자보를 단숨에 북, 찢어 당겼다. 나는 놀라서 뒤로 물러섰다. 한 명이 내 눈치를 보며 말했다.

"저희는 행정실에서 나왔습니다. 허가 없이 붙인 거라서요. 어쩔 수 없습니다."

그러자 다른 남자가 그 사람에게 쓸데없는 말을 한다는 듯 질책하는 눈빛을 보냈다. 그들은 찢어진 대자보를 쓰레기처럼 구겨서는 인문대 안으로 들어가버렸다. 김이영이 쓴 글은 흔적도 없이 사라졌다.

꿈을 꾸는 기분이었다. 나는 인문대 안으로 들어섰다. 건물의 오래된 먼지 냄새가 콧속으로 파고들었다. 김동희. 너도 곱게 나이 먹지는 못했구나. 혹시나 싶어 주변을 슬쩍 둘러봤다. 혹시 김동희를 마주칠까 봐 걱정되었다.

결코 보고 싶지 않았다.

그 남자는 내 인생에서 아무것도 아니었다.

나는 걸음을 재촉했다. 걸어서 바깥쪽으로 나오자마자 소운동장이 눈앞에 나타났다. 남학생들이 축구를 하고 있었다. 소운동장 역시 벚나무가 에워싸고 있었고 그 아래 벤치들이 모여 있었다. 공교롭게도 바깥으로 나오자 김동희에 대한 기억이 더 뚜렷하게 떠올랐다. 데이트한답시고 자주 앉아 있던 곳이 주로 이 벤치였다. 물론 혼자 앉아 있을 때도 많았다.

그 시절, 나는 많은 사람을 봤다. 친구들, 선배들. 공강 시간을 보내는 인문대 학생들이 있었고, 동희와 나처럼 데이트하는 연인들이 있었고, 낮술 마시러 모인 동아리 애들이 있었다. 그리고, 유리가 있었다. 나는 눈을 질끈 감았다 떴다. 하유리의 모습이 사진으로 찍은 것처럼 머릿속에 선명하게 떠올랐다.

유리는 늘 저곳에 혼자 앉아 있었다.

나는 다시 눈을 감았다 떴다. 저 멀리, 대자보를 붙이고 있는 여학생 한 명이 보였다. 야구 모자를 푹 눌러쓰고, 집업 후드에 낡은 야상을 입은 여학생. 저 학생이 김이영인가. 나는 물끄러미 그녀를 바라보았다. 힘들어 보였다. 사람들이 많이 지나갔다. 하지만 누구도 그녀에게 눈길을 주지 않았다.

교통사고였다. 유리는 학교에 가는 길이었던 것 같다. 학교 정문 건너편에서 사고를 당했으니까. 콘텐츠 창작이라는 수업의 과제를 제출하러 가는 중이었던 것 같다. 그날은 12월 15일로 과제 제출 시기가 꽤 지난 때였다. 그래서 아마 교수님께 직접 제출하며 사정할 생각으로 학교에 가던 길이었던 것 같다. 유리와 마지막으로 문자를 주고받았던 동기가 말했다. 귀찮았다고 했다. 과제가 늦었는데 어떻게 하냐며 아침부터 계속 문자가 오길래, 그럼 직접 제출하라고 답장하고 더는 핸드폰을 들여다보지 않았다고 했다. 나 역시 건너건너 전해 들은 이야기다. 실제로 그 과제에 대한 유리의 태도는 유난스러웠다. 자기 자신을 어떻게 생각하는지 자유롭게 써보라는 과제였는데, 2학기 시작하면서 공지를 받았다. 그리고 유리는 한 학기 내내 동기들에게 수시로 문자를 보내며 칭얼거렸다. 나도 그 문자를 받았다. 모르겠어. 어려워. 못 쓰겠어. 이런 거 너무 힘들어. 정말 힘들어. 너는 이런 거 쓸 때 아무렇지 않아? 너는 어떤 사람 같아? 나는 어떤 사람이야? 어떻게 보여? 나는 뭐가 되고 싶을까. 어떤 사람이 되고 싶을까. 아니, 이미 어떤 사람이 되어 있는 건 아닐까? 절대 그렇게 되고 싶지 않은 사람. 동기들은 유리에게 걱정하지 말라고, 넌 잘할 거라고 다독이는 척하고 단체 채팅방에 모여 유리를 흉봤다. 미친년. 또 관심받으려고 난리 치네. 유난스러워 죽겠다. 귀찮아 미치겠다. 야, 그러니까 적당히 대꾸해. 그러다 매일 같이 밥 먹자고 문자 온다. 모를 수가 없었다. 다들 앉기만 하면 그 이야기를 했으니까. 나도 유리의 문자를 받았다. 한 번도 답장하지 않았다.

유리의 사고는 뺑소니였다. 그때까지 나는 죽음을 겪어본 적이 없었다. 조부모님의 장례를 연이어 치르긴 했지만, 그건 갑작스러운 죽음과는 거리가 멀었다. 조용히 세상을 정리한 쪽에 더 가까웠다. 그러나 유리는 아니었다. 죽음을 실감하기에 스물한 살은 너무 어렸다. 나는 그랬다. 몇 달 전에 유리가 자살 소동 같은 걸 벌인 적이 있어서 조금 더 충격을 받았다. 나는 유리가 사람들에게 관심을 받으려고 그런 일을 벌였다고 생각했기 때문이다. 유난스럽고 유치하다고 생각했다. 때문에 그날 삼겹살집 앞에서 유리를 더 냉랭하게 대했던 것 같다. 나중에 유리가 죽었다는 이야기를 듣고 나서, 나는 그 애의 마음에 대해 조금 진지하게 생각했다. 골목에서 나를 부르던 그 목소리를 기억했다. 그 애는, 정말로 무슨 일이 있었던 건 아닐까.

자살 소동이라고 비웃음을 당하긴 했지만, 사실 꽤 심각한 사건이었다. 신문에까지 날 정도였다. 자살 모임에 가입해서 약속 장소인 모텔까지 갔던 것이다.

그날 모인 사람은 유리까지 다섯 명이었다. 기사에 쓰여 있는 대로 죽은 사람은 아무도 없다. 단아에게 들었는데, 그 모임을 주도한 사람은 지금 안진성당 합창단의 반주자라고 한다. 언젠가 그때를 떠올리며 허세 가득했던 시절의 방황이었다고 이야기했다 들었다. 죽음을 숭배하고 세상을 우습게 여기며, 내 몸을 마음대로 할 권리가 있다고 생각한 시절의 객기였다고. 그리고 그 모임에 유리가 있었다는 것이다. 실제로 그 애가 죽기 4개월 전에 벌어진 일이다. 문득 그런 생각이 든다. 그렇다면 교통사고도 자살이 아니었을까. 어차피 죽을 생각이었으니까. 그렇게. 결국 그렇게.

장례식은 조촐하게 치러졌다고 들었다. 가족이 없다 보니 누가 지킬 사람도 없어서 간단하게 끝났다. 먼 친척 한 명이 오긴 했는데 유골을 화장한 후 바로 돌아갔다. 그래서 유리를 어디에 묻었는지 아는 사람이 없다. 단아에게 듣기로는 현규 선배가 마지막까지 장례식을 도왔다. 주인이 없어진 방을 청소한 것도 현규 선배였다. 집주인이 방 물건을 모두 중고로 팔아버릴 거라는 소식을 듣고 난 뒤, 현규 선배가 남자 후배들을 데리고 유리의 방에 갔다. 청소하고, 유품을 정리하고, 그걸 선배가 다 했다고 들었다.

유리는 그 과제에 무슨 이야기를 썼을까.

그때 일을 떠올리며 한참 걸어 올라오니 어느새 원룸촌 앞이었다. 동희와 만날 때 이 근처를 자주 들렀다. 동희의 집은 찾기 쉬웠다. 먼저 편의점 간판을 찾고 그 길로 올라와 누수 점검 표지판을 찾고, 거기서 왼쪽으로 꺾어서 두 블록 걸으면 다세대 주택이 보이는데 그 집 반지하가 동희의 방이었다. 대각선 방향의 신축 원룸 5층에 유리가 살았다. 나는 유리가 쓰레기를 버리거나 시장을 다녀오는 모습을 몇 번 본 적이 있다.

나는 한때 유리의 방이 있던 건물 앞에 섰다. 11년 전보다 낡았다. 하지만 주변 풍경과 현관문은 그때와 똑같았다. 다시 스물한 살이 된 것 같은 아련한 기분이 드는 순간, 문득 의문 하나가 마음속 빗장을 비집고 나왔다.

왜, 현규 선배는 굳이 유리의 집을 청소한 거지?

사실 늘 그 이야기가 마음에 걸렸다. 물론 그건 정말이지 선배다운 행동이었다. 남을 배려하고 알뜰하게 살피는 사람. 그래도 평소 관심도 없던 애 방을 왜 치워줬을까. 하지만 선배라면 그럴 수 있다. 그 성격에 자기가 보살피지 못한 후배라는 생각으로 동정심이 들었을지도 모르니까. 그때는 분명 그렇게 대수롭지 않게 생각했다. 유리와의 소문을 몰랐기 때문이었다. 지금은 이해할 수 없다는 생각이 든다. 그렇고 그런 사이라는 소문이 난 사람의 집을 굳이 치워준다고?

수진의 얼굴이 떠올랐다. 나 때문에 좋지 않은 소문이 났을 수는 있다. 그러나 오랜 시간이 지났다. 지금까지 미친년 취급을 할 정도로 화가 나는 일인가.

혹시 마음에 걸리는 것이 있어서 그런 건 아닐까.

나는 침을 삼켰다. 무언가 깊이 숨기고 싶고, 절대 알려지지 않았으면 하는 사실이 갑작스레 퍼져나갔기 때문에 화가 났던 건 아닐까. 무려 지금까지.

그러니까.

진짜로 그렇고 그런 사이였기 때문에 집을 청소한 건 아닐까.

망상이 속도를 내며 머릿속을 질주했다. 절대 그런 일을 하지 않을 사람. 그런 일을 할 거라고 생각되지 않는 사람. 누구도 의심하지 않는 사람.

이제 나는 그런 칭송을 듣는 사람을 믿지 않는다. 이진섭은 모두의 신뢰를 받는 남자였다. 모두가 입이 마르도록 칭찬하는 남자. 1년 동안 내가 겪은 일을 누구도 몰랐듯이, 타인을 완벽하게 속이는 사

람은 세상에 분명히 존재한다. 그리고 이진섭이야말로 거짓말쟁이
였다. 사람들에게 잘 보이기 위해, 부러운 대상이 되기 위해 자기를
꾸몄다. 부잣집 아들, 사랑받은 아들, 여동생들을 아끼는 오빠, 다정
한 애인. 나도 사람들을 속였다.

남자친구에게 사랑받는 척, 내가 모든 걸 이해할 수 있는 척.

그에게 처음으로 맞은 날을 기억한다.

그날, 우리는 낮술을 했다. 술기운 때문인지 그는 자신에 대해 이
런저런 이야기를 털어놨다. 그는 팔현만큼이나 한적한 시골에서 자
랐다. 그는 시골 출신인 걸 자랑스러워하지 않았다. 가족 때문이었
다. 그는 장남이라는 단어를 싫어했다. 집안을 책임져야 한다는 사
실 때문에 화가 나 있었다. 그날 나는 그가 자수성가하다시피 살아왔
다는 걸 처음 알았다. 회사 사람들에게 한 이야기와 달라서 조금 놀
랐다. 사람들에게는 부모님의 사랑을 많이 받고 자랐고, 여동생들과
도 우애가 좋다고 여러 번 말했는데 그날 들은 건 전혀 다른 이야기
였다. 그의 말에 따르면 대학 시절부터 지금까지 부모님의 도움 없이
살았다. 하지만 가족들은 그를 엄청나게 대우해줬다고 생각했다.

"물론, 도움을 받긴 받았지. 하지만 잘 모르겠어."

여동생들보다 고기 한 점 더 먹은 거? 고등학교 때 혼자 학원에
다닌 거? 역시 그 혼자 서울의 사립대학을 다닌 거? 물론 받은 건
받은 거지. 하지만 그는 대학 내내 장학금을 받았고, 아르바이트를
해서 생활비를 벌었다. 학원은 동네의 작은 보습 학원이었고 여동

생들이 결혼할 때에는 그가 빚을 내서 혼수를 부담했다. 그리고 취직을 한 직후부터 지금까지 집에 매달 용돈을 보내드리고 있었다. 그런데 여동생들은 자신을 보면 툴툴댄다고 했다. 오빠만 대접받고 살았다고. 그러니까 부모님께 잘하고 살라고.

"그런 소리 하면 어릴 때처럼 한 대씩 패주고 싶다니까."

그는 냉장고에서 맥주를 꺼내며 말을 이었다. "어릴 때가 좋았어. 그때는 그것들 한 대씩 쥐어박아도 아무도 뭐라 하지 않았거든."

그때 이미 그는 취해 있었던 것 같다. 나는 그가 자신의 이야기를 더 이상 하지 않는 편이 좋겠다고 생각했다. 나는 우리 집 이야기를 시작했다.

양쪽 조부모님이 돌아가신 후, 우리 가족은 단출해졌다. 친척이라고 해봐야 큰아버지 한 분에 이모 두 명이었다. 큰아버지는 미국으로 이민을 가셨고, 이모들은 모두 다른 지역에 살아서 만나기 힘들었다. 이모들은 명절에 시댁에 가느라 팔현에 오지 못했다. 언젠가부터 부모님은 간소하게 명절을 보냈다. 어릴 때부터 농사일에 치여 살았기 때문인지 과한 가족 행사를 달가워하지 않았다. 우리 가족은 조촐하게 행사를 치렀다.

이런 말을 하면 시골 사람들이 의외라는 반응이 돌아오곤 했는데, 나는 꼭 시골이라고 해서 전통을 지키는 것 같지는 않다. 그 집안의 성향이 어떤지가 더 중요한 것 같다. 부모님은 평생 일과 빚에 시달렸다. 슈퍼에 사람도 얼마 드나들지 않는 긴 휴일, 쉬고 싶었을 것이다. 그래서인지 우리 가족은 명절 음식을 준비하는 데 시간을 많이 들이지 않았다. 게다가 엄마는 내가 부엌에 들어오는 걸 싫어했다. 그래서 나는 그때껏 음식을 만드는 데 일손을 보탠 적이 없었다. 엄마는 어차피 결혼하면 평생 명절 음식을 만들게 될 텐데 벌써 일할 필요 없다며 내가 돕겠다는 걸 늘 마다했다. 한번은 보다 못한 내가 전이라도 부쳐 먹자며 시장을 보러 가자고 했더니 엄마가 대답했다. "그래, 올해 전은 그냥 시장에서 사다 먹자."

제사 음식도 마찬가지였다. 나는 그에게 말했다.

"그래서 나는 한 번도 일을 도운 적이 없어요."

"그래?" 그의 표정이 와락 일그러졌다. "그럴 줄 알았다."

그 말투에 나는 당황했다. 비난을 당한 기분이었다. 어떻게 대답해야 할지 몰라 멍청히 그를 바라보고 있는데, 그가 갑자기 손등으로 내 뺨을 툭툭 두 번 쳤다. 그건 어루만지는 게 아니었다. 손에 힘이 들어가 있었다. 뺨에서 통증이 느껴졌다.

뭐지. 장난인가.

혼란스러웠다. 머릿속도 복잡했다. 내가 왜 그런 말을 들어야 하는지 이해할 수 없었다. 내가 명절 음식을 만들지 않는 건 우리 집의 자연스러운 분위기였다. 설거지나 빨래, 청소 같은 건 당연히 도왔다. 다만 내가 음식을 만드는 걸 엄마가 유난히 싫어해서 하지 않는다는 말이었는데, 마치 그는 내가 집에서 아무것도 하지 않고 빈둥거리는 사람이라는 듯 말하고 있었다. 하지만 나는 그에게 반박하지 않았다. 어쨌든 그것이 자랑할 만한 일은 아닌 것 같았다. 내가 혹시 잘못하고 있는 건가? 엄마가 아무리 싫다고 해도 내가 일을 해야만 했던 걸까? 마땅히 해야 할 일을 눈치 없이 지나쳐버린 걸까? 여전히 뺨에서 통증이 느껴졌다. 그렇다면 이건 뭘까. 그는 나를 지금 때린 걸까? 아니면 어쩌다 손에 힘이 들어가서 실수한 걸까. 나는 생각했다.

아, 그는 취했구나.

그래, 사람이 취하다 보면 이럴 수도 있지.

딱딱하게 굳은 내 표정을 본 그가 미소를 지었다. 그리고 손으로 다시 내 뺨을 쳤다.

툭.

툭.

툭.

나는 그의 손을 잡았다.

"하지 마요."

그가 소리 내 웃었다. "에이, 장난이야. 장난. 내 장난도 못 받아 줘?"

나는 그의 손을 놓았다. 그가 내 머리를 쓰다듬었다. 그에게 화를 낸 것이 조금 무안했다. 그는 다시 자신의 가족 이야기를 했다. 그는 명절 때 늘 집안일을 도맡아왔다고 말했다. 제사 준비부터 친척들 모시는 일, 음식 준비는 물론 산소 정리까지 모두 그가 한다고 했다. 다른 집은 며느리가 있지만 자신은 혼자라서 일을 도와줄 사람도 없다고 했다. 그렇다고 늙은 어머니에게 모두 맡길 수도 없는 일이니 어쩔 수 없이 자신이 하게 된다고 했다. 아버지는 평생 어떤 일도 돕지 않았다고 했다. 그러면서 그가 부엌에 들어가면 사내자식이 무슨 짓이냐며 혀를 찬다고 했다. 여동생들은 친정 왔다는 핑계로 젓가락도 들지 않는다고 말했다. 그는 또 말했다.

"진짜 패주고 싶어."

나는 무심코 되물었다. "아버지를요?"

그때 그가 다시 인상을 확 찡그렸다. "무슨 말을 그렇게 해? 내가 그런 놈으로 보여? 동생들 말하는 거잖아."

"아."

나는 어떤 대답을 해야 할지 몰라 어색하게 웃었다. 그가 나를 바라보며 말했다.

"때리고 싶지 않겠어?"

나는 무슨 말을 해야 할지 고민하다 중얼거렸다.

"글쎄요. 어쨌든 남자도 음식을 만드네요."

순간, 주변 공기가 낮게 깔리는 기분이 들었다. 나는 고개를 들었다. 그가 엄청나게 화가 난 얼굴로 나를 노려보고 있었다. 나는 변명하듯 다급히 말을 이었다.

"아니, 당신 집안에서는 남자도 일을 한다고요."

그 순간, 짝 하는 소리가 내 귀에서 울렸다. 나는 손으로 얼굴을 감쌌다.

"남자도?"

그가 격앙된 목소리로 말했다.

"집에서 노는 게 자랑이야? 부모님이 널 이해해준다고 생각하지?

착각하지 마. 그거 이해해주는 거 아니야. 아무 말 안 하는 거지.”

그리고 내 어깨를 밀었다. 나는 의자에서 미끄러져 바닥에 쓰러졌다. 계속 얼굴을 감싸고 있었다. 그를 바라볼 수가 없었다.

“남자도? 그런 말 부끄럽지도 않아?”

부끄러웠다.

양쪽 뺨이 뜨겁게 아프고, 너무 놀라서 심장이 터질 듯이 쿵쾅거리는 것보다 내가 ‘남자도’라는 말을 했다는 사실이 정말 부끄러웠다. 초등학생 시절, 여자는 치마를 입어야 예쁘다는 말을 한 남자애에게 잘 보이고 싶어 치마를 입은 일이 떠올랐다. 그런데 네가 그런 말을 하다니. 안진대학 시절, 유명 번역가 강연에 참석한 뒤 뒤풀이에 갔었다. 번역가는 남자였다. 남학생보다 여학생이 몇 배는 더 많은 자리였다. 번역가는 대학 시절 사귀었던 여자에 대해 이야기했다.

온갖 남자를 다 홀리고 다녀서 자기 속을 썩였던 여자였는데, 그가 유명해지니까 연락을 해왔다는 이야기였다. 번역가는 말했다. “만나보니 정말 실망스러웠어요. 정말 추하게 늙었더라고요.” 그리고 여학생들을 훑어보며 말했다.

“관리 잘해야 합니다.”

나는 웃었다. 그 자리에서 웃었다! 분위기를 망치는 사람이 되기 싫어서. 그런 농담을 잘 넘기는 느긋한 여자로 보이고 싶어서! 서울에서 다닌 대학의 졸업 학기. 한 노교수가 우리에게, 여학생들에게 말했다.

“너희들이 이렇게 여기 앉아 있으니까 인구가 줄잖아! 빨리 가서 결혼을 하고 애를 낳아!"

화가 난 여학생 몇 명이 학교 측에 노교수를 고발하는 서명을 받았다. 나는 서명하지 않았다. 졸업 학기였다. '그런 일'로 피해를 보기 싫었다. 여자들은 불리할 때만 차별이라고 말하지. 이전 회사에서 상사를 성추행 혐의로 고발한 여직원이 있었다. 나는 도와주지 않았다. 내 일이 아니었으니까. 더 중요한 일이 있는데 사소한 사건으로 회사 분위기를 망치는 유난스러운 여자로 보이고 싶지 않았으니까.

그랬으면서. 그런 주제에.

부끄러웠다.

남자도? 내가 왜 그런 말을 했지? 요즘 시대에 남자 여자가 어디 있다고. '여자가'라는 말은 듣기 싫어 하면서 내 입으로 '남자도'라는 말을 하고 말다니. 아니, 나는 지금까지 이런 일에 적극적으로 말한 적도 없으면서. 어떻게 '남자도'라는 말을 꺼냈던 거지? 맞을 수밖에 없는 상황을 내가 만든 것이다. 내가 잘못한 거야. 그의 상황을 알면서도 그런 말을 하다니! 너는 자격이 없어.

하지만 그가 나를 때린 건 때린 거였다. 그가 화장실에 간 사이 나는 짐을 챙겨 밖으로 나왔다. 그리고 사흘간 그의 연락을 받지 않았다. 그는 매일 미안하다는 문자와 음성 메시지를 보냈다. 감정을 조절하지 못하고 충동적으로 저지른 일이라고. 다시는 그런 일 없을 거라고.

"미안해. 너한테 화를 내서는 안 되는 일이었는데."

그는 부모님이 사업에 실패해서 진 빚을 자신이 갚고 있다고 했다.

"하지만 나를 조금 더 배려해서 말할 수는 없을까? 물론 내 상황을 충분히 설명하지 않은 건 내 잘못이야. 하지만 나는 모든 걸 책임지고 있어. 오직 내가 장남이라는 이유로 말이야. 부모님이 살아 계시다는 것 자체가 엄청나게 부담스러워. 이런 기분이 얼마나 죄스러운지 몰라. 그런데 남자도 일을 한다니. 네 말에 머릿속의 끈이 툭 끊어지는 것 같았어. 미안해. 정말 미안해. 나도 놀랐어. 나도 믿을 수가 없어. 이건 내가 아니야. 알잖아. 나는 다정한 사람이야. 내 다정함을 네가 끌어내줄 수는 없겠어?"

나흘째 되던 날, 그는 내 집 앞에 찾아와 무릎을 꿇었다. 그는 키가 거의 190센티미터에 가까웠지만 그렇게 내 앞에 무릎을 꿇고 있으니 무척 왜소해 보였다. 내게 용서를 받겠다고 무릎을 꿇고 있는 모습을 보니 마음이 누그러졌다. 당당하고 자신감 넘치던 사람이, 모든 사람의 부러움을 받는 이 사람이 지금 내 용서만을 바라고 있었다.

나도 안다. 그가 나를 때린 건 이해로 받아들일 문제가 아니었다. 하지만 나는 이해하려 했다. 내게 벌어진 일을 스스로 납득해야 했으니까. 내가 남자에게 두들겨 맞는 여자라는 걸 인정하고 싶지 않았으니까. 그래서 나는 모든 걸 '진심'으로 받아들였다. 나 때문에 자신 역시 상처받았다는 말. 그의 삶이 힘들다는 말. 정말로 미안하다는 말. 그럼에도 불구하고 나를 정말로 사랑한다는 말.

사랑한다.

정말 사랑한다.

그러니까, 나를 가장 깊이 속인 사람은 결국 나 자신이다. 사람은 그렇게 누구든 속일 수 있다. 그럴 수 있다. 현규 선배라고 해서 달랐을까. 정말로 그는 내가 기억하는 그런 모습의 사람일까.

그때, 원룸 현관이 열렸다. 어떤 아주머니가 통화를 하며 걸어 나왔다.

"아, 제가 부동산으로 갈게요." 그녀가 핸드폰에 대고 말했다.

나는 그녀를 바로 알아보았다. 원룸 주인이었다. 이전에 지나다니면서 본 적이 있었다. 여기는 작은 원룸촌이었고, 학생들은 이곳저곳을 옮겨 다녔다. 그래서 학생들 사이에 좋은 원룸 주인 몇 명은 얼굴이 알려져 있었다. 나처럼 기숙사에 살며 혼자 살고 싶어 안달이 난 경우에는 더더욱 또렷하게 기억했다. 이 아주머니도 많이 늙으셨구나. 하지만 느낌일 뿐이었고 정말로 그때 집주인이 맞는지는 확신이 안 섰다. 그러던 중 아주머니가 시선을 눈치채고, 나를 힐끔 쳐다보았다. 나는 재빨리 아주머니에게 다가섰다. 그래, 어차피 이렇게 된 거 한번 물어나 보자.

"아주머니!"

내가 부르자 그녀가 뒤를 돌아봤다. 나는 곧장 입을 열었다.

"아주머니, 하유리 아시죠? 옛날에 저기 꼭대기 층 살았는데요."

아주머니가 의심스러운 눈초리로 나를 보며 느릿느릿 대답했다.

"아… 그 죽은 아가씨? 갑자기 왜요."

역시 맞았다. 게다가 유리를 기억하고 있다. 나는 서둘러 말을 꺼냈다.

"제가 유리 대학 동기인데요."

그녀는 한숨을 쉬더니 귀찮다는 듯 대꾸했다.

"아니, 무슨 대학 동기가 그렇게 많아."

"네?" 나는 반문했다.

"왜요, 아가씨도 소설 써요?"

나는 대답하지 못했다. 무슨 말인지 알아들을 수가 없었다. 집주인이 말했다.

"툭하면 소설이니 기자니 하며 찾아오니까 하는 말이에요. 아가씨는 뭐 써요. 소설 써? 아니면 기자야?"

나는 고개를 저었다. 집주인은 손을 내저었다. 그러면서 유리 학생에 대해서는 별로 할 말이 없다고 했다. 나는 다급히 물었다.

"아주머니 그때요. 청소하러 온 남자분 있잖아요. 키가 엄청 커요. 기억하세요?"

나는 빠르게 설명했다. 방을 내놓으려고 할 때, 남자들이 찾아와 방을 치우고 물건을 정리하지 않았느냐고.

"어, 그게 왜요."

"그때 혹시 같이 온 친구들 기억나세요? 남학생 세 명쯤 될 텐데요. 정확히 뭘 치웠는지 혹시 기억나시나 해서요."

집주인이 나를 빤히 봤다. "그건 또 무슨 소리야? 그런 건 왜 물어요."

"그게…" 나는 침을 삼켰다.

"가요. 그런 식으로 죽은 사람 캐고 다니는 거 아니야. 소설 쓸 거면 혼자 상상해서 해요."

나는 돌아서는 집주인을 붙들었다. "제가 오해를 받아서요. 부탁 좀 드릴게요. 누가 왔다 갔는지라도 좀 알 수 있을까요."

집주인이 무슨 소리냐는 듯 나를 봤다. 나는 대답했다.

"제가 거짓말한다는 소문이 돌아서요."

"무슨 거짓말?"

"제가 그 선배랑 같이 유리 방을 치웠다고 사람들이 의심해서요. 안 그랬는데. 이제 그 선배는 연락도 안 되고. 자꾸 제가 뭘 훔쳤다고 그런 이야기가 돌아서…."

나는 말을 흐리며 집주인을 바라봤다. 진짜 거짓말을 해서 그런지 얼굴이 붉어졌다. 집주인이 인상을 찡그렸다. 여전히 의심스러워하는 것 같았다. 어차피 거짓말을 한 김에, 한 번 더 해보기로 했다. 그래, 나도 잘 속여 넘기는데 남이라고 어렵겠나.

"이야기가 자꾸 심각해져서, 오해가 안 풀리면 경찰에 찾아갈까 생각 중이에요."

그러자 집주인의 표정이 안 좋아졌다. 이런 일로 무슨 경찰까지 부르냐며 혀를 찼다.

"뭐, 다들 오해했나 보네. 그 여학생이랑 아가씨랑."

나는 듣기만 했다. 집주인이 계속 말을 이었다.

"그때 셋이 온 게 아니라 둘이 왔었어. 그 남학생이랑 유리 학생 친구랑."

"유리 친구요?"

"어, 유리 씨 집에 자주 오던 그 여학생. 그 아가씨가 유리 학생 유품 정리하는 걸 남자친구한테 도와달라고 해서 같이 온 거야. 나는 둘이 워낙 친했으니까 알아서 정리할 수 있겠다 싶어서 들여보낸 거고. 유리 학생이 가족이 없었잖아요. 그런데 뭘 훔쳤다고 그러는데요? 중요한 물건은 그 아가씨가 다 가져갔어요. 친척한테 보낸다고 그랬어."

집주인은 잘못하면 자신이 오해를 받을지도 모른다고 생각했는지, 장황한 설명을 늘어놓았다. 내가 경찰 이야기를 했기 때문인 것 같았다. 그녀는 골치 아픈 일에 절대 엮이고 싶지 않다는 듯 단호하게 말을 이어나갔다.

"내가 확실히 기억하는데, 유리 학생 친구가 맞아. 옛날에 유리 학생이 정말 친한 친구니까 혹시 자기 없을 때 드나들어도 이상하게 생각하지 말라고 나한테 직접 소개도 시켰어. 아우, 내가 못살아. 아무튼 그 학생 이상했다니까. 계약하러 온 날 자기가 고아니 뭐니 구구절절 사연을 늘어놓더니, 갑자기 어느 날 와서는 자기 친구가 얼마간 같이 있을 거라고 떠들고. 유리 학생 때문에 나도 피해본 게 많아요. 지금 아가씨처럼 물어보는 것도 내가 아주 스트레스야, 어? 어쨌든 그 아가씨가 유리 학생 친구 맞아. 하루도 아니고 여러 날을 그 집에 죽치고 있었어. 내가 알아. 나 볼 때마다 자기 친구 보면 뭐라고 하지 말라고 신신당부를 했다고. 그래서 내가 기억하고 들여보내준 거야. 아무리 사람이 죽었다고 해도, 나 아무한테나 방 보여

151

주고 안 그래요."

집주인은 잘못한 게 없다는 듯 목소리가 점점 높아졌다. 진절머리를 내는 걸 느낄 수 있었다. 나는 계속 듣고 있었다. 납득해서가 아니었다. 아무것도 이해할 수 없어서였다.

왜냐하면, 수진과 유리는 친구였던 적이 없었다.

집주인은 바쁘다며 가던 길을 다시 올랐다. 나는 그 자리에 가만히 서 있었다. 눈앞에 골목들이 펼쳐져 있었다.

나를 노려보던 작고 오목조목한 얼굴. 그러고 보니 수진은 아침에 그렇게 말했다.

"나는 여자 아니야."

왜?

처음에 들을 때는 나 같은 여자가 아니라는 뜻으로 빈정댄 말이라고 생각했다. 아니면 여자 이야기를 운운하며 동정심을 구하지 말라고 나를 비웃은 말이거나. 내 말을 부정하고 싶어서 어린아이처럼 억지를 부리는 거라고만 생각했다. 그런데 갑자기 그 말에 다른 의미가 있는 것 같다는 생각이 들었다. 숨겨진 다른 의미.

수진과 유리. 유리와 현규 선배. 그리고 나.

하지만 생각이 짙어질수록 어떤 것도 알 수가 없었고 어느새 해가 저물어 어둠이 깔리고 있었다. 나는 오래된 기억들을 더듬으며 그 자리에 그대로 있었다. 어디로 가야 할지 도무지 알 수가 없었다.

9. 수진

오늘도 수진은 출근하면서 아파트 어린이집 앞을 일부러 지나갔다. 한 남자아이가 엄마 품에서 떨어지지 않으며 우는 모습이 보였다. 수진은 안 보는 척하면서, 그 애의 얼굴을 유심히 살폈다. 찡그린 얼굴에서 서러움이 묻어났다. 눈가에 맺힌 눈물방울이 떨어지는 순간 수진의 마음도 철렁 내려앉는 기분이었다. 아이 엄마는 오죽할까. 애써 아이를 떼어놓고 뒤돌아서는 아이 엄마는 무척 지쳐 보였다.

수진은 고개를 돌렸다. 아무것도 보지 않은 척했다.

밤 11시, 카페를 마감하고 집으로 돌아오는데 남편에게 전화가 걸려왔다. 아무래도 야근을 할 것 같으니 기다리지 말고 먼저 자라고 했다. 수진은 알았다고 대답했다. 그리고 두 사람은 약간 침묵했다.

수진은 돌아오는 길에도 어린이집을 잠시 바라보았다. 식상한 습관이라고 생각했다.

뻔하고, 우습다.

어떤 사람과 9년을 함께 살게 되면, 그리고 그 사람을 이전에 3년 동안 알고 지냈다면, 그 사람의 습관과 기분을 눈치챌 수 있다. 침묵은 그의 습관이 아니었다. 잦은 야근도 습관이 아니었다. 이전에 남편의 마음은 늘 옆에서 만질 수 있을 정도로 분명하게 느껴졌는데, 요즘 수진은 그의 마음을 잡을 수 없었다.

현규는 좋은 남편이었다. 좋은 남자친구였을 때 이상으로 좋은 남편이었다. 하지만 요즘 그들은 어색했다. 1년 전인가, 음악회에 다녀온 후부터 남편은 조금 이상해졌다. 음악회에서는 아무 일도 없었다. 대학 동기 두 명을 마주치긴 했다. 교육청 공무원과 도서관 사서가 된 친구들이었는데, 사실 수진은 그들과 가깝게 지낸 적이 없어서 솔직히 그 애들이 먼저 남편을 알아보지 않았다면 인사하지 않았을 것이다.

혹시 그들이 남편과 특별한 사이였나? 그랬을 수 있다. 남편은 학과에서 가장 인기가 많은 남자였고, 수진이 첫 여자친구였던 것도 아니다. 그러나 수진은 남편이 학과 교수와 연애를 했다 하더라도, 그냥 그러려니 했을 것이다.

수진은 그 일을 겪은 뒤, 중요한 건 현재라고 마음에 새기고 살아왔으니까.

하지만 그 여자들은 남편과 과거가 있었다고 생각할 만한 사람들도 아니었다. 학교 다닐 때 공부만 하던 애들이었다. 미래 계획에 타인을 꼭 들여놓지 않아도 괜찮은 이들이 있었다. 저들이 그랬다. 연애에 관심이 없거나 평생 독신으로 살겠다거나 그런 건 아니었다. 하지만 상대에 대해 특별히 간절하지 않았고, 혼자서도 충분히 재미있게 지냈다. 책, 공부, 친구들, 이런저런 취미들을 즐기면서. 사실 수진도 비슷한 부류였다.

그녀에게 시간이 조금만 더 주어졌더라면, 아마 저들과 친구가 되었을지 모른다. 수진은 도서관 사서가 되고 싶었다. 책을 분류하고, 순서대로 꽂고, 오래된 책을 보존 서고에 저장하고. 그런 일을 하고 싶었다. 두 사람을 마주친 순간, 수진은 오래전 잃어버린 무언가를 발견한 기분이 들었고 잠시 혼자 추억에 젖었다. 별다른 일이 없었다면 수진도 그렇게 되었을 테니까. 그러니까, 현규를 만나지 않았다면. 사서가 되기보다는 북카페를 운영하는 쪽이 낫다는 생각을 하지 않았더라면 말이다. 그리고 그 일이 없었더라면.

정말로? 수진은 헷갈렸다. 정말로 그 일 때문이었을까?

하지만 수진은 그 생각에 깊이 빠져 있지 못했다. 남편이 이상하게 굴기 시작했으니까. 아무리 돌이켜봐도 어떤 일도 없었을 게 분명한 대학 동기 두 명을 마주친 음악회 직후, 남편은 이상해져버렸으니까. 그래, 다음 날부터였다. 아침에 밥을 먹다 말고 그는 이렇게 말했다.

"걔들은 진짜 많이 변했더라."

처음에 수진은 웃었다. 남편의 말은 대학 시절 도서관에서 공부만 하던 여자애들이 몰라볼 정도로 예뻐졌다는 말로 들렸기 때문이었다. 남편은 웃지 않았다. 그는 수진을 지그시 바라보더니 힘없이 말했다.

"우리는 달라진 게 아무것도 없는 것 같아."

수진은 무슨 말이냐고 물었다. 남편은 쓸쓸한 미소를 지었다. 조금 우울해 보였고, 뭐랄까 지쳐 보였다. 수진은 더 묻지 않았다. 회사일 때문에 힘이 드는 모양이라고 생각했다. 시부모님은 왜 아이를 갖지 않는 거냐고 계속 물었다. 갖지 않는 것이 아니었다. 아이가 들어서지를 않았다. 병원에서 검사해보니 남편의 정자가 건강한 편이 아니라는 진단을 받았다. 두 사람은 시부모님 몰래 시험관 수술을 세 번 했고 다 실패했다. 수진은 남들보다 부작용이 심했다. 현규는 수진이 고생하는 걸 볼 수 없다며 임신 시도를 중단했다. 그리고 시부모님에게는 자신이 서른다섯이 될 때까지 아이를 가질 생각이 없다고 못 박은 것으로 시간을 벌었다. 어쩌면 그게 현규를 의기소침하게 만들었을지도 모른다고 수진은 늘 생각했다. 남편은 살면서 뭔가를 실패해본 적 없는 사람이었다. 그런데 아이를 낳지 못할지도 모른다니, 그에게는 충격이었을 것이다. 수진은 그를 위로했다.

"나는 우리 둘이 살아도 괜찮을 것 같아. 당신은?"

그건 진심이었다. 물론, 수진은 아이를 갖고 싶긴 했다. 현규와 수진의 아이. 하지만 아이를 원하지 않기도 했다. 이대로 사는 것도 나쁘지 않을 것 같았다. 실제로 좋았다. 그래서 수진은 출근 시간에 어린이집 앞에서 아이들을 슬쩍 구경하기 시작했다. 자신이 아이를 원하는지 아닌지 알고 싶었다. 멀리서 바라보는 아이들은 아름다웠다. 세상 천지에 엄마 아빠밖에 모르는 조그만 생명체들. 그들을 지켜보면서 수진은 자신이 아이를 좋아한다는 걸 알았다. 하지만 그들을 정말로 키우고 싶냐고 묻는다면, 대답할 말이 떠오르지 않았다. 그러다 문득, 그냥 이렇게 지켜보는 것도 충분히 좋다는 생각이 들었다. 그래, 모두가 정해진 대로 살 필요는 없다. 수진은 남편에게 말했다.

"나는 진짜 괜찮아."

수진의 말에 남편은 대답하지 않았다. 이후 그들은 아이 문제를 입에 꺼내지 않았다. 그런 문제가 없는 것처럼 지냈다. 대부분 행복하고 즐거운 시간이었다. 하지만 그의 나이가 서른다섯에 가까워지면서 시부모님이 닦달을 했다. 수진의 나이도 있는데, 언제까지 미룰 거냐는 거였다. 수진 역시 이 문제를 계속 외면하고 있을 수는 없다는 걸 알았다. 시부모님께 솔직하게 고백하고 결단을 내리고 싶었다. 하지만 최근, 남편은 이런 심각한 문제를 물어보기가 겁이 날 정도로 침울했다. 이전에도 남편은 이런 적이 있었다. 하지만 잠시 혼자 내버려두면 알아서 추스르고 일상으로 돌아왔기에 수진은 기다리기로 했다.

그러나 이번에는 정말 길었다.

지금도 수진은 그에게 아무것도 묻지 않고 있다. 그를 위해서, 그를 혼자 두는 것이 옳으니까. 그렇게 생각하지만 사실 외면하고 있는 쪽은 수진이다. 수진은 알고 있다. 물어봐야 한다는 걸. 함께 산다는 건, 헤어지지 않기 위해 노력하는 것과도 같다. 언제든 이별할 수 있다는 걸 알기 때문에. 타인이기 때문에. 노력은 당신과 계속 살겠다는 의지다. 하지만 의지만으로 모든 것을 해낼 수는 없다. 수진은 의지가 얼마나 쉽게 꺾이는지 잘 안다. 의지 역시 그만큼 지켜야 할 이유가 있을 때 존재할 수 있는 것이다. 의지는 내가 감당할 수 있는 만큼만 존재한다. 때때로 수진은 그녀의 비밀을 남편에게 말하고 싶을 때가 있었다. 하지만 말하지 않았다. 과연 그가 감당할 수 있을까. 지금껏 그녀에게 보여준 모습이라면, 그녀가 그에게 갖고 있는 믿음으로 대답해본다면, 대답은 '그렇다. 감당할 수 있을 것이다'.

그는 그녀를 이해할 것이다. 하지만, 정말 그럴까. 사람이 사람을 완전히 이해하고 받아들이는 게 과연 가능할까. 계속 나와 살고 싶다는 의지를 가질 수 있을까. 그녀는 입장을 바꾸어 생각해본 적이 있다. 만일, 그에게 비밀이 있다면 그녀는 감당할 수 있을까.

있다.

그녀는 얼마든지 고개를 끄덕였다. 그럴 수 있다. 얼마든지 감당할 수 있어. 수진은 진심으로 그를 사랑했다. 연애 시절, 그는 수진이 자신에게 완전히 마음을 열지 않는다고 투정을 부리곤 했다. 하지만 그를 사랑하기 때문이었다! 그녀가 마음을 완전히 열어버리면, 그녀의 뜨거운 마음에 그가 질식해 죽을지도 모른다고 생각했기 때문에. 그녀는 온전한 형체로 그를 사랑하고 싶었다. 정말로, 뭐든지 감당할 수 있는가.

있다.

정말 뭐든지 괜찮은가? 감당할 수 있는가?

있다.

현규가 교수와 연애를 했다 해도. 숨겨둔 아이가 있다 해도. 현규가 하유리와 그렇고 그런 사이였다고 해도?

있다.

아니!

남편은 하유리와 그렇고 그런 사이였던 적이 없다. 두 사람 중 수진이 먼저 소문을 들었다. 또 김진아의 입에서 나온 이야기였다. 수진은 무시했다. 몇 주 후, 하유리가 죽었다. 그제야 현규는 자신과 하유리에 대한 소문을 들었던 모양이다. 수진은 정말 괜찮았는데, 현규는 진지하게 할 말이 있다며 그녀를 카페로 불러냈다.

"이상한 소문을 들었을 거야. 그런 적도 없고, 그런 소문이 나도록 빌미를 제공한 적도 없어. 해명할 가치도 없지만, 혹시 네가 마음이 불편할까 봐 확실하게 말해주고 싶어. 나는 하유리와 아무 사이도 아니야."

수진은 웃으며 현규의 손을 잡았다.

"당연하지. 그런 걸 내가 믿을 거라고 생각했어?"

믿지 않았다. 정말로 수진은 믿지 않았다. 현규는 거짓말을 한 적이 없었다. 그건 결백한 사람의 선한 얼굴이었다. 그는 분명 아무 짓도 하지 않았다. 그는 자신이 하유리와 그렇고 그런 사이가 아니라는 것을 누구보다 잘 알고 있다. 그는 잘못한 것이 아무것도 없다. 그는 수진을 두고 바람을 피우지도 않았고, 제발 누군가 곁에 있어 주기를 간절히 바라는 불쌍한 여자애의 외로움을 이용하지도 않았다. 수진은 진실만을 말하는 그 얼굴을 정말 잘 알았다. 누군가를 해친 적이 없다고 믿고 있는 그 청렴한 얼굴을 말이다. 바로 그 일 덕분에.

스무 살 봄. 수진을 강간한 남자의 얼굴이 그랬다.

"나는 우리 사이에 뭐가 있다고 생각했는데 아니었어?"

황당하다는 듯 말을 잇던 그 표정. 억울하고 분한 목소리. 남자는 놀라서 딸꾹질하는 그녀에게 조심스럽게 말했다.

"있잖아, 기분 나빠하지 말고 들어. 너 피해의식 있어."

수진이 미소를 지으며 현규를 바라봤다. 머릿속에 떠오른 그 남자의 목소리를 힘껏 한쪽으로 밀쳐냈다. 현규가 안도의 눈길로 그녀를 바라봤다. 그리고 말했다.

"그래서 말인데, 유리 장례식을 좀 도와줘야 할 것 같아."

"자기가?"

"응, 아무도 나서지를 않으니까. 친척분께 전화도 드렸어. 일찍 가보셔야 한다고 그러더라고. 그래서 애들 불러서 집 청소 좀 하려고."

"그래?"

"응, 괜찮지? 불쌍한 애잖아."

수진은 내키지 않았다. "그런 소문도 났는데… 꼭 해야겠어?"

"거짓말이잖아. 그런 건 중요하지 않아. 그 소문 때문에라도 내가 더 해야 한다고 생각해." 현규가 수진의 손을 잡았다. "죽었잖아. 불쌍한 애였어."

수진은 그의 표정을 살폈다. 진심으로 유리를 안타까워하는 것 같았다. 수진은 자신도 가겠다고 했다. 현규가 놀란 표정으로 수진을 봤다.

"물건 나르고 청소하고, 힘쓰는 일이야. 안 오는 게 좋을 것 같은데."

"아니야, 나도 도와줄게." 수진은 현규를 똑바로 바라봤다. 그 결백한 얼굴을.

"불쌍한 애잖아."

현규는 고개를 끄덕였다. 조금 못마땅한 얼굴이었다. 마치 일이 틀어졌다는 듯, 실망스러워하는 것 같았다. 그러나 수진이 그렇게 느꼈을 뿐이었다. 그녀는 더 묻지 않았다. 내가 오해하고 있는 거냐고, 혹시 내가 모르는 다른 이야기가 있는 거냐고 묻지 않았다. 수진은 현규를 사랑했다. 헤어지고 싶지 않았다. 계속 함께 있고 싶었다. 그녀는 감당할 수 없는 비밀은 알고 싶지 않았다. 그렇다면 물어보지 않으면 된다. 그녀 역시 비밀을 털어놓을 생각은 없었으니까.

* * *

남편은 밤새 집에 들어오지 않았다. 아침에 일어나보니 부엌에

서서 샐러드를 먹고 있었다. 그새 씻고 옷을 갈아입었는지 차림새가 말쑥했다. 발사믹 식초 냄새가 시큼하게 풍겼다. 그녀가 찬장에서 식빵을 꺼내자, 그는 괜찮다는 듯 고개를 저으며 말했다.

"입맛이 없어. 이거면 돼."

그녀는 빵 봉지를 식탁에 던지듯 내려놓고 팔짱을 꼈다. 답답함이 속에서 밀려 나왔다. 수진은 말했다.

"안 들어오면 연락이라도 하지 그랬어. 그러면 뭐든 만들어놨을 텐데."

"입맛이 없다니까."

그는 샐러드 그릇을 싱크대에 내려놓고, 물을 틀었다. 수돗물이 그릇 위로 차갑게 쏟아졌다. 수진은 그의 뒷모습을 가만히 바라보다 식탁 위의 빵 봉지를 열었다. 그녀가 식빵을 한 입 베어 먹자 그가 말했다.

"그거 먹지 말고, 아침 제대로 차려 먹어."

수진은 무심코 신경질적으로 대답했다. "됐어, 그냥 이거 먹고 말 거야."

그는 아무 말도 안 했다. 휴지로 입을 닦더니 출근한다며 현관으로 걸어갔다.

그녀는 물었다. "오늘도 늦어?"

"모르겠어."

그녀는 화가 치밀었다. 적어도 요즘 뭘 하고 다니는지, 늦는지 일찍 오는지 정도는 말해야 하는 거 아닌가. 그녀는 화를 눌러 참으며 간신히 목소리를 내뱉었다.

"요즘 회사에 무슨 일 있어?"

그가 그녀를 돌아봤다. 차갑고 냉랭한 표정. 그가 이런 얼굴을 한 건 본 적이 없었다. 1년 전 그날처럼 조금 우울하고 쓸쓸한 미소가 그의 얼굴에 떠올랐다 사라졌다. 그날 그는 우리가 달라진 게 없다고 했었다. 그게 왜? 달라지지 않았다는 게 문제인가? 당연히 달라지지 않아야 하는 것 아닌가. 그녀는 묻고 싶었다. 절대 변하지 않을 거라고 매일 고백하더니, 결국은 지루해진 거니.

"내가 어떻게 지내는지 궁금하긴 한가 봐."

수진은 멍하니 그를 바라봤다. 그게 무슨 말이야? 그러나 물어보기도 전에 그는 문을 열고 밖으로 나갔다. 현관문이 탁, 소리를 내며 닫혔다. 그녀는 기가 막혔다. 정작 화낼 사람은 누군데?

오전 내내 그녀는 짜증이 난 채로 있었다. 그의 말이 계속 귀에서 맴돌았다. 무언가 일이 걷잡을 수 없는 곳으로 향하고 있다는 예감이 들었다. 이걸 바로잡을 수 있을까. 원래대로 돌아갈 수 있을까. 어디서부터 틀어진 걸까. 수진은 이런 날이 올 거라는 걸 알고 있었던 기분이 들기도 했다. 결국은 이렇게 될 줄 알았어. 연애 시절, 그는 그녀에게 무슨 생각을 하는지 모르겠다고 말할 때가 있었다. 그게 그를 불안하게 만든다고 했다. 그녀는 크게 웃음을 터뜨렸다. 그게 무슨 소리냐고, 당신을 불안하게 하는 생각 같은 건 해본 적도 없고 하지도 않을 거라고.

정말이었다. 그녀는 그를 떠날 생각이 없었다. 그녀는 그와 같은 남자를 절대 만나지 못할 것이다. 잘 알고 있었다. 그녀가 집 나간 춘자의 딸이기 때문에? 그는 안진 유지의 아들이고, 모두가 사랑하는 사람이기 때문에? 그와 사귀고 결혼하면서, 겨우 춘자 딸이었던 수진의 위치가 달라졌기 때문에? 사실이었다. 하지만 그게 전부는 아니었다.

강간을 당한 후 수진은 당연히 망가졌다. 가장 괴로웠던 것? 수진은 그때 임신을 했다. 말도 안 되는 일이었다. 단 한 번이었는데, 단 한 번이 그녀의 인생을 갈기갈기 찢어놓고 있었다. 어떻게 이렇게 뻔할 수가 있지? 강간을 당하고 임신을 하다니. 임신은 신비로운 것 아니었나. 이렇게 쉽고 간단하다니. 수진은 자신이 이야기의 클리셰 같다고 생각했다.

힘들었냐고? 병원에서 아이를 지우고 돌아와 욕실에서 찬물을 맞으며 울었던 것? 아니면 아무 일도 없었던 것처럼 지내고 싶었지만, 도저히 그렇게 할 수가 없어서 밥도 먹지 못하고, 친구들도 만나지 않고, 10킬로그램이나 빠졌던 것? 사흘 내내 방바닥에 누워 움직이지 않고 그대로 있던 것? 아니, 힘들지 않았다.

진짜 힘든 건, 이런 거였다. 양수진, '나는 내가 생각하는 만큼 사랑받을 만한 사람이 아닐지도 모른다', '나는 그렇게 함부로 강간해도 되는 여자인가 보다'. 그런 생각에 사로잡혀 있던 것. 바로 그것이 가장 힘들었다. 때문에 현규를 만나기 시작했을 때, 수진은 두려웠다. 그는 절대 놓쳐서는 안 되는 남자였다. 세상에, 대학교의 모든 여자가 류현규를 원하는 것 같았다. 그런데 그 남자가 수진을 좋아한다고 말해왔던 것이다.

왜?
당신도 나를 함부로 대하려고?

수진은 왕자님을 믿지 못하는 공주의 동화는 읽어본 적이 없었다. 어차피 수진은 공주가 아니었다. 하지만 할머니는 수진을 우리 아기 공주라고 불렀지. 할머니, 그건 할머니의 생각일 뿐이었어. 수진은 현규가 내민 손을 덥석 잡았으면서 동시에 그의 태도가 돌변하기를 기다렸다. 하지만 현규는 정말 좋은 사람이었다.

그는 매일 수진에게 연락을 했다. 틈이 날 때마다 문자를 보냈고 잠들기 전에는 전화를 걸어 하루의 안부를 물었으며, 오늘 하루도 수고했다고 말해주었다. 그래도 수진은 경계를 늦추지 않았다. 그게 모두 연기일지도 모른다고. 언젠가 그가 수진을 함부로 대하게 될 거라고. 생각하고 또 생각했다. 미리 준비해야 해. 그래야 또 당하지 않아. 그러나 좋았다. 현규의 다정한 목소리가, 그녀를 보며 수줍게 웃는 얼굴이 정말 좋았다. 그는 사소한 걸 궁금해했다. 그녀가 아침에 마신 물 한 잔, 옷을 고르느라 고민한 몇 분, 그에게 문자를 보내기 위해 떠올린 단어 같은 것들을 궁금해했다. 수진 역시 사소한 대답들을 했다. 오늘은 점심을 늦게 먹어서 배가 부르고, 약간 두꺼운 스타킹을 신어서 답답하고, 이상하게 입안이 텁텁해서 평소 마시지 않던 녹차를 우렸다는 대답. 그리고 지금 당신은 무엇을 하고 있고 어떤 기분인지 천천히 되물으면서 수진은 일상을 누군가와 함께 보내고 있다는 느낌을 받았다. 그래서 무서웠다. 그가 좋아질수록 이 행복이 순식간에 사라져버릴까 봐 겁이 났다. 그러나 수진은 그를 만나면 고민들이 사라졌다. 그동안의 고통을 보상받는 것 같았다. 그래, 나는 사랑받을 자격이 있어. 나는 가치 있는 사람이야. 그와 함께 있으면 그의 체온은 물론, 수진 자신에게도 어떤 온도가 있다는 걸 직접 느낄 수 있었다. 밀착된 마음의 실체가 있다는 것. 진짜라는 것. 그것은 무척 소중했다.

하유리. 그 이야기를 듣기 전까지는. 그리고 유리의 집에서 일기장을 보기 전까지는.

수진은 유리가 일기장을 어디에 숨기는지 알고 있었다. 혼자 살면서도 유리는 일기장을 침대 뒤편에 숨겨놓고는 했다. 유리는 수진에게 말했다. 친척 집에서 얹혀살 때, 사촌 언니가 유리의 일기장을 몰래 훔쳐보는 걸 알았다고. 그때 이후로 꼭 일기장을 침대 뒤편에 숨겨놓는 습관이 생겼다고. 그렇지 않으면 잠을 잘 수가 없었다고.

사람들은 유리가 관심을 끌기 위해 무슨 짓이든 한다고 생각했다. 그러나 유리는 자신의 진짜 마음은 절대 말하지 않았다.

후배들을 데려온다고 하더니, 막상 그날이 되자 아무도 오지 않았다. 모두 일이 생겨서 오지 못 한다고 했다는 것이다.

"아무래도 유리니까… 찜찜한가 봐."

현규는 변명하듯 말했다. 그러더니 수진에게도 돌아가라고 했다. 수진이 이런 일을 하는 게 싫다면서. 수진은 고집스레 고개를 저었다. 유리의 집을 치워주고 싶다고 말했다. 그건 어느 정도 진심이었다. 현규는 수진과 유리를 연결 지어 생각하지 못하는 것 같았다. 조금만 궁금해하면 당연히 이상해할 수 있었을 텐데 현규는 줄곧 다른 생각에 빠져 있는지 정신이 없어 보였다. 그런 모습은 처음이었다. 불편해 보이기도 했고 초조해 보이기도 했다. 하지만 수진은 단지 그녀의 기분 탓이라고 생각했다. 수진이야말로 혹시 유리의 집에서 그녀와 관련된 물건이 나올까 봐 불안했던 것이다. 그래서 어떻게든 유리의 집에 들어가고 싶었다. 그런데 현규는 계속 수진을 돌려보내려 했다. 그녀에게 힘든 일을 시키고 싶지 않다고, 불편하지 않겠냐고 계속 물었다.

그러자 수진은 현규가 의심스러웠다. 평소답지 않게 이 사람이 왜 이럴까. 혹시 내 비밀을 처음부터 알고 있는 건가. 증거를 찾을 생각으로 혼자 들어가겠다는 걸까. 하지만 그럴 리는 없다는 걸 수진은 알고 있었다. 유리는 누구에게도 말하지 않았다. 그건 분명하다. 절대로 수진의 이야기는 새어나가지 않았다. 그럼 그는 왜 이러는 걸까. 혹시 숨기고 싶은 것이 있는 걸까. 수진은 완강히 고집을 부렸다. 어떻게든 유리의 집을 치워주고 싶다고 말이다. 현규는 결국 알았다고 대답했다. 그는 수진의 생각을 눈치챈 것 같지 않았다. 그는 정말 모르는 것 같았다.

집주인이 현규의 '선한 마음'에 감동해서 문을 열어준 것이 아니라, 한때 수진이 유리의 집에 살다시피 할 정도로 가까웠던 친구라는 걸 알아보고 열쇠를 건네줬다는 사실을.

그리고 집주인도 몰랐다.

스물한 살이 되던 봄. 수진이 유리에게 이제 너와 가까이 지내고 싶지 않으니 다시는 아는 척하지 말라고 말했다는 것을. 이후 수진은 유리를 만나지 않았다는 사실을.

현규는 절대 몰랐다. 그는 착하고 선한 사람이고, 모두에게 대접받는 사람이니까. 그의 단점은 바로 그 부분이었다. 어떤 일에 다른 이유가 있다는 걸 모른다는 것. 그는 자신이 나서면 뭐든지 이룰 수 있다고 믿는 남자였다. 그가 왔으니까, 바로 이 류현규가 불쌍한 유리를 도와주러 왔으니까 방문은 당연히 열려야 했다.

방은 엉망진창이었다. 그들은 부엌부터 청소를 했다. 설거지를 하고 그릇들을 꺼내 준비해온 상자에 담았다. 수진은 침대로 가서 이불을 걷었다. 침대보를 정리하고 있는데 현규가 책장에서 책을 꺼내 담기 시작했다. 그런데 이상했다. 현규가 책 안쪽을 뒤적거려 훑어보고 있었다. 마치 뭔가를 찾고 있는 것 같았다. 수진은 참지 못하고 물었다.

"뭐 찾아?" 수진이 물었다.

"어? 아니." 현규가 말을 얼버무렸다. "그때 자살 소동도 있고 했으니까, 혹시 유서 같은 거 있나 해서."

수진은 대답하지 않았다. 그의 말은 겉으로 듣기에 분명 이상하지 않았다. 하지만 이상했다. 그러나 수진에게는 우선순위가 있었다. 유리의 일기장을 찾아야 했다. 그녀는 현규가 책상을 비우는 사이 침대 위쪽으로 슬며시 손을 뻗었다. 침대와 매트리스 사이에 손을 넣었다. 두툼한 노트 한 권이 손에 잡혔다. 노트 사이에 종이 다발이 수북하게 끼워져 있었다. 수진은 슬쩍 뒤를 돌아봤다. 현규는 여전히 책을 정리하느라 정신이 없었다. 그녀는 노트를 조심스레 꺼냈고 가방에 재빨리 몰래 넣었다.

그때, 임신한 수진을 병원에 데려다준 사람이 바로 유리였다. 수진은 그녀의 비밀이 유리의 일기장에 적혀 있을지도 모른다고 생각했다. 물론 유리는 그전까지 누구에게도 수진의 비밀을 발설하지 않았다. 수진이 다시는 너를 보고 싶지 않다고 말했을 때도 유리는 조용히 고개를 끄덕이며 이렇게 말했다.

"네 이야기는 누구에게도 하지 않을 거야."

안 할 거라고? 아니, 못 하는 거겠지. 누구도 네 말을 진지하게 들어주지 않을 테니까. 수진은 유리가 두렵지 않았다.

그녀에게 유리가 필요한 때가 있었다. 방바닥에 누워 있었을 때, 자기혐오로 견딜 수가 없을 때, 유리가 수진을 보듬어주었다. 하지만 수진은 새로운 삶으로 걸어나가고 있었다. 현규를 만났고 새 친구들을 사귀었다. 유리. 수진의 비밀. 절대 기억하고 싶지 않은 기억. 유리를 볼 때마다 수진은 속이 뒤집혔다. 유리는 먼발치에서 수진을 바라보곤 했던 것이다. 마치 옛 연인을 그리워하듯이. 수진은 모른 척했다.

그런데, 현규와 하유리가 그렇고 그런 사이라고?

웃기지 마. 그런 일은 절대로 없어. 수진은 가방을 한쪽으로 치워 두고 현규의 곁으로 갔다. 함께 책을 정리하려고 손을 뻗는데 현규가 그녀의 팔목을 잡았다.

"하지 마." 현규가 수진에게 따뜻한 미소를 지었다. "이거 더러워. 너는 이거 만지지 마."

그의 옆에는 종이 더미로 잔뜩 채워진 상자가 있었다. 얼핏 종이 더미들 사이에 공책들이 보였다. 혹시, 저 공책들도 일기장일까. 수진은 상자 쪽으로 슬며시 움직였다. 그때 현규가 또 그녀를 멈춰 세웠다. 만지지 말라고 했다. 1학년 때부터 쌓인 과제물, 필기물, 발제문 들인데 역시 더럽다고 했다. 먼지투성이라고. 수진이 버리고 오겠다고 하자 현규는 무겁다며 거세게 팔을 내저었다.

수진은 그 집에서 더는 아무것도 만지지 못했다. 현규가 상자를 내다 버리는 걸 물끄러미 바라보기만 했을 뿐이다.

그날 밤. 수진은 유리의 일기를 읽었다.

그런데 일기가 아니었다. 이상한 기록이었다. 8월부터 12월까지. 달력에 ○와 ×가 잔뜩 표시되어 있었다. ○는 26번 그려져 있었고, ×는 17번 표시되어 있었다. 수진은 그 표시가 무엇을 의미하는지 몰랐다. 그러다 일기장 사이에 끼워져 있는 종이 다발을 펴보았다. 그건 산부인과 진료 기록이었다.

진료 기록 8월 29일, '질 안쪽 상처', '증상이 계속될 경우 STD 검사 고려'. STD는 성병 검사를 말했다. 기록은 계속 이어졌다. 9월 14일 '질 입구 통증으로 내원', '관계 중지 권유'. 10월 24일 '질 내벽 상처로 내원', '약 처방. 관계 중지 권유'. 기록은 12월까지 이어졌다. 전문 용어가 너무 많아서 수진은 잘 이해할 수가 없었다. 고민 끝에 수진은 알고 지내는 간호사 언니에게 슬쩍 도움을 청했다.

언니는 유리를 보고 심각한 환자라고 했다. 그것도 아주 심각한 환자. 언니의 설명을 듣고 일기장을 다시 들여다보자 수진은 끔찍한 기분이 들었다. 혹시 ○는 관계를 했다는 걸 의미하고, ×는 거절을 의미하는 건 아닐까. 언니는 말했다. 병원에서 계속 관계 중지를 권유했고, 환자도 계속 검사를 받으며 치료를 받았는데 매번 같은 증상으로 내원하는 것이 이상하다고.

정말, 그런 걸까. 거절했는데도 계속했다고? 이렇게 많이?

모두 거절했는데 다 ○를 하고 말았다고? 그럼 이 모든 표시는 결국 강간을 의미하는 건가. 아니야, 그럴 리가 없어. 수진은 고개를 흔들었다. 설마 이렇게까지.

하지만 설마, 그런 일은 벌어진다. 그래서 클리셰가 되는 거다. 아니야, 아니야. 수진은 다시 고개를 흔들었다. 내가 매사를 너무 이런 식으로 바라보는 경향이 있는 걸지도 몰라. 그래, 내가 모든 걸 이렇게 바라보는 경향이 있지. 내가 겪었다고 해서 세상이 모두 그런 식으로 돌아가는 건 아니야. 이건 피임을 의미하는 거야. 피임을 한 날과 하지 않은 날. 진료 기록에도 경구용 피임약 처방이 있었다. 게다가 만일 강간이라면 매번 거부했어야 맞아. 안 그래? 그래! 거부해야만 해!

그러나 수진이야말로 그 일을 거부했던 기억이 없다. 거부할 수도 없는 새 그 일은 벌어졌다. 아니야, 아니야. 이건 피임이 맞아. 9월 25일 ○, 그리고 생리 시작. 생리 중에도? 생리 중의 피임?

수진은 일기장을 거칠게 덮었다. 서랍 가장 밑에 넣어버렸다. 심장이 두근거렸다. 무슨 일이 있었던 걸까. 이게 뭘 의미하는 걸까. 한 사람과의 기록일까? 아니면 다른 남자들과의 기록일까. 그래, 유리잖아. 다른 남자들과의 난잡한 기록이야. 분명해. 그렇다면 누구일까. 이 일기장에 기록된 유리의 상대는.

때때로 모든 소문은 진실에 가깝다. 수진과 유리. 수진과 현규. 그리고 현규와 유리. 수진은 거기서 생각을 멈췄다. 더는 깊이 알고 싶지 않았다. 수진은 잊어버리겠다고 다짐했다. 죽은 사람이었고 타인이었다. 유리에게 이별을 고한 사람은 수진이었다. 다른 사람으로 살자고 냉정하게 말한 사람이 바로 수진이었다. 이제 와서 그 삶에 관심을 가질 이유는 전혀 없었다. 수진은 정말로 잊어버렸다. 그러기 위해 노력했다. 하지만 가끔 현규와 말다툼을 할 때 일기장의 ○×가 생각났다. 그런 식이었다. ○×는 정말 불현듯 떠올랐다. 때와 장소를 가리지 않고 불쑥불쑥 떠올랐다. 현규와의 결혼식 전날, 수진은 ○×를 떠올렸다. 시어머니가 잔소리를 할 때 ○×를 떠올렸다. 할머니가 돌아가셨을 때 ○×를 떠올렸다. 시험관 아기를 처음으로 실패했을 때 ○×를 떠올렸다. 잊어버리겠다고 생각했는데, ○×는 수진의 삶에 불쑥불쑥 떠올랐다. 그리고 최근, 수진은 매일 ○×를 떠올렸다. 현규가 수진에게 등을 돌리고 걸어갈 때, 집에 들어오지 않는다는 문자를 보낼 때, 전화 너머 침묵이 길어질 때, 수진은 유리를 생각했다. 잊을 수가 없었다.

수진은 현규에게 ○×에 대해 물어보지 않았다. 수진은 도저히 그 질문을 입에 담을 수가 없었다. 그녀가 감당하지 못할 대답을 듣게 될까 봐, 아니면 그런 생각을 했다는 사실 때문에 현규가 수진에게 실망하게 될까 봐. 아니, 모두 평계였다. 가장 큰 이유는 이야기가 거기서 멈추지 않을까 봐서였다.

수진은 현규에게 자신의 비밀을 말하게 될까 봐 두려웠다. 왜 유리와 가깝게 지내게 된 건지, 그때 그녀에게 무슨 일이 있었는지, 말하게 될까 봐. 그럼 모든 것이 끝나버릴지도 모른다고 생각했다. 물론 그는 이해할 것이다. 미동도 하지 않을 것이다. 그녀가 믿지 못하는 건 자신이었다. 그가 변하지 않았다고, 나는 과연 믿을 수 있을까. 자신 없었다. 그녀가 간신히 손에 끌어안은 따뜻한 체온. 진짜를. 정말로 소중한 마음을 이렇게 잃어버릴 수는 없었다. 차라리 몰랐으면 좋았을 텐데. 어쩌다 알게 된 거지? 어쩌다 그런 소문을 듣게 된 걸까.

김진아.

미친년. 왜 나를 가만두지 못하지?

*　*　*

　11시. 수진은 카페를 마감하고 빈 탁자에 혼자 앉아 있었다. 집에 들어가고 싶지 않았다. 그에게 문자를 보내볼까. 하지만 무슨 말을 해야 하나.

　수진은 노트북을 열고 며칠 전 읽었던 김진아의 글을 다시 찾아 읽었다. 김진아의 사건은 안진에 모두 소문이 났다. 처음에 수진은 아무 생각이 없었다. 김진아가 그렇게 살고 있구나. 그런 느낌이 들 뿐이었다. 그러나 지금은 진아를 욕하는 편에 서서 아무 댓글이나 하나 달고 싶은 심정이었다.

　수진은 피식 웃음을 터뜨렸다.

　김진아를 생각하면, 그랬다.

　어릴 때 일들이 꿈처럼 느껴졌다. 중학교를 졸업할 때까지 팔현에서 두 사람이 소문난 단짝이었다는 사실이. 진아의 집에 놀러가면 그 애 부모님이 마뜩잖은 눈길로 수진을 바라보았고, 그런 날이면 진아는 울면서 수진이를 싫어하지 말라고, 수진이를 그런 식으로 대하지 말라고 화를 냈다는 사실이. 그래서 수진은 진심으로 진아를 좋아했고, 자신의 많은 걸 희생해서라도 진아와의 우정을 지키겠다고 혼자 맹세했던 사실이.

　모두 꿈처럼 여겨진다.

　정말 모두 꿈이다. 없었던 일이나 다름없다.

그때 수진의 전화가 울렸다. 모르는 번호였다. 그녀는 전화를 받았다.

"여보세요?"

상대의 목소리가 들리지 않았다. 장난 전화인가. 수진은 다시 물었다.

"여보세요? 누구세요?"

그때 상대가 대답했다.

"나야."

여자 목소리였다. 수진이 모르는 사람이었다. 그런데 마치 자신을 당연히 알고 있을 거라는 듯 말하고 있었다. 피곤했다. 하루 종일 머리가 터질 듯 복잡했는데, 밤 11시에 이런 전화를 받게 되다니. 수진은 눈을 감았다. 갑자기 유리의 얼굴이 스쳐 지나갔다. 그리고 자연스레 떠오르는 ○×들. 남편은 아마 오늘 밤도 들어오지 않을 것이다. 수진은 임신이 어려울 거라는 진단을 받았을 때도 ○×를 떠올렸다. 그때 수진은 묘한 안도감을 느꼈다.

"네? 누구세요?" 수진은 물었다.

상대가 말했다. "나 김진아야."

수진은 천천히 눈을 떴다. 그래, 너구나. 어쩌다 나는 네 목소리를 이렇게 완전히 잊어버렸을까. 하지만 너는 절대 나를 가만두지 못하지. 11년 전 수진은 유리에게 말했다. 다시는 너와 가까이 지내고 싶지 않다고. 그건 사실 그보다 훨씬 오래전 수진이 누군가에게 직접 들은 말이었다. 너와 가까이 지내고 싶지 않고, 앞으로 그렇게 될 거라고.

우리는 다른 사람이라고.

아주 오래전, 진아가 수진에게 그렇게 말했다.

그녀를 사로잡고 있는 과거들. 잊고 싶지만 잊을 수 없는 기억과 감정. 수진은 제발 모든 게 사라지길 빌었다. 가능하다면 영원히. 하지만 지금은 너무 피로했고, 도저히 참을 수 없는 분노가 속에서 밀려 나오고 있었다. 참을 수가 없었다. 수진은 차갑게 말했다.

"미친년."

그리고 전화를 끊었다. 다시 전화가 걸려왔다. 받지 않았다.

10. 진아

벨을 누르자 단아가 문을 열었다.

"왜 이제 와? 한 시간 전에 온다더니."

집 안에서 음식 냄새가 났다. 나는 손을 씻고 부엌으로 들어갔다. 두부가 들어간 청국장이 식탁에 놓여 있었다. 최근 단아는 작은 아파트로 이사를 했다. 대출이 반이었지만, 그래도 뿌듯해했다. 집들이 간다고 말만 해놓고 안진에 내려가지 않은 지 3개월이었는데, 이런 식으로 내려오게 될 줄은 몰랐다. 우리는 식탁에 앉았다. 나는 숟가락으로 청국장을 떠 입에 넣었다. 콩 냄새가 입에 가득 찼다. 나는 PC방에 들렀다 왔다고 말했다. 원래는 사이버 수사대에 트위터 아이디를 신고할 생각이었다. 하지만 경찰서에 가서 한숨 섞인 잔소리를 들었다. 경찰은 이 정도로는 수사를 할 수 없다고 했다. 직접적인 명예훼손도 아니고, 조사에 들어간다고 해도 앞에 밀린 신고를 다 해결하기 전에는 내 문제를 알아봐줄 수 없을 거라고 했다.

그래서 곧장 PC방으로 갔다. @qw1234. 구글 검색을 해보았다. 아무것도 나오지 않았다. 그 글을 올린 날 만든 계정이었다. 그 글 이외에는 아무것도 올리지 않았다.

나는 한참 동안 인터넷 페이지를 넘기며 그 아이디와 비슷한 것들을 찾아보았다. 이렇다 할 건 아무것도 없었다. 무슨 방법이 없을까. 증거를 찾고 싶었다. 내가 미친년이라고? 내가 거짓말을 한다고? 양수진은 분명 숨기는 게 있었다. 그 거짓말을 벗겨낼 것이다. 하지만 심증만으로는 안 된다. 이번에는 진짜 확실한 증거를 가지고 가야 했다. 하지만 양수진이 그 글을 썼다는 흔적을 찾을 수가 없었다.

"양수진이 아니면 어떡할 건데?" 내가 말을 마치자마자 단아가 물었다.

"걔가 쓴 거 맞아." 나는 단호하게 대답했다.

유리의 집 근처에 다녀온 이야기를 하려다 말았다. 어쨌든 이 이야기에도 증거는 없었으니까. 그리고 단아는 이진섭 때문에 내가 예민해졌다고 느끼는 것 같았다. 답답했다. 당장 양수진의 자백을 받을 만한 확실한 이야기가 없을까.

단아가 말했다.

"그나저나 내일 토요일이라 다행이다. 일요일이었으면 아침부터 바빠서 너 챙겨주지도 못했을 거야."

178

"아니야. 나 혼자 알아서 잘 있을 텐데, 뭐."

일요일 오전, 단아는 꼬박꼬박 성당에 나갔다. 단아는 1914년에 지어진, 안진에서 가장 오래된 성당에 다녔다. 붉은 벽돌로 지어 올린 고딕식 건물이었다. 안으로 들어가면 둥근 천장이 높이 솟아 있고 색색의 스테인드글라스가 아름답게 펼쳐져 있었다. 고등학교 시절 나도 단아를 따라 성당에 가본 적이 있었다. 크리스마스이브였다. 모두 진지하고 평온한 얼굴로 기도하고 있었다. 내가 앉으려 다가서자 다들 일어나 옆으로 자리를 비켜주었다. 중요한 사람이 된 기분이 들었다. 그때 앞에서 합창단이 노래를 부르기 시작했다. 음을 하나하나 맞춰가며 노래를 부르는데, 사람의 목소리가 모여 그렇게 좋은 소리를 낼 수 있다는 걸 처음 알았다.

합창단.

나는 숟가락을 내려놨다. 유리가 죽기 전에 자살 소동을 벌였다는 이야기가 떠올랐다. 그때 함께 있던 사람이 성당 합창단에서 반주를 한다고 했었지. 그는 사건 이후 성당 일에 전념하며 안진의 시민단체에서 자살 방지 운동을 하고 있다고 했다. 자신의 경험을 털어놓으며 위기에 처한 사람들을 구하고 있다고. 어쩌면 그 사람은 유리의 다른 이야기를 알고 있을지 모른다는 생각이 들었다. 사람은 이유가 있기 때문에 죽겠다는 생각을 하는 것이다. 생각할수록 그건 단지 관심을 끌기 위한 행동이 아니었다. 유리에게는 뭔가 이유가 있었다. 함께 죽겠다고 생각했다면, 마지막으로 보는 사람들이라고 생각하는 이들에게 속내를 털어놓지 않았을까. 나는 단아에게 물었다.

"나 일요일에 너 따라서 성당 가도 돼?"

"응?" 단아가 고개를 들었다. "뭐야, 갑자기?"

"미사 보려는 게 아니고." 나는 잠시 고민하다 말했다. "그 피아노 반주자 아직도 성당 나오지?"

그제야 단아가 알겠다는 듯 한숨을 쉬었다. 단아는 약간 짜증 난 목소리로 내게 말했다.

"복잡하다, 진짜. 양수진이 아니라고 하는데, 그냥 넘어가고 잊으면 안 돼?"

나는 대답하지 않았다. 단아가 말을 이었다.

"유리는 너랑 친하지도 않았잖아. 죽은 사람까지 끌어들여서 끝장을 봐야겠니?"

"내가 끌어들인 게 아니잖아." 나는 대답했다.

나는 유리를 마지막으로 봤던 날을 떠올렸다. 골목길에서 내 이름을 부르면서 뛰쳐나왔던 유리. 겨울이었고, 날은 추웠다. 유리는 내게 도와달라고 말했었다. 나는 내 감정에만 신경 쓰고 있었다. 나는 유리에게 친절하지 못했다. 그렇게까지 할 필요는 없었는데. 시간은 어차피 흐르고, 순간은 변하기 마련이다. 친한 친구는 아니었지만, 작별 인사 정도는 다정하게 할 수 있었을 것이다. 어쩌면 유리는 내가 떠나는 걸 유일하게 아쉬워했을 사람일지도 몰랐다. 다른 사람이 자신을 어떻게 대하건 아랑곳하지 않고, 자신의 마음을 얼마든지 퍼주는 애였는데.

나는 고개를 들고 날카롭게 말했다.

"끝까지 확인할 거야. 어디 한번 누가 거짓말쟁이인지 보자고."

단아가 못 말리겠다는 듯 고개를 저었다.

내가 설거지를 하는 동안 단아가 사과를 깎았다. 우리는 거실에 비스듬히 누워 텔레비전을 봤다. 로맨스 드라마가 방영되고 있었다. 이전에는 저런 드라마의 대사들에 마음이 뛰고는 했는데, 지금 보고 있으니 냉랭한 기분만 들었다. 모두 거짓말처럼 들렸다. 단아가 옆에서 웃었다. 웃음소리가 내 귓속으로 스며들었다. 나는 단아의 어깨에 머리를 기대며 말했다.

"낮에 이진섭한테 문자 왔어."

단아가 웃음을 멈췄다.

"뭐라는데?"

"만나서 이야기 좀 하자는데. 마지막으로 할 말 있대."

"무슨 이야기를 해. 할 말이 뭐가 있다고?"

"몰라. 내가 원하면 다른 사람 데리고 와도 된대."

"아, 진짜 꺼지라고 해. 끝까지 거들먹거리네. 지가 그걸 왜 허락하듯 말해?"

나는 아무 말도 안 했다. 글쎄. 이진섭은 허락하는 말투로 문자를 보내지는 않았다. 내가 자기를 보기가 불편하거나, 불미스러운 일이 일어날까 봐 걱정된다면 다른 사람과 함께 와도 괜찮다고 양해를 구하는 듯한 말투였다. 하지만 나는 단아에게 그를 두둔하지 않았다. 그 문자를 보고 순간 마음이 약해졌다는 말도. 부끄러웠다. 단아가 사과를 들었다. 사각, 하는 소리가 기분 좋게 났다. 단아가 내게 고개를 돌렸다.

"답장했어? 싫다고 했지?"

"아니, 그냥 씹었어."

"그러지 말고 싫다고 답장해. 그 사람은 싫다는 말 안 하면 못 알아듣는다며."

"음." 나는 말했다. "그냥, 그 사람이랑 대화 자체가 하기 싫어."

"그러지 말고 네 의견을 말해."

나는 아무 말도 하지 않았다. 단아가 진지한 목소리로 말해왔다.

"나 스무 살 때 잠깐 만났던 애 기억나? 민우. 걔가 헤어지자고 해서 나 난리 쳤잖아. 전화를 2백 통은 했을 거야. 진짜 미쳤지. 걔는 끝까지 안 받았어. 난 그때 그게 얼마나 미저리 같은 짓인지 몰랐어. 전화를 하다 보면 받겠지. 그러면 이야기를 할 수 있겠지. 이야기를 하면 뭔가 희망이 있겠지. 뭐, 어렸으니까. 그런데 사실 민우는 내가 싫어 미치겠다는 말을 또 하기가 어려우니까 계속 전화를 피한 건데, 나는 그것도 모르고 혼자 난리 친 거지. 그래서 나중에 걔 친구한테 연락 왔잖아. 기억나?"

"응, 그때 너." 나는 웃음을 터뜨렸다. 시간이 지나니까 그 일을 말하면서 웃게 된다. "심각했지. 스토커 짓 그만하라는 말 들었으니까."

잠시 단아는 말을 멈췄다 이어나갔다.

"잘못했다고 생각해. 내가 한 짓이 누군가에게 그렇게 끔찍할 수 있다는 걸 이전에는 몰랐으니까. 그래도 굳이 변명하자면, 그만 연락하라고, 더는 보고 싶지 않다고 확실하게 말해줬으면 좀 일찍 깨닫지 않았을까 싶더라."

눈물이 나올 것 같았다. 나는 단아의 어깨에서 고개를 들어 뒤로 젖혔다. 고개를 젖히면 찔끔 나온 눈물이 다시 안구 속으로 들어갈 것 같았다.

단아는 그런 나를 가만히 바라봤다. 그러다 물었다.

"요즘 상담은 가?"

"안 가."

"왜?"

딱히 도움이 되는 것 같지 않고 그래서 돈이 아까워졌다고 했다. 단아가 텔레비전을 껐다. 무서웠다. 이러다 갑자기 울음이 터져 나오면 어쩌지. 멈출 수가 없을 텐데. 화제를 전환해야 했다.

나는 말했다. "유리는 어떻게 했을까."

걔는 별 더러운 꼴을 다 봤을 텐데. 그걸 다 어떻게 견뎠을지 모르겠다고. 친구도 없었고 제대로 된 애인도 없었다.

"너무 오만한 말 같은데." 단아가 말했다.

"그래?"

"응." 단아가 대답했다. "우리는 걔 잘 모르잖아. 나도 유리가 어떤 앤지 모르지만, 알아서 잘 살았을 거라고 생각해. 우리가 함부로 개를 불쌍하니 어쩌니 할 자격은 없는 것 같아. 그리고 아마 유리만의 방식이 있었을 거야."

눈물이 간신히 안으로 들어갔다. 나는 고개를 들었다. "무슨 방식?"

단아는 먼 곳을 응시하며 무심한 말투로 대답했다. "그냥… 이겨내는 방식."

나는 단아의 곁에 가까이 다가갔다. 어깨가 맞닿았다. 단아의 살결은 부드러우면서도 단단했다. 나는 조심스레 그녀의 손등을 잡았다. 이제 단아는 연애를 하지 않는다. 새로운 사람을 만나고 가까워지고 그러다 멀어지는 일이 지겹다고 했다. 단아는 만나서 좋을 때보다, 힘들다는 생각이 더 많이 드는 시기를 맞이하는 것이 무슨 의미가 있는지 모르겠다고 했다. 헤어질지 모른다는 불안으로 관계를 유지한다는 생각만 해도 피곤하다고. 불행하려고 연애를 하는 게아닌데, 연애를 하면 결국 불행해진다고 했다. 그리고 서른이 다 되어갈 무렵, 단아는 연애가 자신과 어울리지 않는다고 판단했다. 그리고 더는 누구를 만나지 않겠다고 선언했다. 얼마 못 갈 거라고 생각했는데 진짜였다. 그리고 단아는 누구를 만나고 있을 때보다, 지금 훨씬 편안하고 단단해 보인다. 언젠가 외롭지 않냐고 물었더니, 단아는 말했다. 누구를 만나고 있을 때가 더 외로웠다고.

그런데 나는 문득 궁금해졌다.

"요즘도 편지 써?"

"가끔." 그러더니 단아는 내게 싱긋 미소를 지으며 덧붙였다. "너도 뭔가를 찾는 게 좋을 거야."

단아의 말을 빌리자면 편지는 그녀의 방식이었을 것이다. 이겨내려는 방법이었을 것이다. 문득 찾아오는 기억들을. 기억에 담긴 감정들을. 그때 단아는 그 남자애를 정말 좋아했다. 내동댕이쳐진 진심을 다시 세우기 위해 단아는 꽤 오랜 시간을 건너와야 했다. 그래서 단아는 지금도 편지를 쓰는 거겠지. 그건 그녀가 무언가를 이겨냈다는 증거이고, 앞으로도 무엇이든 견딜 수 있다는 기록일 테니까. 단아 말이 맞다. 방법이 필요하다. 마음에 고인 것들을 긁어내고 현실로 돌아오는 방법.

나는 웃었다. 이번에는 단아가 내 어깨에 머리를 기댔다. 나는 말했다.

"나는 말하는 게 도움이 되는 것 같던데. 그래서 너한테 계속 말하잖아."

"진짜 다 말해?"

"뭐 대충은."

단아가 웃었다. 내 몸도 같이 흔들렸다.

"대충 말하는 걸로 부족할걸. 제대로 구체적으로 말하기 전에는 안 끝나는 것들이 있어."

우리는 서로의 손을 세게 잡았다. 열일곱. 단아가 병원에서 나와 집으로 갈 때까지, 그때도 우리는 손을 계속 잡고 있었다. 살면서 유일하게 제대로 된 선택이라고 느끼는 것이 있다면 그날 단아와 손을 잡고 걸어갔던 일이다.

* * *

피아노 음은 차갑고 단단했다. 하지만 그 음 위에 사람들의 목소리가 놓이자 부드러운 곡선처럼 소리들이 휘었다. 높은 천장 때문일까. 아니면 스테인드글라스 아래로 내려오는 빛의 분위기 때문일까. 노랫소리가 성당 안을 채웠다. 나는 천주교 신자가 아니었지만, 가끔 이렇게 단아를 따라 성당에 오면 이상하게 마음이 깨끗이 비워지는 기분이 들었다.

신부님의 강론이 서서히 마무리되어가고 있었다. 나는 사람들이 신부님의 이야기에 몰입해 있는 모습이 신기했다. 성당에 앉아 있는 사람들은 50명은 되어 보였다. 이렇게 많은 사람들을 집중시키는 힘은 어디서 오는 걸까. 그리고 저 신부님은 50명의 눈동자가 자신에게 집중되는 걸 보며 어떤 기분이 들까.

회사에서 가장 고역이었던 건 프레젠테이션 발표였다. 나는 사람들 앞에 나서는 게 싫었다. 부담스러웠다. 많은 사람들이 내 이야기에 귀를 기울이며 나만 바라보고 있다는 사실만 생각해도 속이 울렁거렸다. 만일 내가 실수하거나 틀린 말을 하면 비난을 받을 것 같았다. 나는 사람들을 만족시킬 자신이 없었다. 어쩌면 그 압박감 때문에 이진섭에게 계속 의존하게 되었던 걸지도 모른다. 하지만 확인하고 또 확인해도 내가 잘할 거라는 자신이 늘 없었다. 때문에 저

신부님처럼 확신 가득한 목소리를 들으면 신기했다. 저 사람은 어떻게 무언가를 저렇게 확신할 수 있는 걸까. 그리고 이 사람들은 어떻게 어떤 의심도 없이 단 한 사람의 말을 집중해서 들을 수 있는 걸까. 다른 생각으로 멍하니 앞을 보고 있는데, 갑자기 다른 사람들이 성호를 그으며 기도를 시작했다.

내 탓이오. 내 탓이오. 내 탓이로소이다.

그 말이 들렸다. 순간 나는 놀랐다. 지난밤 간신히 참았던 눈물이 다시 왈칵 밀려 나올 것 같았다. 내 탓이라니. 정말. 내 탓인가? 내게는 죄책감이 있었다. 서른두 해. 매 순간 무엇을 선택할 때마다 모든 걸 제대로 해내지 못하고, 앞으로도 엉망진창으로 살게 되리라는 죄책감. 내 인생을 스스로 망가뜨려버렸다는 죄책감. 나는 옆의 단아를 바라봤다. 그녀는 진지하게 기도를 하고 있었다.

단아는 내 앞에서 한 번도 종교에 대해 이야기한 적이 없었다. 믿음 때문에 자신을 용서할 수 없다거나 그런 말은 하지 않았다. 천주교는 낙태를 반대하니까. 그 일 이후에도 단아는 성실하게 미사를 봤고, 여행을 다닐 때도 틈틈이 성당을 찾아다녔다고 했다. 매주 이렇게 와서 내 탓이오, 라는 말을 반복하는 일이 괜찮았을까. 그러나 내 마음대로 친구를 단정하고 싶지는 않다. 단아는 강하니까. 그리고 그녀의 종교니까. 그녀의 세계에서 정리하고 마무리하는 해답이 있겠지.

나는 모르겠다. 절대자의 목소리를 듣는다고 해서 무언가 달라질 수 있을 것 같지는 않다. 하지만 단아를 따라 성당에 올 때마다 사랑한다는 말을 듣는 건 좋았다. 신은 우리를 무조건 사랑한다고. 좋다. 좋은 말 같다. 나를 절대적으로 사랑하는 누군가 존재한다는 걸 믿게 된다면 평온을 얻을 것 같은 기분은 들었다. 그러나 과연 그걸로 충분할까. 느낄 수도 없고 볼 수도 없는 사랑을? 나는 온기를 원했다. 옆에서 당장 손을 잡고 그 실체를 느낄 수 있는 온기. 그 온기야말로 어떤 사랑을 분명하게 느끼게 해줄 것이다.

유리도 그랬던 걸까. 어떤 곳에서는 사랑이 위대하다고 말하는데, 왜 다른 곳에서는 사랑을 포기하지 못해서 어리석다는 말을 듣는 걸까. 나도 포기하지 못했다. 언젠가는 그가 나를 아껴줄 거라고. 서로 소중한 사람이 될 수 있다고 믿었다.

나는 손바닥으로 이마를 감쌌다.

빌어먹을. 왜 단 하루도 그를 잊지 못하는가.

지금 내가 무엇을 하는 건지 알 수 없었다. 모든 것이 아득하게 느껴졌다.

미사가 끝났다.

단아가 내게 조금만 기다리라고 속삭이더니 반주자에게 다가갔다. 반주자는 합창단 사람들과 인사하느라 정신이 없었다. 단아가 인사를 하자 반주자는 반가워했다. 단아가 손으로 나를 가리켰다. 하유리의 이름을 말한 것 같았다. 그의 표정이 딱딱해졌다.

우리는 반주자와 함께 근처 카페에 들어와 앉았다. 카페에 들어오니 또 양수진 생각이 나서 속이 뒤틀렸다. 반주자가 내게 차분하게 물었다.

"하유리 씨가 왜 궁금하신 거죠?"

아무래도 단아가 내 용건을 정확히 말하지 않은 것 같았다. 나는 말을 골랐다. 그런데 트위터에서 나와 하유리를 욕한 범인을 잡으려고 정보를 찾아다니는 중이라고 말하려니 뭔가 구차했다. 나는 불쑥 아무렇게나 대답해버렸다.

"제가, 소설을 쓰는데요."

"소설요?" 반주자가 물었다. 옆에서 단아가 놀라는 게 느껴졌다.

"네, 그때 유리 자살을 모티프로 해서 소설을 쓰는데, 하유리 씨를 만난 사람들의 이야기를 듣고 싶어서요."

"그럼 뭐가 궁금한 건데요?"

무척 의심스럽다는 말투였다. 나는 최대한 자연스럽게 대답하려 노력했다.

"그때 유리가 어땠는지, 뭐든지요."

반주자는 엷은 미소를 지었다. "글쎄요, 제가 할 말이 있는지는 모르겠네요."

그는 상담소에서 하는 인터뷰나 수기에서 이미 한 이야기들이고, 특별히 다른 내용은 없을 거라고 말했다. 나는 겹치는 내용도 괜찮고 다 상관없으니 그날 일을 말해달라고 했다. 유리에 대해 기억하고 있는 거라면 무엇이든. 그렇게 말하자 어쩐지 정말로 간절한 기분이 들었다. 나는 말했다. 도와달라고.

"다른 분들은 도와주고 계시잖아요."

그는 짧게 한숨을 쉬더니, 이내 입을 열었다. 그는 유리가 그날 모텔에 가장 먼저 도착해 있었다는 이야기부터 시작했다. 그때 그는 여자친구와 막 헤어진 상태였다고 말했다. 분에 가득 차 있었다고 했다.

홧김에 죽어버리자고 생각했다. 그러면 그녀가 평생 죄의식을 느끼며 살 테니까. 이어서 사람들이 도착했다. 총 다섯 명이었다. 어색했다. 한 번도 만난 적이 없는 사람들이 죽기 위해 모였으니 당연했다. 그들은 원 모양으로 둘러앉아 각자 이야기를 한마디씩 했다. 왜 죽고 싶어 하는지, 대체 왜 이렇게 세상이 싫은 건지. 그때 그는 거짓말을 했다. 여자친구에게 차여서 죽고 싶다는 말이 어쩐지 폼이 나지 않았던 것이다. 그래서 그는 세상이 부조리해서 죽고 싶다고 말했다. 유리는 이렇게 말했다.

"너무 아파요. 지쳤어요. 끝났으면 좋겠어요."

"어디가 아픈데요?"

다른 남자가 물었다. 유리는 그 남자를 지그시 바라보았다. 반주자는 말했다. 지금에 와서는 오해라고 생각하지만, 그때는 유리가 그 남자를 유혹하는 것처럼 보였다고.

"하유리 씨는 솔직히 좀 이상했어요. 뭐랄까. 분위기를 못 맞춘다고 해야 하나. 나야 뭐 허세에 객기로 가득한 놈이었지만, 그때 여자두 명은 진짜 상태가 안 좋았거든요. 누가 칼을 주면 바로 목에 찌를 것처럼 어두웠어요. 그런데 유리 씨는 별 재미도 없는 말에 계속 웃고 박수를 쳤어요. 워낙 어색하니까 과장된 행동을 할 수는 있다고 생각하는데, 부담스러울 정도로 행동이 과하더라고요. 이 여자 미친 것 같다고 생각했죠."

나는 그 말이 무슨 뜻인지 알아들었다. 유리가 눈앞에 생생하게 보이는 것 같았다.

"남의 이야기를 듣는 게 아니라 계속 자기 이야기를 하고 싶어 하는 것 같았어요. 그러다가 갑자기 울음을 터뜨렸어요."

분위기가 이상해졌다. 우울하거나 절망스러운 게 아니라 불편해졌다. 그때였다. 유리가 소리치기 시작했다. 빨리 죽어버리자고. 어서 죽어버리자고. 유리가 가방에서 농약을 꺼냈다. 사람들에게 건네며 어서 마시자고 외쳤다. 그러나 아무도 마시지 않았다. 그때 유리가 농약을 들고 반주자에게 다가왔다. 그는 뒷걸음질을 쳤다. 사람들도 유리에게서 떨어졌다. 그때 쾅쾅쾅 문을 두드리는 소리가 들렸다. 경찰이었다. 그들은 조사를 받고 집으로 돌아갔다.

들은 이야기 그대로였다. 나는 처음부터 묻고 싶었던 이야기를 조심스레 꺼냈다.

"혹시, 유리를 데리러 오거나 그런 사람 본 적 없으세요? 예를 들어 키가 큰 남자라든가 여자라든가."

반주자는 고개를 저었다. "아뇨, 왜 아는 분이 있어요?"

"아니요." 나는 침을 삼켰다. "끝까지 혼자였나 해서요."

"혼자였어요."

나는 고개를 끄덕였다. 그런데 번뜩 생각나는 바가 있었다.

"혹시 그 남자분이요. 유리가 관심을 보인 것 같았다는 분. 혹시

191

키가 컸나요?"

반주자는 고개를 저었다. "아뇨, 저보다 작았어요. 165센티미터 정도 되려나. 왜요, 유리 씨 근처에 키가 큰 남자가 있었나요?"

내가 대답을 못 하고 머뭇거리는데, 단아가 이야기에 끼어들었다. "그 다른 남자분은 어떻게 됐어요?"

반주자가 웃었다. "살아 있어요. 그 친구는 보면 아실지도 모르는 사람인데…."

"누군데요?" 단아가 다시 물었다.

"아… 강승영이라고." 반주자가 말하고서 우리의 눈치를 봤다. 우리는 전혀 모르는 사람이었다. 반주자는 모르면 어쩔 수 없다는 듯 어깨를 으쓱 올렸다 내렸다.

"혹시 그 강승영이라는 분이 이후에 유리를 만났을까요?"

나는 혼잣말을 하듯 물었다.

"글쎄요, 모르겠네요."

반주자는 그렇게 대답하고 입을 다물었다. 잠시 침묵이 있었다. 반주자는 뭔가 말할 듯 말 듯 망설이는 것 같았다. 나는 기다렸다. 단아도 입을 다물었다. 반주자가 나를 물끄러미 보다 물었다.

"소설 주제가 뭐죠?"

"네?"

"지금 쓰는 거요."

나는 반주자를 가만히 응시했다. 그 시선을 피하지 않았다. 나는 대답했다.

"죄책감요."

반주자는 잠시 생각에 잠기며 고요해졌다. 그리고 다시 입을 열었다.

"지금에 와서는, 그게 뭐였지, 라고 생각합니다."

그가 다시 이야기를 시작했다. 그는 그때까지 죽음이 얼마나 무서운지 생각하지 못했다. 세상과 연을 끊어버리는 건데, 자신이 한때 죽음을 그렇게 쉽고 간단하게 대했다는 사실이 무섭다고 했다.

"그래도 스물일곱 살이었는데, 지독하게 철이 없었습니다." 그는 말했다.

강승영은 모르겠지만 자신은 유리를 다시 만났다고 했다.

"이상했지만, 예뻤으니까요."

그리고 다시 말을 멈췄다. 문득 나는 이상했다. 그가 마치 내게 고해를 하고 있는 것 같았다. 오랫동안 마음에 품어온 이야기를 어렵게 천천히 꺼내놓는 듯한 느낌이었다. 내 탓이오. 내 탓이오. 내 탓이로소이다. 죄책감을 덜어내는 걸까. 하지만 이내 나는 다른 느낌을 받았다. 이 사람이 말하면서 계속 나를 살피고 있다는 걸 깨달았기 때문이다. 그랬다. 그는 내 관심을 끌고 싶어 하는 것 같았다. 생각해보니, 그 역시 누군가의 관심을 받기 위해 죽을 생각까지 했던 사람이었다. 아직까지도 마음 한구석이 여전히 덜 마른 진흙덩이처럼 뭉개져 있는 걸까. 어쩌면 그는 남을 돕는 사람이 아니라, 여전히 도움이 필요한 사람일지도 몰랐다. 그의 마음을, 그러니까 숨겨둔 추악한 진실을 봐줄 사람이 필요한 걸지도. 그렇다면 나는? 나 역시 그의 관심이, 도움이 필요했다. 나는 그의 눈을 마주하며 진지하게 귀를 기울였다. 그러자 솔직하게 털어놓으면서도 머뭇거리며 돌려 말하는 것 같았던 그의 태도가 조금씩 더 편해졌다.

그는 결국 그런 마음을 털어놓았다. 당시, 자신은 유리가 전형적인 쉬운 여자라는 걸 알아챘다고. 쉽게 접근해서 단숨에 마음을 낚아챌 수 있을 것같이 느꼈다. 그래서 연락을 했다. 유리는 정말로 쉽게 만남에 응했다.

"하지만 꼭 그런 이유만은 아니었어요. 그때 막 성당을 다니기 시작했거든요. 나보다는 그 여자에게 더 필요할 것 같다고 생각했었죠."

그들은 밥을 먹고 차를 마시러 카페에 갔다. 그는 유리를 보며 계속 갈등했다. 역시 노골적으로 표현하지는 않았지만 무슨 생각을 했는지는 빤했다. 모텔로 가자고 해볼까. 그래도 시간을 조금 가져볼까. 아니다, 그러지 말고 성당에 데려가자. 그들은 이야기를 나눴다. 남자는 당연히 대화에 집중할 수 없었다. 어차피 유리는 영양가 있는 대화를 할 만한 상대가 아니었다. 유리는 이유 없이 자주 웃었고 듣기보다는 자기 이야기를 더 많이 하려 했으니까. 그러다 갑자기 유리가 이제는 죽을 생각이 없다고 말했다.

"지쳤다면서요?"

그가 물었다. 유리가 깔깔 소리 내 웃었다. 그게 왜 그렇게 웃을 일인지 그는 알 수 없었다. 유리가 외치듯이 말했다.

"네! 더 지쳤어요."

194

하지만 죽을 생각은 없다고 했다. "왜요?"

그가 물어보자 유리는 알아들을 수 없는 말을 했다.

"이기려고요."

그 순간 그는 확 식었다. 이렇게 이상한 여자를 만날 정도로 내가 궁한가. 그는 심드렁해졌다. 빨리 일어나야겠다고 생각했다. 그래서 성당에 다닐 생각은 없냐고 물었다. 유리는 거절했다.

"그런 거로는 이길 수 없어요."

그는 영화나 책에서 따온 것 같은 대답에 오히려 부끄러울 지경이었다. 옆에 앉은 사람들이 듣지는 않았는지 창피해 죽을 것 같았다. 이제 아무것도 궁금하지 않았고, 이 자리에 더 있고 싶지도 않았다. 어서 커피나 다 마시고 집에 가야겠다고 생각했다. 그때, 유리가 이상한 행동을 했다. 그에게 슬며시 미소를 지어 보내더니 가방에서 두툼한 노트 한 권을 꺼냈다. 그리고 탁자 위에 올려놓고 일어났다.

"화장실 좀 다녀올게요."

그는 어안이 벙벙한 채로 앉아 있었다. 연극을 보고 있는 것 같았다. 유리가 비운 자리에는 마치 그에게 봐달라는 듯 노트 한 권이 얌전히 놓여 있었다. 일기장 같았다.

"보셨어요?"

"네, 봤죠. 솔직히 유리 씨가 그걸 제발 봐달라는 듯 놓고 갔기 때문에 별다른 생각이 없었어요."

보란 듯이 누군가 앞에 놓고 간 일기장. 유리는 그렇게 하고도 남을 아이다. 누군가에게 자신의 상처를 보여주고 알아봐달라고 온몸

195

으로 외치고 다녔으니까. 거기에는 뭐가 있었을까. 남자들? 고독한 속내? 어쩌면 유리야말로 진짜 소설을 썼을지도 모르고. 일기장에는 뭐가 있었을까. 키 큰 남자. 그래, 그 사람에 대한 이야기가 있지 않았을까. 대체 뭘 적었던 걸까, 거기에. 뭘 그렇게 보여주고 싶었던 거니.

"별거 없었어요." 그가 말했다. "웃음이 나왔죠. 석 장인가 넉 장? 그 정도 쓰여 있었고, 그나마도 무슨 숫자 같은 거였어요. 그리고 달력도 있더군요. 동그라미 했다가 엑스 했다가. 왜 그 여자들 기록하는 거 있잖습니까."

"생리 기록요?"

그가 약간 낯을 붉혔다.

"네, 그런 거랑. 무슨 진료 내역서가 몇 장 끼워져 있던데, 그건 자세히 안 봤어요. 아무리 그래도 그것까지는 못 보겠더군요. 뭐 실비 보험 때문에 진료 기록을 뽑아온 것 같다고 생각했어요. 그리고 그런 게 궁금하지 않았으니까요. 기대한 것과 달라서 그냥 빨리 덮었어요. 아, 그런데 한 가지는 기억에 남았어요. 앞장에 숫자가 쓰여 있었어요."

"숫자요?"

"번호였어요. 그건 지금도 기억해요. 7-38. 그때가 7월이었거든요. 날짜를 기록했다고 생각했지만, 38일은 없으니까요. 이상해서 기억했는데, 나중에 유리 씨가 죽었다는 소식 듣고는 그 숫자가 떠오르더라고요. 뭔지 궁금해서 좀 알아봤는데 당연히 알 수 없었죠."

7-38.

알 수 없는 번호였다. 7월이면 유리가 죽기 5개월 전이다. 반주자가 표현하는 유리의 모습은 내가 알고 있는 것과 크게 다르지 않았다. 이런 식으로 유리의 이야기를 듣고 있으니 기분이 이상했다. 모두 유리를 잘 알고 있는 것 같지만, 사실 제대로 아는 사람은 없는 것 같았다. 심지어 이야기 속의 유리 자신조차도. 그 애는 자신이 누군지 모르는 것 같았다. 나는 혹시 강승영이라는 남자의 연락처를 얻을 수 없냐고 물었다. 반주자는 강승영의 번호를 모른다고 했다.

그러더니 이렇게 말했다. "그 친구 인터넷에 검색하면 나올 텐데요."

아마 그 사람도 자살 방지 운동 비슷한 걸 하는 모양이었다. 누군지 모르겠지만 어쨌든 만나보자. 이 사람에게 일기장을 보여주려 했다면, 다른 사람에게도 그랬을 수 있다. 지금으로서는 아무것도 확신할 수 없다. 하지만 짐작이 갔다. 일기는 유리의 방식이었을 것이다. 자신만이 알아볼 수 있는 표시로 기억과 감정을 적어놓은 것이다. 일기장은 아마 양수진이 가져갔겠지. 수진은 그걸 어떻게 했을까. 버렸을까. 아니면 아직도 갖고 있을까.

나는 옆의 단아를 바라보았다. 만일 내가 단아를 잃게 된다면. 그럴 일은 없겠지만. 만일 그런 일이 일어나버린다면, 그래서 단아가 써온 그 무수한 편지를 보게 된다면. 나는 절대 버리지 않을 것이다. 양수진과 하유리가 정말 친구였다면, 수진은 아마 버리지 않았을 것이다. 설사 인정하고 싶지 않은 이야기가 적혀 있다 하더라도. 아마 버리지 않을 것이다. 내가 아는 수진은 그렇다.

그 순간, 다시 그 숫자가 떠올랐다.

7-38.

유리의 방식.

유리가 했다는 말. "이기려고요."

무언가 퍼뜩 떠올랐다. 날카롭게 기억을 헤집고 올라오는 선명한 목소리.

"4-98번입니다."

작년 4월. 이진섭에게 두들겨 맞았던 날. 그리고 새벽에 집에 찾아온 그가 무서워 억지로 섹스를 했던 날. 나는 성폭력 상담소에 전화를 했다.

상담원이 내게 물었다.

거부 의사를 밝히셨어요? 아니요.

도중에 하지 말라는 말을 한 적 있으세요? 아니요.

그럼 중간에 싫은 기색을 비쳐도 끝까지 마음대로 한 적은 있나요? 아니요.

질문. 아니요.

질문. 아니요.

질문. 아니요.

아니요. 아니요. 아니요. 아니요. 아니요. 아니요. 아니요. 아니요. 아니요. 아니요.

상담원은 다시 말했다.

"싫다는 말을 하셔야 해요. 이런 문제에서 거부 의사는 매우 중요해요. 당연히 억울한 부분이 있을 수 있지만 어쨌든 거부 의사가 기준이 되거든요. 상황이 억지로 이루어졌다는 증거가 있어야 해요."

"증거요? 어떤 거요?" 나는 물었다.

"뭐든요. 일지 같은 걸 쓰세요. 언제 어디서 어떻게 했는지 상세하게 기록하세요. 문자나 이메일 협박도 가능해요. 심정적이든 육체적이든, 거부 의사를 밝혔는데도 학대를 당했다는 증거를 확보하시는 게 좋아요. 그래야 이길 수 있어요."

이길 수 있어요.

상담원은 전화를 끊을 때 내게 번호를 알려주었다. 다시 상담을 원할 때 그 번호를 말하면, 재상담이 가능하다고 했다.

4-98.

그게 내 번호였다.

4월. 98번째 상담이라는 뜻이었다.

마지막으로 유리를 만났던 날. 유리는 내게 말했다.

"진아야, 나 좀 도와줄 수 있어?"

골목 너머에 서 있던 키 큰 남자의 그림자. 그때 나는 삼겹살집에서 등을 돌리고 있었다. 음식점 안의 누구든 밖으로 나왔을 수 있다. 현규 선배는 유리의 빈집을 청소했다. 설마 도와달라는 게 그런 의미였을까?

"왜 그래?"

단아가 옆에서 물었다. 나는 고개를 저었다. 상담센터를 찾아가야 하나 싶었지만, 어차피 타인에게는 개인 상담 내역이 공개되지 않는다. 하지만 심증만 가지고는 아무것도 할 수 없다. 그렇다면 일기장을 확인해야 한다. 확인할 수 있는 건 모두 확인해야만 한다. 그게 우선이다. 그래서 만일 내 의심이 맞는 거라면?

나는 겁이 났다. 유리는 누구에게도 말하지 못하고, 그 시간을 어떻게 보냈을까. 어쩌면 유리는 반주자에게 자신이 무슨 일을 당하는지 알리고 싶었던 건 아닐까.

그날 골목길에서 나를 발견하고 뛰어나왔던 것처럼.

"도와줄 수 있어?"

나는 그 애를 외면했던 것이다. 도움을 청한 건데, 나는 그걸 눈치채지 못하고 냉랭하게 지나가버렸다.

갑자기 배 안쪽이 욱신거렸다. 이진섭에게 맞았던 부분이었다. 깊은 곳에서부터 통증이 밀려 나오며 속이 뒤틀렸다. 그러나 아직은 추측일 뿐이다. 나는 심호흡을 했다. 내가 모든 걸 지나치게 받아들이고 있는 걸지도 모른다.

우리는 인사를 하고 자리에서 일어났다. 그때 단아가 반주자를 향해 몸을 돌렸다.

"저기… 그런데요."

단아는 궁금한 것이 있다고 했다. 그녀는 물었다. 왜 유리가 함께 죽자고 농약을 건넸을 때, 다들 마시지 않은 거냐고. 유리가 진지한

200

분위기를 망쳤을 수는 있다. 하지만 죽으려고 모인 건데 분위기가 망가진 게 그렇게 결정적이었냐고.

단아가 반주자에게 조심스레 물었다.

"선생님은 그때 왜 농약을 마시지 않으셨어요?"

반주자는 성당 쪽을 한번 돌아보았다. 그의 얼굴에 망설임이 떠올랐다. 우리는 그가 대답할 때까지 기다렸다.

"그냥, 그 여자랑 같이 죽기 싫었어요."

나는 그를 가만히 바라보다 고개를 숙였다.

그를 이해할 수 있었다.

죄책감이 들었다.

11. 수진

독서는 수진의 방식이었다. 독서가 가장 쉬웠기 때문이다. 처음부터 소설을 읽은 건 아니다. 원래는 기사를 찾아 읽었다. 인터넷에 단어 몇 개만 검색하면 많은 걸 볼 수 있었다. 강간, 임신, 낙태. 이 나라에는 강간당한 여성들이 진짜 많았다. 인터넷 창을 수십 장 넘겼지만 계속 사건이 나왔다. 강간당한 여자들. 임신한 10대들. 몰래 동영상을 찍힌 여자들. 칼에 찔린 여자들. 그리고 버려진 갓난아이들. 수진이 그걸 계속 찾아본 이유는 간단했다.

다른 사람들이 어떤지 궁금했다. 수진은 상담소나 피해자 모임에 가기는 싫었다. 안진은 좁은 도시였다. 소문이 날 수 있었다. 모임에서는 사생활을 철저하게 지켜준다지만, 수진은 믿지 않았다. 사람들의 악의가 두려웠다. 정확히 말하면 수진이 믿지 못하는 건 악의라기보다는 형체 없는 목소리들이었다. 오히려 악의는 믿을 수 있었

다. 적어도 악의는 분명한 의도와 형체를 갖고 있으니까. 팔현에서
부터 들어온 그 목소리들. 무심한 목소리로 수진을 가리키던 말들.
춘자 딸, 딸, 불쌍한 년. 마을 사람들은 착했다. 정말 좋은 사람들이
었다. 그러나 그들은 그런 말을 했을 때 수진이 상처받을 거라는 생
각은 조금도 하지 못하는 것 같았다. 그들은 말하고 또 말했다. 바닥
에 돌멩이가 있어! 수진은 엄마 닮아서 멍청할 거야. 와, 하늘에 비
행기가 간다. 춘자는 아마 다른 데서 또 자식을 낳았을 거야. 겨울이
다! 눈이 와! 세상에, 수진이가 대학에 가? 사람들은 그렇다. 사람들
은 자신들이 무슨 말을 하는지 전혀 모르는 것 같았다.

　12년이 지난 지금까지도 그 남자는 수진을 강간했다고 생각하지
않을 것이다.

　수진은 그래서 기사들을 읽었다. 비슷한 일을 당한 여자들은 대
체 어디서 어떻게 견디고 있을까. 수백 개가 넘는 강간 기사를 찾아
읽고 나서 수진은 알았다. 기사에 나타난 강간은 대체로 이렇게 정
리할 수 있었다.

　피해자는 신고도 못 하고 죽었다.

　피해자는 신고를 하고 죽었다.

　피해자는 신고를 하고 재판에서 졌다.

　피해자는 신고를 하고 계속 살았다.

　이 짧은 문장들에서 수진은 아무것도 느끼지 못했다. 그녀가 알
고 싶은 건 그런 것들이 아니었다. 그녀가 궁금한 건 이런 거였다.
그래서 어땠죠? 당신들은 어떤 기분이었죠? 나처럼 비참한가요? 악

몽을 꾸나요? 나처럼 스스로를 버려질 같다고 느끼나요?

그녀가 가장 궁금한 건 죄책감이었다.

나는 잘못한 것이 없는데 왜 뭔가를 잘못한 것 같죠? 아이를 지 웠기 때문인가요? 그런데 그게 정말 아이였나요? 내가 원하지 않는 상황에서 원하지 않는 방법으로 생긴 세포를 반드시 아이라고 불러 야 하나요? 나는요? 내 인생은요? 내 몸은요? 당신들은 어떤가요.

기사에는 어떤 대답도 나와 있지 않았다.

어느 날이었다. 수업 시간에 조이스 캐럴 오츠의 《멀베이니 가 족》의 일부를 읽었다. 이강현의 수업 시간이었다. 뻔했다. 학부 애 들에게 초벌 번역을 시킬 생각인 것이 틀림없었다. 짜증이 났지만 'rape'라는 단어를 보는 순간 수진은 조용히 텍스트를 바라보게 되 었다. 그때 번역을 현규가 했었다. 매리앤이 졸업 파티에서 강간을 당하고 돌아와 고통스러워하는 장면이었다. 멀베이니, 매리앤, 여 자, 소녀. 가족은 파괴되고 매리앤은 유배자처럼 오랜 시간 이곳저 곳을 떠돈다. 그런 구절이 있었다.

"난 술을 마셨어. 내 탓이야. 그날 밤을 돌이킬 수 있다면 좋겠지 만 그럴 수는 없어. 내가 어떻게 그에 대해 거짓 증언을 할 수 있겠 어?"*

수진은 수업이 끝나자마자 강의실을 뛰어나왔다. 화장실에 가 울 었다. 그녀는 그 구절을 계속 읽었다. 읽어나가면서 수진은 자신의

* 조이스 캐럴 오츠, 《멀베이니 가족》, 창비, 2008, 259쪽.

방식대로 문장을 계속 바꿨다.

난 술을 마셨어. 내 탓이야. 그날 밤을 돌이킬 수 있다면 좋겠지만 그럴 수는 없어.

내가 술을 마셨어. 내가 여지를 준 거야. 그날 밤을 없었던 일로 하면 좋겠지만 그렇게는 못 해.

없었던 일로 하면 좋겠지만 그럴 수 없을 거야.

절대 그럴 수는 없을 거야.

이미 당했으니까.

당해버렸으니까.

그러나 수진은 매리앤에게 완전히 공감하지는 않았다. 매리앤은 모든 것을 기억하고 있었다. 아버지가 폭행으로 고소당하는 걸 막기 위해 기억나지 않는다고 말한 것이다. 그때 수진은 자신이 매리앤처럼 모든 것을 기억할 수 있었다면, 달라졌을지도 모른다고 생각했다. 하지만 나중에 깨달았다. 수진은 결국 아무 조치도 취하지 않았을 것이다. 춘자 딸이 그럼 그렇지. 아이쿠, 김치가 참 잘 익었어. 춘자 딸이 결국 그럴 줄 알았다니까. 춘자 엄마, 김치 좀 잠수겠어?

할머니가 그걸 겪게 할 수는 없었다. 대학교 합격 소식을 알렸을 때, 할머니는 눈물을 흘렸다. 이제 됐다고, 이제 너는 다른 삶을 살 수 있다고. 할머니는 항상 수진이 자랑스럽고, 수진을 위해서라면 뭐든지 할 수 있다고 했다. 이런 일을 겪게 할 수는 없었다. 그때 수진은 매리앤을 완벽하게 이해하고 있었다. 그래서 울었던 것이다. 내가 당한 것으로 충분해. 이걸 할머니가 또 겪게 할 수는 없어. 모르는 척하자. 없었던 일로 하면.

아무 일도 없었던 것처럼 하면, 다 괜찮아질 거야.

스무 살, 봄이었다. 수진은 그날 술을 많이 마셨다. 그날까지 수진은 술을 입에 댄 적도 없었다. 엄마 때문이었다. 엄마는 10대 때부터 술을 마시고 다녔고, 마을에서 내놨다시피 한 남자애들과 자고 다녔다. 지금도 수진은 아빠가 누군지 모른다. 아마 술을 마시고 임신했을 것이다. 수진은 적어도 그 소문은 맞을 거라고 생각한다.

수진은 유전자에 박혀 있을지 모를 술에 대한 애착을 증오했다. 아마 수진이 자신 역시 술 마시는 걸 좋아하고, 취하기 전에는 잔을 내려놓지 않는 사람이라는 걸 어렴풋이 짐작하고 있었기 때문일 것이다. 수진은 술이 그녀에게 불행을 몰고 올 거라고 생각했다. 하지만 그날 수진은 술을 마셨다. 기분이 좋았기 때문이다.

역시 이강현의 수업 시간이었다. 《제인 에어》에 대한 견해를 발표했는데 칭찬을 받았다. 이강현은 원서를 독해하는 식으로 수업을 진행했지만, 수업 시간의 5분 정도는 자발적인 발표를 시켜서 가산점을 줬다. 발표는 릴레이식으로 이루어졌다. '제인 에어에 드러난 자주적인 여성성'이라는 주제로 누군가 첫 번째 발표를 하면, 그 의견에 대해 다른 사람이 다른 의견을 발표하고, 또 그다음 사람이 그에 대한 다른 견해를 발표하는 식이었다. 대학에 들어온 후 수진은 맹렬하게 공부하기로 작정한 후였고, 어떤 가산점도 놓칠 생각이 없었다. 그날 수진이 발표한 내용은 대충 이랬다.

"지난 시간, 제인 에어의 결말이 결국 남성의 품 안으로 들어간다고 비판하셨습니다. 저는 제인 에어가 경제적인 독립만큼 로체스터와의 사랑을 중요하게 생각했다는 데 집중하고 싶습니다. 제인 에어는 어떤 결정이 자신을 가장 행복하게 하는지 고민하는 캐릭터입니다. 만일 그녀가 로체스터와의 관계망 속에서만 자신을 생각했다면, 애초 그를 떠나지 않았을 것입니다. 정부가 되어 계속 그 곁에 있는 것을 선택했겠지요. 하지만 제인 에어는 그 연애와 결혼이 자신을 행복하게 하지 않을 거라고 생각하고 그를 떠났습니다. 그리고 그를 감당할 수 있다는 판단이 들었을 때 돌아왔습니다. 그녀는 자신의 삶에 솔직하고 적극적입니다. 앞에 무엇이 기다리고 있건 두려워하지 않고 선택해나가는 이 여성의 사랑은 충분히 지지받을 가치가 있다고 생각합니다."

발표가 끝난 후 이강현은 수진에게 세상을 바라보는 고유한 시각을 갖고 있다고 말했다. 형식적으로 한 말이었겠지만, 수진은 기분이 좋았다. 바로 그 칭찬 때문에, 좋아하지도 않는 교수가 한 형식적인 그 칭찬 때문에 그날 그녀는 술을 마셨다. 수업을 들은 학생들끼리 술을 마시러 간다고 했을 때 수진은 제인 에어처럼 자발적으로 끼어들었고, 술집에 앉자마자 먼저 소주 뚜껑을 비틀어 열었다.

즐거운 자리였다. 현규도 있었다. 그가 있었으니 당연히 사람이 많았다. 처음에 열 명이었던 술자리가 두 시간쯤 지나니 스무 명으로 늘어나 있었다. 다른 과 학생들도 끼어들었다. 현규의 원래 전공이었던 영문과 학생들이 놀러왔고, 국문과에서도 학생들이 놀러왔다. 나중에는 어디서 누가 왔는지 알 수 없을 정도로 사람이 많았다. 그리고 수진은 조금씩 취하기 시작했다. 학교 뒤편 작은 포장마차로 자리를 옮겼을 때, 그녀는 정말 많이 취했다. 그때 몇 명이 있었는지 수진은 지금도 기억나지 않는다. 기분이 좋았고, 정말 좋았다. 어느 정도로 좋았느냐면, 같은 과에 왔지만 3월이 다 지나가도록 인사 한번 제대로 하지 않은 진아에게 가서 우리 다시 사이좋게 지내자고 말하고 싶을 정도로 기분이 좋았다.

진아야, 사실은 늘 네가 그리웠어. 눈도 마주치지 않고 있지만, 사실 너랑 같은 과에 와서 은근히 기분이 좋았어. 보고 싶었어.

진아야.

보고 싶었어.

수진은 완전히 취했다. 그리고 눈을 떴을 때 그녀는 발가벗고 있었다. 허름한 여관의 냄새나는 침대 시트 속에서 완전히 발가벗은 채 누워 있었다. 옆에는 남자가 똑같이 발가벗은 채로 코를 골고 있었다. 수진은 놀라서 소리도 지르지 못했다. 그녀는 침대 끝으로 몸을 움직였다. 떨었다. 머릿속이 완전히 새하얗게 지워져서 어떤 말도 나오지 않았다.

그때 남자가 잠에서 깼다.

"일어났어?"

그는 웃으며 수진에게 손을 뻗었다. 다정하게 그녀의 얼굴을 어루만졌다. 수진의 몸에 소름이 돋았다.

"이게 뭐야?"

"응?"

남자는 수진이 무엇을 물어보는지 모르겠다는 듯 그녀를 봤다. 수진은 거의 울음을 터뜨릴 지경이었다. 아무것도 기억나지 않았다. 아무것도! 대체 이게 뭔지 전혀 알 수가 없었다. 수진은 그때까지 남자와 손도 잡아본 적이 없었다. 성욕을 느낀 적은 있었지만, 그게 구체적으로 어떻게 이루어지는지 제대로 알지 못했다. 어디선가 풍문으로 대충 들은 게 전부였다. 처음에는 엄청 아프다더라, 엉덩이를 들어 올려야 한다더라, 눈을 감아야 한다더라. 이런 것들이 수진이 아는 전부였다. 수진은 그때 막 10대를 벗어난 소녀였다. 하지만 적어도 그녀가 분명히 알고 있는 것이 있었다. 방금 일어난 일, 아마 분명 일어났을 일, 그러니까 섹스는 그녀가 선택해야 하는 문제였다. 그녀가 원할 때, 그녀가 원하는 사람과 해야 하는 것이 섹스였다. 그런데 내가 이 사람을 원했나? 기억나지 않았다. 아무것도 기억나지 않았다. 혼돈에 사로잡혀 멍청히 앉아 있는 그녀에게 그가 천천히 입을 열었다.

"목말라? 물 줄까?"

차라리 수진이 울음을 터뜨렸다면 상황이 달라졌을까. 그는 수진이 원하지 않은 일을 저질렀다는 걸 깨달았을지 모른다. 하지만 수진은 눈물조차 나오지 않을 정도로 놀랐고, 혼란스러웠다. 그래, 혼란스러웠다. 어서 이 방 밖으로 나가고 싶었다. 그녀는 서둘러 옷을 입었다. 그때 그가 그녀에게 다가섰다. 어깨를 감싸 안았다. 그녀는 손길을 뿌리쳤다. 그리고 떨리는 목소리를 간신히 가다듬으며 물었다.

"어떻게 된 거야?"

"뭐가 어떻게 돼. 같이 왔잖아."

그제야 그의 표정이 일그러졌다. 그는 황당하다는 듯 그녀에게서 물러섰고, 잠시 그녀를 바라보더니 어처구니없다는 듯 혀를 찼다. 그리고 그 역시 옷을 집어 들며 말했다. "나는 우리에게 뭔가 있다고 생각했는데."

"뭐?" 수진이 황망한 표정으로 대답했다.

"네가 먼저 그런 거잖아."

"뭐라고?"

수진의 목소리가 갈라져 나왔다. 수진은 그의 얼굴을 할퀴어놓고 싶었다. 도저히 참을 수가 없었다. 어젯밤 수진은 취해 있었다. 기억이 끊길 정도로 취해 있었다. 그건 의식이 없다는 것이다. 그때 그녀가 무슨 짓을 하건, 그건 그녀가 제정신으로 선택한 게 아니다. 나는 절대 너를 원한 적이 없어.

그에게 소리 지르려던 찰나였다. 그가 말했다.

"있잖아, 기분 나빠하지 말고 들어."

"뭘?"

그가 수진을 똑바로 보고 말했다. "너 피해의식 있어."

수진은 마음 안에서 무언가 툭, 끊어지는 기분이 들었다. 더는 아무 말도 하고 싶지 않았다. 수진은 문 쪽으로 걸어갔다. 문을 열기 전 그녀는 그에게 말했다.

"없었던 일로 했으면 좋겠어."

그가 침대에 앉아 양말을 신으며 대답했다.

"그래, 술 먹고 같이 실수한 건데. 잊어버리자. 술이 죄지, 뭐."

그녀는 밖으로 뛰어나왔고, 공기를 흠뻑 들이마셨다. 아무 일도 없었어. 나는 아무 일도 겪지 않았어. 나는 피해자가 아니야. 누구도 이걸 알 필요 없어. 실수한 거야. 그래, 나는 실수를 한 거야. 원하지 않은 일을 저질렀을 때 실수라고 말하는 거잖아? 그래, 이건 실수야. 이건 분명히 실수야. 그런데, 이건 내가 저지른 일이 아닌데. 나는 분명 아무것도 선택하지 않았는데. 그녀가 선택한 거라고는 술을 마신 것이다. 그녀의 엄마처럼, 춘자처럼. 엄마와 똑같은 짓을 했어. 하룻밤 가지고 유세는. 인생에서 힘든 일이 얼마나 많은데, 겨우 이런 거 가지고 유난을 떨어. 촌스러워. 촌스러워. 닥쳐. 닥치라고. 할머니! 할머니, 나 어떡해. 나 무서워, 할머니. 수진은 뛰었다. 어서 기숙사로 돌아가자. 어제 리포트를 발표하던 나로 돌아가는 거야.

그러다 그녀는 골목 바닥에 넘어졌다. 무릎이 까지고 피가 흘렀다.

나는 원하지 않았어. 하지만 내가 원했다면?

내가 춘자처럼 변해서 뭔가를 원했다면, 정말로 원했다면? 그럼 괜찮아지는 거야? 하룻밤 따위 실수할 수도 있는 거지. 그렇게 생각해버리면, 괜찮은 거야? 그럼 내가 원하지 않았다는 사실은. 그 진실은 어디에서 구원받을 수 있지?

그녀는 자리에서 일어나 절룩였다. 눈물이 나왔다. 만일 그가 사람들에게 말하고 다닌다면 수진은 어떻게 해야 할까.

무서웠다. 그녀는 울음을 터뜨렸다. 할머니가 보고 싶었다. 이런 일을 겪으라고 할머니가 그 고생을 한 게 아닌데. 내 탓이야. 내가 조금 더 조심했어야 해. 내 탓이야. 내 잘못이야.

수진은 바닥에 웅크렸다. 견딜 수가 없었다. 죽어버리고 싶었다. 그 순간이었다. 누군가의 손길이 그녀의 머리를 어루만졌다. 그녀는 화들짝 놀라며 고개를 들었다. 유리가 앞에 있었다.

"수진아, 왜 그래? 무슨 일 있어?" 유리가 물었다.

그 다정한 목소리에 수진은 완전히 무너져 내렸다. 수진은 어깨를 들썩이며 울기 시작했다. 유리가 수진의 어깨를 끌어안았다. 수진의 등을 도닥여주었다.

《멀베이니 가족》을 읽은 뒤 수진은 도서관에 틀어박혔다. 다른 소설들을 읽기 위해서였다. 다른 매리앤을 찾아다녔다. 피해자가 등장하는 소설들. 그게 수진의 방식이었다. 마약중독자들이 모임에 나가 자신의 경험을 털어놓고 극복하려 애쓰는 것처럼, 수진은 강간 피해자들이 등장하는 소설을 읽어나갔다. 누구에게 그녀의 이야기를 할 필요도 없었고, 남의 이야기를 들으며 울 필요도 없었다. 기사와 달리 소설에는 마음이 있었다. 마음을 생생하게 느낄 수 있었다.

수진은 그날 일을 기억하려 애썼다. 차라리 반항한 흔적이라도 몸에 남아 있었다면 나았을 것이다. 비틀거리며 그의 팔에 매달렸던 것 같기는 했다. 하지만 그게 어떤 행위인지 그녀는 전혀 알 수가 없었다. 혹시 수진이 그를 유혹한 걸까? 아니면 그냥 힘이 들어서 그에게 매달린 걸까. 그에게 무슨 말을 했는지도 기억나지 않았다.

떠들었겠지. 그래, 그냥 재밌게 떠들었겠지. 그런데 그 말이 그를 유혹하려 한 것인지, 그냥 그 자리가 재미있어서 떠든 것인지 알 수가 없었다.

분명한 건 그녀가 그를 원한 적이 없다는 사실이었다. 그에게 이성적인 관심을 가진 적도 없었다. 술을 마셨다고 해서 갑자기 그를 원하게 되었을 리가 없다. 술이 죄라고? 정말? 정말 그런가. 그는 말했다. 우리 사이에 뭔가가 있다고 생각했다고. 왜 그렇게 생각하게 된 거지? 차라리 뭐든 기억이라도 났으면!

그러면 그녀는 그것을 반박할 수 있을 것이다. 차라리 뭐든 기억이 난다면, '우리 사이에 뭐가 있는 게 아니라 그냥 내가 취해서 너한테 좀 기댄 거야'라고 말할 수 있을 텐데. '넌 술 취한 거랑 몸을 좀 기댄 거랑 구분도 못 하니, 이 멍청아'라고 말할 수 있을 텐데.

원하지 않았다는 건 분명한데, 원하지 않았다는 걸 증명할 수 없다는 사실이 비참했다. 증명할 수 없으면 누구의 동의도 끌어낼 수 없다는 사실이 비참했다. 그녀가 찾아본 결과 대부분의 강간은 여자가 강력하게 거부했을 때만 입증되었다. 그러니까 폭력적인 상황에서 이루어졌을 때만 강간이라고 인정받았다. 수진은 그 사실 때문에 무척 혼란스러웠다. 여자가 두들겨 맞고 소리를 지르고, 협박당하고 그래서 목숨의 위협을 받은 후에 이루어진 성관계만 강간이라고 부를 수 있다면, 수진이 겪은 건 절대 강간이 아니었다. 수진은 두들겨 맞지도 않았고 소리를 지르지도 않았고 협박당하지도 않았고 목숨의 위협을 느끼지도 않았다. 하지만, 원하지 않았다. 원하지

않았다는 사실이 왜 가해자가 가한 폭행의 정도로 판단되어야 하는
건지 수진은 이해할 수 없었다. 수진이 생각하기에 강간은 단순했
다. 정말 쉽게 분류할 수 있었다. 피해자가 원하지 않았을 때 성관계
를 하는 것.

바로 수진처럼. 술에 취해 의식을 잃어서 아무것도 할 수 없는 상
태에서 당하는 것. 수진의 경우는 준강간에 해당했다. 준準. 세상에
이 단어 앞에 '준'을 붙인다고?

그나마도 수진은 입증이 어려운 상황이었다. 만일 그를 고발한다
면 수진은 만신창이가 될 것이다. 할머니를 생각해야 했다. 수진의
미래를 생각해야 했다. 강간 피해자로 불리고 싶지 않았다. 강간 피
해를 주장했던 사람으로 살고 싶지 않았다. 아무것도 입증하지 못
하고, 오직 의혹에만 둘러싸여 살고 싶지 않았다.

그래서 소설을 읽었다. 소설에는 많은 여자들이 있었다. 맨정신
으로 원하지 않은 일을 당한 여자들도 있었고, 의식을 잃은 여자들
도 있었다. 수진처럼 있었던 일을 없었던 것으로 하고 싶어 하는 여
자들도 있었다. 어떻게든 그걸 극복하고 싶어 하는 여자들도 있었
다. 만일 수기나 인터뷰였다면 수진은 견디지 못했을 것이다. 경험
의 목소리를 읽는 건 겁이 났다. 만들어진 이야기 속에 빠져드는 건
편했다. 누구도 그녀가 무엇을 읽는지 눈치채지 못했다. 수업 시간
에는 소설을 거대한 담론과 목표에 연결 지어서 이야기했지만 수진
은 그런 것 따위 관심 없었다. 누군가의 목소리가 중요했다. 오직 한

사람의 목소리. 자신만의 이야기. 그곳의 분노는 수진에게 위로였고 증오는 기쁨이었다. 그녀는 '매리앤'들을 읽을 때 편안했다. 매리앤들은 그녀가 이해할 수 있는 인물들이었고, 그녀를 덜 외롭게 했으니까. 그녀들이 짓밟히는 생생한 장면들을 읽기 전까지는 그랬다.

수진은 어느 날 괄호를 발견했다.

괄호들.

(폭행)(협박)(옷 벗김)(짓누름)(흥분)(발기)(쑤셔넣음)( )( )( )
( )( )( )( )( )( )( )( )( )( )( )( )( )( )
( )( )( )( )( )( )( )( )( )( )( )............................
( )( )( )...............( )( )( )( )( )( )( )( )( )( ).

괄호를 핍진하고 생생하게 묘사하는 소설들이 있었다. 그런 소설들이 많았다. 여자를 어떻게 끌고 왔는지, 어떻게 겁먹게 했는지, 그래서 어떤 자세로 눕게 했고, 어떻게 굴복시켰고, 그래서 어떤 흥분 상태에서 (괄호)를 했는지 지독할 정도로 자세히 설명하는 소설들이 있었다. 물론 소설은 가해자들을 옹호하지 않았다. 가해자들이 얼마나 지독하게 나쁜 새끼들인지 표현했다. 바로 그 가해자들이 얼마나 나쁜 놈들인지 보여주기 위해 강간의 (괄호)들을 밤하늘에 터지는 폭죽처럼 화려하게 그렸다. 세상에 이렇게 나쁜 놈이 있을 수가! 이렇게 잔인한 짓을 했으니까 정말 나쁜 놈이다! 나쁜 놈의 가학성을 더 나쁘게 그려내는 감성들. 그래서 그 나쁜 놈을 더 증오하게 만드는 감성들. 그 나쁜 놈에 대한 복수심을 이끌어낼 정도로 생생하고 지독한 (괄호)들. 나쁜 놈들이 얼마나 나쁜지 보여줬고, 이후 피해자들의 고통이 얼마나 지독한지 분명하게 드러냈기 때문에 앞에 일어난 그 가학적이고 구체적인 (괄호)들은 미학적이고 필요한 장면이 되었다. 나쁜 놈이라는 걸 증명했으니까 괜찮아. (이정도 장면은 괜찮아.) 나쁜 놈이 어떻게 만들어지는지 표현했으니까 괜찮아. (고발했으니까 괜찮아.) 강간당한 여자가 더 지독한 방법으로 남자에게 복수하는 소설이 있었다. 그 여자가 당한 (괄호)들은 구역질이 날 정도였다. 그 핍진하고 세밀한 (괄호)들! 증오를 품은 여자가 결국 남자에게 복수했기 때문에, 통쾌하게 갚아줬기 때문에 여자가 당한 (괄호)는 잊혔다. 하지만 정말 잊을 수 있는 걸까. 그 끔찍한 (괄호)의 순간들을 과연 피해자는 잊을 수 있는 건가? 복수했다고 해서, 통쾌하게 갚아줬다고 해서 (괄호)는 아무것도 아니라고 말할 수 있는 걸까. (괄호)를 겪지 않은 수진도 잊지 못하는데. 정말. 그게 가능할까.

수진은 의문이 들었다. 혹시 수진 자신이 지나치게 예민한 걸까. 사실 (괄호)들은 별것 아닌데 수진이 과한 의미를 부여하고 있는 걸까? 그 남자의 말처럼 수진이 피해의식이 있기 때문인가. 어느 날 수진은 어떤 소설에서 '저 여자를 강간하고 싶다'라고 말하는 남자의 목소리를 읽었다. 그 순간 그녀는 책 읽는 걸 멈췄다.

그러고 보니 언젠가 비슷한 말을 들은 적이 있었다.
"강간당한 기분이야."

술자리였다. 입학을 축하하는 학과 모임이었다. 건너편에 진아가 앉아 있는 것을 봤다. 진아는 하유리와 함께 앉아 있었다. 하유리가 시끄럽게 떠드는 바람에 시선이 그쪽으로 갔다. 그때 유리는 이상하게 보였다. 하지만 수진은 자신의 주변에 집중했다. 수진은 기대에 차 있었다. 입학하지 못할지도 모른다고 생각했는데, 합격했던 것이다. 드디어 대학에 왔어. 공부 열심히 해야지. 어서 취직해서 할머니를 안진으로 모셔올 거야. 할머니와 함께 오순도순 살아야지. 남자친구도 생겼으면 좋겠다. 다정하고 잘생긴 남자친구. 나에게 잘해주고, 나도 잘해주고, 서로 아끼고 사랑할 수 있는 사람을 만나야지.

신설과라 그런지 학과 모임 지원비도 나왔고 교수들이 술과 안주도 많이 사줬다. 다른 과 학생들이 와서 동아리 홍보를 하기도 했고, 전과 예정인 선배들이 합석하기도 했다. 그렇게 많은 사람을 한꺼번에 만나는 건 수진도 처음이었다. 긴장도 되면서 기분도 좋았다. 술은 마시지 않았다. 그때 어느 순간 수진의 자리 근처가 시끄러워졌다. 수진의 옆에 남학생들 다섯 명 정도가 앉아 있었는데, 남자 선배들 세 명이 합류하면서 술 먹기 게임을 시작했던 것이다. 수진은 술을 마시기 싫어서 게임에서 빠졌다. 구경만 했다.

남자들 그리고 여자 두 명이 게임을 시작했다. 소주병 뚜껑의 가장자리를 꼬아서 손끝으로 튕긴 뒤, 가장 빨리 끊어뜨리는 사람이 술을 원샷 하는 게임이었다. 보는 건 재미있었다. 왜냐하면 계속 한 사람이 걸려들고 있었기 때문이다. 전과를 결정한 철학과 남자 선배였는데, 뚜껑은 그 사람 손에만 들어가면 아무리 살살 쳐도 가장

217

자리가 툭 떨어져 나갔다.

세 번 연속 걸리니 사람들이 주변에 몰려들었다. 네 번째 또 걸렸다. 사람들이 손뼉을 치며 웃었다. 수진도 웃었다. 그리고 다섯 번째로 뚜껑이 돌아갔을 때, 선배는 사람들을 웃기려는 심산이었는지 일부러 손을 달달 떨기 시작했다. 유쾌한 분위기였다. 그리고 선배가 손끝을 튕겼을 때, 사람들이 모두 함성을 질렀다. 또 가장자리가 떨어져 나갔던 것이다. 선배가 양손으로 얼굴을 감싸며 외쳤다.

"아 씨, 거세당한 기분이야." 사람들이 웃었다. 선배가 이어 말했다. "좆나 강간당한 것 같아."

사람들이 또 웃었다. 수진도 웃었다. 기분 나쁘지 않았다. 그 자리는 웃기는 자리였고 그런 말에 정색할 분위기도 아니었다. 선배도 누군가를 희롱하려 한 말이 아니었고, 그냥 툭 튀어나온 농담이었다. 다른 여자애들도 그 말에 웃었다. 그게 진짜 강간이 아니라는 건 모두 알았고, 그냥 그 말을 가볍고 쉽게 던졌을 뿐이다. 아, 직설적인 비유. 은유에는 한계가 없고 대담할수록 아름답지. 수진도 손뼉을 쳤다.

그리고 책 속에서 "저 여자를 강간하고 싶다"라는 목소리를 읽었을 때 수진은 그날 선배의 목소리를 함께 떠올렸다. 이제 그녀는 그런 농담을 받아들일 수 없었다. 그런 식의 농담. 어떻게 그게 농담이 된다고 생각했을까. "강간당한 것 같아." 어떻게 강간이 농담이 될 수 있는 거지? 소설들에 이렇게 표현되어 있지 않았는가. 온갖

(괄호)들을 이용해서, 지독하고 핍진하게 묘사하지 않았는가. 강간당한 것 같다고? 강간하고 싶다고? 이건 강간당한 것과 마찬가지라고? 그렇다면 (괄호)들을 당했다고 생각하는 건가? 그 (괄호)들을 하고 싶다고 생각하는 건가? 소주 뚜껑 끄트머리가 날아간 것 가지고는 절대 (괄호)를 당했다고 말할 수 없다. 강간은 그런 것이 아니다. (괄호)들이다. 왜 누군가는 강간을 쉽게 농담으로 사용하고, 또다른 누군가는 (괄호)들로 무시무시하게 표현하는가. 쉽게 비유하는가. 그녀는 답을 찾기 위해 소설들을 계속 읽어나갔다. 그리고 어느 순간 깨달았다.

이들은 강간을 당한다는 것이 무엇인지 모른다.

소설의 (괄호)가 묘사하는 건 피해자의 고통이 아니었다. 가학의 정도였다. 가학성의 핍진함이 그 묘사를 생생하게 만들었다. 지독하게 끔찍한 장면들. 그건 피해자의 고통이 어떤 것인지 모르기 때문이다. 알기는 알겠지. 나쁘다는 것도 알겠지. 그러니까 나쁜 놈들을 더 나쁘게 그리는 거겠지. 나쁜 놈들에게 비난을 쏟기 위해 (괄호)를 퍼붓는 거겠지.

하지만 정말로 알까. 신체의 어느 부분이 억지로 벌어지고, 찢겨나가고, 으스러질 때의 그 물리적 느낌을 정말로 알까? 몸에서 가장 부드럽고 예민한 부위가 상처 입을 때의 그 고통을 정말 알까? (괄호) 이후에는 오직 아팠다, 라는 묘사만 등장한다. 그건 오줌 쌀 때 며칠 아픈 걸로 끝나는 경험이 아니다. 수진은 강간을 당한 다음 날부터 계속 고통에 시달렸다. 아랫도리가 헐어서 앉을 때도 걸을 때도 아팠다. 그 남자가 수진의 몸에 마음대로 (괄호)를 했기 때문이었다. 수진은 병원에 갈 생각도 못 했다. 그때까지 수진은 산부인과 근처에 가본 적도 없었다. 임신에 대해 생각해본 적도 없었다. 그녀가 임신할 수 있으리라는 것도 몰랐다.

질 안쪽이 찌릿, 하며 찢어지는 것 같은 통증이 매일 간헐적으로 이어졌다. 하지만 병원에 가지 않았다. 손에 난 생채기처럼 금세 나을 거라고 생각했기 때문이다. 통증이 3주 넘게 지속되었을 때, 수진은 병원에 갔다. 질 안쪽이 심하게 헐어서 염증이 있다는 진단을 받았다. 혹시 몰라서 초음파를 했다. 그때 임신했다는 걸 알았다. 수술을 받은 뒤에도 수진은 계속 병원에 갔다. 아팠기 때문이다. 병원에서는 외과상 아무 이상이 없으니 돌아가라고 했다. 진통제만 처방해주었다. 그러나 수진은 계속 통증을 느꼈다. 아랫도리가 찌릿찌릿하고 자궁 안쪽 살점들이 떨어져 나가는 것 같은 통증을 느꼈다. 아랫도리가 완전히 사라져버린 것 같은, 너덜너덜한 느낌. 몸이 찢어진 종잇장이 된 것 같은 기분.

정말로 (괄호)의 묘사 같은 사건이 벌어졌다면, 절대 "아팠다"라는 것으로 끝날 수 없을 것이다. (괄호)보다 더 끔찍하고 지독한 고통이 뒤따를 테니까. 강간은 그런 것이다. 그런데 수진은 한 가지 사실을 더 깨달았다.

가해자들 역시 누군가에게 짓밟히고 억눌린 존재들로 묘사된다는 것이었다. (괄호)의 묘사와 비슷한 억압을 당한 존재들. 책을 해설한 어떤 글에 이런 말이 있었다. 폭력의 미학. 폭력의 연쇄 사슬에 걸려든 비극적 인물들. 입체적이라고 했다. 앞뒤가 불룩 튀어나온 눈사람 같은 (괄호)의 주체들. 그들을 이해하는 건 아름다운 일이라고 했다. 아니, 수진은 그 무엇도 아름답지 않았다. 누구도 비극적으로 느껴지지 않았다. 누군가에게 강간에 대한 감각이 그런 식으로 작동한다면, 그것이 폭력을 묘사하는 유일한 방법이라면, (괄호)에 붙들린 자들은 어떻게 해야 하는가. 수진도 누군가를 강간해야 하는가?

수진은 소설을 증오하게 되었다. 그 생생한 비극과 마음을. 짓눌린 마음의 분출을 증오했다. 그런 식으로밖에 말하지 못하는 목소리들을 증오했다. 하지만 그녀는 소설을 읽는 걸 멈출 수 없었다. 어느 순간 수진 역시 그 폭력에 물들어버렸다. (괄호)를 읽으며, 그녀역시 가해자의 자리에서 상상했다. 그 남자를 바닥에 짓누르고 지금껏 그녀가 읽은 모든 (괄호)를 가하는 걸 매일 상상했다. 그녀는 미치도록 그를 강간하고 싶었다.

그녀는 도서관 문을 닫을 시간이 되면 자리에서 일어났다. 기숙사로 돌아가지 않았다. 수진은 유리의 집으로 갔다. 잠들지 못하고 울먹이는 수진의 어깨를 유리는 오래도록 쓰다듬어주었다.

* * *

모두 옛날 일이다.

김진아가 돌아가고 난 뒤, 그녀는 카페 뒷골목에 혼자 나와 크게 숨을 들이마셨다. 그 시절 일들이 자꾸 떠올랐다. 재작년에 할머니가 돌아가셨다. 결혼을 할 때 수진은 현규에게 할머니를 모시고 살고 싶다고 이야기했다. 현규는 흔쾌히 좋다고 말했다. 현규는 부모님도 허락하실 거라고 말했다. 허락. 수진은 그 단어가 마음에 걸렸다. 내 할머니와 함께 사는 일이 허락까지 받을 일일까. 현규는 장남도 아니었다. 그런데 왜 허락까지 받아야 하는 걸까. 하지만 내색하지 않았다. 어쨌든 현규 부모님이 그다지 내켜 하지 않을 것 같다고는 생각했다. 아들을 둔 부모라면 당연히 그럴 거라고 수진은 생각했다. 결혼 생활을 해본 것도 아닌데, 수진은 당연히 그렇게 생각해 버리는 자신이 신기했다. 시부모님에게 허락을 받아야 한다는 지식이 그녀의 유전자 속에 박혀 있는 것 같았다. 하지만 시부모님에게는 말을 꺼낼 필요도 없었다. 할머니가 싫다고 했던 것이다.

있는 집에 혼수를 제대로 못해 보내는 것도 죄스러운데, 노인네까지 끌고 들어갈 필요 없다고 했다.

할머니는 완강했다. 할머니는 자신이 수진에게 피해를 줄 거라고 생각했다. 없는 집안 자식. 눈치를 보며 살 게 뻔한데 당신이 거기에 무게를 더하면 수진이 살기 힘들어진다고 했다. 수진이 울고불고 난리를 쳐도 소용없었다. 현규가 직접 찾아가기까지 했지만 할머니는 고개를 저었다. 수진은 울먹이며 말했다.

"그런 분들 아니야. 그런 사람 아니야. 할머니처럼 그렇게 구닥다리로 생각하는 사람들 아니라고!"

할머니가 말했다.

"수진아, 사람 믿지 마라. 네 남편도 믿지 마라. 지금은 널 아끼니까 뭐든지 해주고 싶고, 하려고 하겠지. 하지만 사람은 자기가 준 건 절대 안 잊는다. 사람들은 자신의 호의를 절대 잊지 않아. 상대가 어떻게 느끼는지는 중요하지 않아. 마을 사람들을 보렴. 할머니가 일한다고 생각하는 건 너와 나뿐이다. 사람들은 우리를 도와준다고 생각해. 우리가 어떻게 생각하든, 빚을 진 거다. 너 그 사람이랑 평생 빚진 기분으로 살고 싶냐. 네게 준 것들이 많다고 생각할수록 '이 정도는 요구해도 되겠지'라고 생각하게 된다. '이 정도'가 뭐가 될지는 아무도 모르는 거다. 현규는 좋은 사람이지. 나도 알고 있다. 그렇게 변하지 않을 수도 있어. 하지만 사람의 인생에는 늘 만일이 있는 법이다. 결혼은 저울과도 같아. 지금 네 저울에는 아무것도 없어. 처음부터 이렇게 기울어진 채로 시작하는데, 여기에 더 무게를 얹을 필요는 없다. 세상은 변했지. 여자들은 달라졌어. 할머니도 알아. 하지만 그건 변한 세상을 감당할 수 있는 능력과 배경이 있는 여자들의 몫이야. 할머니는 해당되지 않아. 덕 보고 살 생각 없다. 그건 네가 다 가져. 너는 빚지는 거 없이 시작하는 거야."

그래도 수진은 할머니를 자주 보고 살겠다고 생각했다. 할머니를 보려 할 때마다 다른 일이 생겼다. 어느 순간 수진은 인정할 수밖에 없었다. 할머니는 그녀의 우선순위가 아니라고. 수진은 시댁 행사, 부부 모임, 문화 행사 계획이 잡힐 때마다 할머니를 보러 가는 걸 미뤘다. 언제든 볼 수 있다는 생각은 지금 당장 보지 않아도 된다는 것과 마찬가지였다. 북카페를 오픈 한 뒤에는 더 바빠졌다. 그녀는 대학의 연구자들과 학생들이 자유롭게 이야기하고 시간을 보낼 수 있는 장소로 카페를 기획했다. 대중소설부터 학술 서적까지 서가를 다양하게 채웠다. 건물이 남편 명의로 되어 있어 월세 걱정은 하지 않았다. 그러나 어느 정도의 손익분기점은 넘기고 싶었다. 대학가의 유명 공간이 되고 싶기도 했고, 커피 맛으로 유명해져서 매출을 올리고 싶기도 했다. 도서관보다 더 편한 곳이라는 평가를 듣고 싶었다. 어느 정도는 자격지심이었다. 결혼을 하면서 사서직을 준비하는 시기를 몇 번 놓쳤다. 정신을 차리고 보니 시간이 너무 많이 지나 있었다. 공부가 손에 잡히지 않았다. 남편 덕에 놀고먹는다는 말을 듣기는 싫었다. 수진은 자신에게 능력이 있다는 걸 보여주고 싶었다. 생각만큼 쉬운 일은 아니었다. 카페 운영을 만만하게 생각했다는 것이 아니다. 각오했던 것 이상으로 힘이 드는 일이었다는 뜻이다. 그녀는 밤낮으로 일했다. 아무리 대학가에서 가장 좋은 자리라지만, 어쨌든 장사는 어려운 일이었다. 안정적으로 자리를 잡기까지 거의 5년이 걸렸다. 그 시간 동안 할머니를 보러 간 날이 얼마 없다. 명절, 새해, 연말. 할머니는 아무 말도 안 했다. 결국 할머니와 가장 많이 시간을 보내게 된 때는, 병원에서였다. 할머니는 뇌졸중으로 쓰러져 거의 1년을 병원에 있었다. 의식이 없는 할머니 곁에서 수진은 가장 많은 시간을 보냈다.

주름 가득한 할머니의 얼굴을 바라보며 늘 그 말을 생각했다.

네가 하고 싶은 대로 해라. 빚지지 마라. 자유롭게 살아라.

그 말을 들을 때 수진은 울었다. 할머니에게 화가 나서 그런 게 아니었다. 내심 바라던 말을 할머니가 해줬기 때문이었다. 한창 기울어진 추의 무게. 수진도 알고 있었다. 현규의 부모님은 수진을 내켜 하지 않았다. 현규가 밀어붙이지 않았다면 결혼은 힘들었을 것이다. 현규는 부모를 설득했다. '수진은 출신과는 완전히 다른 사람입니다.'

물론 수진도 알았다. 아버지가 누구인지도 모르고 태어난 아이. 집 나간 엄마. 외할아버지 호적에 들어가 딸처럼 큰 손녀. 수진도 인정한다. 뭐가 없다. 우리 엄마는 어떤 사람이고, 어떤 성격이라고도 말할 수 없다. 아빠가 누구인지도 모른다. 항상 말할 수 없었다. 너희 아빠는 무슨 일 하셔? 엄마는 뭐 해? 단 한 번도 그 말에 대답한 적 없다. 수진은 늘 그들이 죽었다고 대답했다. 우리 엄마 아빠는 죽었어. 사실이지 않은가. 수진은 할머니가 키웠다. 내 새끼. 사랑하는 내 아기. 아기 공주 수진이. 사랑하는 나의 할머니. 할머니는 수진을 사랑했다. 빈틈없이 사랑해주었다. 수진은 할머니의 사랑으로 충분했다. 그런데 사람들은 살아 있지도 않은 수진의 부모를 들먹이며 자꾸만 출신을 문제 삼았다. 저는 할머니에게 사랑받았어요. 왜 아무도 그걸 묻지 않죠? 딸은 엄마 팔자 닮는다던데.

쟤 엄마가 누구라고?

현규에게는 최선의 설득이었을 것이다. 양수진이라는 사람 하나를 내세우고, 그 주변을 둘러싼 가치들은 아무 상관도 없다고 말해버리는 것. 수진은 완전히 다른 사람입니다. 엄마와 달라요. 그 할머니와도 다르죠. 저 같은 남자를 만났으니까요.

결혼의 장벽을 넘으며 수진은 그녀의 출신을 실감했다. 그리고 인정하게 되었던 것이다. 할머니는 수진을 빈틈없이 사랑했지만, 그래서 수진 역시 할머니를 사랑했지만. 할머니는 무거운 짐이기도 했다. 할머니가 옆에 있는 한 수진은 영원히 '다른 사람'이 될 수 없을지도 몰랐다. 그녀가 그렇게 열망하고 노력했던 '다른 사람'. 누구도 함부로 대할 수 없고, 우습게 볼 수 없는 사람. 절대 강간당하지 않는 사람. 수진은 단 한 번도 할머니를 원망하는 목소리를 내지 않았다. 하지만 수진은 사실 늘 원망했다. 사람들이 그녀가 원하지 않는 방식으로 자신을 바라보는 이유에 대해. 이렇게밖에 대접받지 못하는 이유를 원망했다. 어쩌면 바로 그것 때문일지도 몰랐다. 아니, 바로 그것 때문이다. 사실 수진은 누가 어떻게 해도 상관없는 존재였던 것이다. 술 먹고 한 번쯤 건드려도 상관없다고. 왜냐하면 어차피 쟤는 춘자 딸이니까. 바로 세상의 빚을 모두 짊어지고 있는 애니까! 수진은 몰래 할머니를 원망했다. 그래서 할머니가 자유롭게 살라고 했을 때 수진은 울었다. 그리고 할머니가 돌아가셨을 때 울었다. 진짜 짐을 내려놓은 것 같아서.

할머니, 나는 진작부터 그렇게 생각했어요. 다시 강간당하느니 차라리 강간하는 인간이 되고 말겠다고. 그렇게 생각했으니까요.

* * *

수진은 학교 어디에서나 그 남자를 봤다. 그와 즐겁게 이야기를 나누고 있는 여학생들을 보면 달려가서 조심하라고 말해주고 싶었다. 네게 언제 술을 먹이고 침대로 끌고 들어갈지 모른다고. 너도 발가벗겨진 채 일어나 누군가를 믿은 자신을 원망하게 될 거라고, 그렇게 말해주고 싶었다. 하지만 수진은 아무 말도 하지 않고 매일 도서관에 갔다. 그 역시 아무 말도 하지 않았기 때문이다. 그는 정말로 '실수'라고 생각하는 것 같았고, 수진을 잊어버린 것 같았다. 그리고 수진은 임신했다.

어떻게 그런 일이 가능하지?

가능했다.

수진은 여자였으니까. 단 한 번의 확률이 수진의 몸을 관통하고 지나갔다. 수진은 자신이 생명을 품고 있다는 생각이 들지 않았다. 그녀가 품고 있는 건 기억이었다. 잊고 싶고, 없었던 일로 하고 싶고, 그래서 완전히 없애버리고 싶은 기억.

수술을 받기 전, 유리는 수진에게 물었다. 임신한 사실을 그에게 알리지 않을 거냐고. 수진은 알리지 않을 거라고 대답했다. 그 남자는 아무 권리가 없었다. 수진의 의사와 관계없이 벌어진 일이었다. 왜 그에게 동의를 구해야 하는지 납득할 수 없었다. 이건 수진의 몸이었고, 그녀의 선택이었다. 수진은 슬프지 않았다. 정말로 슬프지 않았다.

아이? 생명? 사랑? 다 엿 먹으라지.

하지만 힘들었다. 그녀는 낙태를 후회하지 않았다. 만일 되돌아간다 해도 얼마든지 똑같은 선택을 할 것이다. 그런데 힘들었다. 없었던 일로 하고 싶다고 해서, 정말로 과거가 사라지는 것은 아니다. 수진은 몸이 아팠다. 자주 악몽을 꿨고, 구역질을 했고, 10킬로그램이 빠졌다. 이해할 수 없었다.

잘못한 게 없는데 왜 죄책감을 느껴야만 하지? 혼란스러울 때마다 울음이 터져 나왔다.

그때마다 유리가 수진의 손을 잡아주었다.

유리는 수진에게 자신이 쓴 시를 읊어주고는 했다. 유리의 글은 투명하고 따뜻했다. 유리가 매일 남자와 함께 잔다는 소문은 사실이 아니었다. 유리가 남자들과의 경험이 많은 건 사실이었지만, 어쩌다 그럴 뿐이었다. 유리는 혼자 있는 시간이 더 많았고, 글을 썼다. 일기를 썼다. 시를 썼다. 유리의 시에는 죽은 사람이 나왔다. 길을 잃어버린 새끼 고양이가 나왔다. 유리는 그런 말들을 썼다. 나는 잃어버린 장갑이다, 옷장 속에 구겨 넣고 잊어버린 오래된 티셔츠다, 나는 길가에 버려진 초콜릿 껍질이다, 나는 뜨거운 우유를 마신다, 나는 엇나간 음정을 오래도록 머금고 있다. 유리는 글을 쓰는 과제를 좋아했다. 잘 해내고 싶어 했다. 주변 사람들이 나댄다고 험담하는 걸 유리도 알고 있었다. 하지만 유리는 진심으로 글을 잘 써내고 싶어 했다. 그랬을 뿐이었다. 유리는 자신이 사람을 부담스럽게 하고, 진심을 전하기보다 오해를 많이 만든다는 걸 알고 있었다. 그래서 유리는 글을 썼다. 유리에게 글은 마음을 담아두는 곳이었다. 유리는 동시에 그걸 부끄러워했다. 그래서 유리는 찢어진 색종이, 영수증 귀퉁이, 책장의 뒷면, 이면지에 글을 썼다. 그리고 버렸다. 수진은 그걸 몰래 들여다보고는 했다. 유리는 보지 말라고 하면서, 은근히 수진을 내버려뒀다. 자신의 마음이 읽혔으면, 제발 가닿았으면, 자신의 할 말이 누군가에게 이해받았으면, 그 간절함을 수진은 느낄 수 있었다. 아마 그 때문에 유리는 과제를 열심히 하는 것같았다. 책을 읽고 쓰는 감상문이든, 자신을 서술하는 납작한 산문이든 유리는 열심히 썼다. 이번에는 가닿겠지, 다음에는 반드시 가닿겠지. 그 글이 어디로 어떻게 가는지도 모르면서, 유리는 그렇게 열심히 썼다. 그리고 내버려두었다. 남자들이 자신을 생각하고 싶은 대로 놔둔 것처럼.

어느 날 수진이 물었다. "억울하지 않아?"

그들은 이불 속에서 서로를 바라보고 있었다.

"억울해." 유리가 대답했다.

"그런데 왜 사람들에게 제대로 말 안 해?"

유리는 수진의 얼굴을 쓰다듬었다. "사람들은 자기가 좋아하는 사람들의 말만 믿잖아."

수진은 이어 물었다.

"남자들한테 싫다고 한 적 있어?"

"응."

"그러면 뭐라고 해?"

유리는 또 웃었다. "안 믿어."

"여러 번 말하면 되잖아. 화를 내."

"냈어." 유리는 수진의 손가락을 부드럽게 쥐었다. "그들은 내가 화낸다고 생각하지 않아. 내가 싫은 척하는 거라고 생각해."

수진은 잠시 생각하다 조심스레 입을 열었다.

"끔찍한 일을 당한 적도 있어? 억지로."

"아니, 그런 적은 없어."

"당할 수도 있어. 네가 싫다고 확실하게 말하지 않으면."

그때 유리는 슬픈 표정으로 수진을 봤다. 그리고 말했다.

"괜찮아, 그렇게까지 나쁜 남자들은 없었어. 그리고 남자들은 원하는 걸 얻기 전까지 정말 다정해. 나는 그게 좋아."

수진은 마음이 답답했다. "원하는 걸 얻고 나면 너를 함부로 대하잖아."

"응." 유리는 살짝 인상을 찡그렸다. "그래서 다른 남자 만나잖아."

유리는 미소를 지었지만, 수진은 웃을 수가 없었다. 유리는 잠시 머뭇거리다 수진에게 말했다.

"괜찮아, 복잡해지는 건 싫어."

"응."

"그런데 있잖아."

"응."

"다들 왜 나를 끝까지 사랑해주지 않는 걸까."

수진은 아무 말도 하지 않았다. 네가 너무 외로워 보여서, 언제든지 마음을 열 것 같아서 쉽게 다가서지만, 너의 깊은 외로움을 알고 나면 도저히 감당할 수 없을 것 같은 기분이 들기 때문이라고, 아마 그렇기 때문일 거라고 수진은 말하지 않았다.

"미안해." 유리가 말했다.

"응?"

"궁상맞은 말해서. 실망스럽지?"

"하지 마."

"응."

"아니." 수진은 유리의 새끼손가락을 만지며 말했다. "사과하지 말라고."

유리는 말이 없었다. 수진은 눈을 감았다. 어쩐지 유리의 눈을 제대로 볼 수 없었다. 유리는 수진을 위로하고, 따뜻한 손길로 그녀를 어루만져주었지만, 이미 그 손은 상처투성이였다. 유리에게는 고마웠다. 진심이었다. 그러나 그게 전부이기도 했다. 유리가 수진에게 조금 더 가까이 다가왔다. 그들은 이마를 맞대고 잠들었다. 그날 잠에 빠져들면서, 수진은 오랜만에 진아를 떠올렸다. 수진은 진아가 자신에게 멀어졌던 이유를 조금은 알 것도 같았다.

* * *

그날도 수진은 도서관에 있었다. 1학기 종강 직후라 시간이 많았다. 역겨운 소설을 읽었다. 여자 세 명을 발가벗겨 창고에 가둔 남자

231

의 이야기였다. 여자들은 도망갈 생각도 하지 않았고, 그 안에서 자신들의 우정을 쌓았다. 서로 끌어안고서 각자의 몸을 위로하고, 부드러운 말을 속삭이면서 그들의 세상을 만들었다. 소설에 이런 표현이 있었다. '그녀들은 자신들이 갇혀 있다고 생각하지 않았다'. 마치 여자들의 몸이 폭력에서 가장 멀리 떨어져 있는 신성한 존재라도 되는 것처럼 그려져 있었다. 그 순간이 깨질 때는 남자가 찾아올 때였다. 남자는 평온한 그녀들을 발로 차서 비명을 지르게 하고 무릎을 꿇렸다. 그는 원하는 걸, 원하는 만큼 한 뒤 창고를 닫고 돌아갔다. 그러면 여자들은 다시 서로의 몸을 어루만졌다. 수진은 그 대목에서 웃었다. 하지만 진짜 웃기다고 생각한 장면은 그다음에 있었다. 소설의 결말 부분, 남자는 창고 밖 어딘가의 골목에서 여러 명의 다른 남자들에게 무자비하게 폭행을 당하고 있었다. 갈비뼈가 으스러지고 다리가 부러지면서 남자가 하는 생각이란, 어서 그 창고로 돌아가고 싶다는 거였다. 수진은 또 웃음을 터뜨렸다. 이어 이상한 감정이 속에서 부글부글 끓어올랐다. 금방이라도 눈물이 터질 것 같았다. 그녀는 숨을 크게 들이마시고 도서관 밖으로 나왔다. 2시부터 유명 번역가의 방학 특별 강연이 있었다. 벌써 4시였다. 수진은 그런 강연 따위에 전혀 관심이 없었다. 하지만 뒤풀이에 참석하라고 세 번이나 연락을 받은 터라, 억지로 걸음을 옮겼다.

번역가는 남자였다. 일본에서 번역 문학상까지 받은 유명인으로 안진이 고향이라고 했다. 도착해서 보니 뒤풀이는 생각보다 큰 행사였다. 학과 장학생, 성적 상위권 학생들만 불러 만든 모임이었다. 수진은 장학생이어서 불려온 듯했다.

그 자리에 진아가 있었다. 현규도 있었다. 그리고, 그 남자도 있었다.

근처에 앉기 싫었지만 자리가 없었다. 수진은 어쩔 수 없이 그 남자의 건너편에 앉았다. 그 자리는 공교롭게도 번역가 바로 옆이었다. 번역가 옆에 앉는 게 부담스러웠는지, 옆자리만 비어 있었던 것이다. 남자와 수진은 서로 모른 척했다. 남자는 현규 옆에 앉아 있었다.

수진은 주변을 둘러보다 갑자기 현규에게 화가 났다. 번역가의 옆자리, 교수의 옆자리, 류현규는 그런 자리에 앉아 있었다. 자신에게 주어진 혜택을 너무나 잘 알고 있는 남자. 두통이 밀려오며 온몸이 두들겨 맞은 듯 아팠다. 그녀는 의자에 등을 기대고 잠시 학생들을 둘러봤다. 현규와 남자 그리고 건너편에 앉은 남학생 둘을 제외하면 모두 여학생이었다. 진아가 반짝거리는 눈빛으로 번역가를 바라봤다. 번역가는 자신에게 향하는 시선을 알면서도, 그쪽을 향해 눈길도 주지 않았다. 번역가는 교수와 재미없는 농담을 주고받았다. 그러다 역시 안진 출신이라는 예전 여자친구 이야기를 했다.

"어느 날 완전히 차여버렸죠. 제 인생에 그런 시련은 더 없을 겁니다."

번역가는 그 여자가 섹시했다고 말했다.

"여학생분들이 많아서 이렇게 표현하기는 그렇지만, 그래도 제 표현을 문학적으로 이해하실 거라 생각해요. 말 그대로 남자 여럿 잡아먹을 색기가 흐르는 여자였죠."

여자애들이 웃었다. 교수는 고개를 끄덕이며 번역가의 술잔에 술을 따랐다.

"그런데 제가 일본에서 상을 받은 지 얼마 지나지 않아, 이 여자한테 연락이 왔어요. 정말 놀랐죠. 자기가 차버린 남자에게 연락할 사람이 아니에요. 남학생들 이해하죠? 첫사랑 아닙니까. 그래서 다른 일 제쳐두고 약속을 잡았죠. 그리고 보니 그때도 안진에서 만났네요. 그 여자의 뒷모습을 보는데 기분이 묘하더군요. 천천히 앞으로 갔죠. 자리에 앉을 때까지 그녀의 얼굴을 보지 않았어요. 엄청난 기대와 궁금증이 이 가슴 안에 가득했죠. 먼저 물을 한 모금 마셨고, 고개를 천천히 들었어요. 그녀와 눈이 마주쳤죠."

번역가는 웃음을 터뜨렸다.

"어땠는데요?"

교수가 물었다.

"솔직히 진짜 실망스럽더군요. 너무 늙었고, 아, 이런 말이 좀 그런가요? 여학생들? 이해하죠? 제 말은, 항상 그 여자가 나이를 먹으면 어떨까 생각했던 게 있는데, 그 모습과 정말 달랐다는 거죠. 살도 많이 쪘고, 솔직히 좀 추하게 늙었더군요. 그런데 더 대단한 게 뭔지 아십니까?"

아무도 대답하지 않았다. 번역가가 혼자 말을 이었다.

"제게 일을 달라고 하더군요. 작은 일도 좋으니까, 번역을 시작할 수 있게만 해달라고요. 아, 그때의 심정이란. 사귀는 내내 저를 마음대로 휘두르던 여자였는데, 그렇게 비굴해지다니."

번역가는 다시 웃음을 터뜨렸다. 그리고 교수가 따라준 술을 단숨에 마셨다. 번역가는 그때 처음으로 여학생들에게 눈길을 돌려 농담조로 말했다.

"그러니까 관리 잘해야 합니다."

그 말에 김진아가 먼저 웃음을 터뜨렸다. 옆에 앉은 다른 여자애들이 함께 웃었다. 그래, 그건 번역가가 양해를 구한 문학적인 표현이었으니까. 수진은 다시 속이 뒤틀리는 것 같은 기분을 느꼈다. 병원에서 막 나왔을 때처럼 아랫도리가 욱신거렸다. 모두 웃고 있었다. 그 남자도 웃고 있었다. 가장 큰 소리로 웃고 있었다. 그 순간이었다.

"죄송합니다. 늦었네요."

이강현 강사와 영문과 교수가 자리로 함께 들어왔다. 영문과의 유일한 여자 교수로 이강현의 지도교수였다. 이번 번역가의 강연을 주최한 사람이었다. 수진과 학생들은 일어나서 교수를 맞았다. 그리고 학생들은 자연스럽게 옆으로 자리를 이동했다. 교수들과 번역가가 함께 앉았고, 수진은 현규 옆으로 갔다. 교수가 번역가의 어깨를 툭, 치며 말했다.

"벌써 강의하고 있었어요?"

다음 학기에 번역가가 안진대학교에서 강의를 시작하고, 몇 년 뒤에 영문과 부교수로 임용될 걸 알았다면 수진은 그 상황을 정확히 볼 수 있었을 것이다. 그리고 영문과 교수가 번역가의 대학 선배라는 걸 알았다면 더 분명하게 상황을 파악했을 것이다. 그 자리는 번역가의 교수 임용을 두고 한창 서로의 이익 관계를 타진하기 위해 마련된 것이었다. 그날 수진은 어른들의 이해관계까지는 파악하지 못했지만 단 하나 중요한 것을 깨닫고 돌아왔다. 그리고 역시 시간이 흘렀을 때, 그날 그녀의 깨달음이 결국 교수들 사이의 퍼즐과 철저하게 똑같다는 것을 알게 되었다.

"무슨 이야기하고 있었어요?" 이강현이 물었다.

번역가가 대답했다.

"그냥 잡담했습니다. 그러잖아도 이번에 나오는 책 이야기를 하려 했는데. 딱 맞춰 오셨네요."

영문과 교수가 고개를 끄덕이며 웃었다.

"그럼, 당연히 학생들에게 도움이 되는 이야기를 했겠지."

수진은 집에 가고 싶었다. 유리가 보고 싶었다.

그때 옆에서 남자가 현규에게 속삭이는 소리가 들렸다.

"형, 따로 한잔하실래요?"

"그럴까, 잘 모르겠네."

현규가 느긋하게 대답했다. 남자가 애원하는 목소리로 말을 이었다.

"에이, 형, 그러지 말고 한잔 더 해요."

현규가 웃었다. 수진은 현규 쪽으로 고개를 돌렸다. 현규의 잔에 술을 따르는 남자의 손이 보였다. 양손으로 소주병을 공손하게 쥐고 있었다. 현규가 허락하지 않으면, 그가 원하지 않는 일을 절대 어

236

느 것도 하지 않겠다는 듯 얌전하게 포개진 두 손.

수진은 현규의 옆얼굴을 물끄러미 바라보았다. 잘생기고 선한 얼굴. 그때 깨달았다. 그래, 너는 이 사람의 옷은 함부로 벗기지 않겠지.

수진은 읽고 온 소설이 생각났다. 남자들에게 두들겨 맞으며 창고로 돌아가기를 꿈꾸던 그 남자의 묘사가 수진의 머릿속에 꽉 들어찼다. 돌아갈 거야. 나는 돌아갈 거야. 내가 원하는 걸 할 수 있는 곳으로. 내가 원하는 걸 마음껏 할 수 있는 곳으로. 하지만 그건 머릿속의 상상일 뿐, 남자는 결국 그 남자들에게 무릎을 꿇고 빌며 애원했다.

살려주세요.

제발 그만하세요.

제발 저를 살려주세요.

지금껏 왜 몰랐을까. 남자는 늘 현규의 옆에 붙어 있었다. 현규의 친구들에게 붙어 있었다. 현규와 친하게 지내는 여자애들의 가방을 들어주었고, 현규와 친하게 지내는 여자애들에게 커피를 사줬다. 그리고 지금은 현규에게 술을 따르며, 한 잔만 더 마시자고 조르면서, 곁눈질로 계속 번역가와 교수들의 말에 귀를 기울이고 있었다. 그들이 무슨 이야기를 하는지, 어떤 학생들을 좋게 평가하는지, 이 학교는 앞으로 어떤 학생들에게 집중해서 교육할 건지, 그 이야기들을 귓속으로 게걸스럽게 집어 담고 있었다. 왜 지금껏 몰랐을까. 수진이 지금까지 느낀 감정은 죄책감이 아니었다. 수술을 해서 힘든 게 아니었다. 그날 밤 그녀가 실수했다는 데서 오는 자괴감이 아니었다.

그건 증오였다.

실수였다고? 그래. 얼마든지 양보해서 실수라고 말해줄 수 있었다.

그런데 왜 나야.

왜 내게 실수했어? 너는 내 몸에 실수를 하고 맘 편히 사라졌는데, 왜 내 몸은 그저 실수로 끝나지 않지? 왜 내 몸이 아픈 거지? 왜 네 실수 때문에 내 몸이 찢겨 나가고 뒤틀려야 하지? 수진은 화가 나서 참을 수가 없었다. 그녀는 아프고, 소문날까 봐 두려워하고, 누구에게 말도 못 하면서 이렇게 힘들어하는데, 실수라고? 하지만 너는 현규 같은 남자에게는 실수하지 않겠지. 건드려서는 안 되는 사람이라고 생각할 테니까. 번역가에게도, 저 교수들에게도, 너는 얌전하고 착한 남학생처럼 앉아 있겠지. 그러면서 무슨 생각을 하니. 창고를 떠올리나? 네가 실수해도 상관없는, 네가 원하는 대로 실수해도 어떤 문제도 발생하지 않는 그 창고에 가고 싶다고 생각하니?

그 창고가 나야?

짓밟고 싶다. 수진은 생각했다. 내 앞에 무릎을 꿇리고 감히 다시는 나를 바라보지 못하도록, 손끝 하나 대지 못하도록 완전히 엉망진창으로 만들어버리고 싶다.

수진의 증오는 멈추지 않았다. 어떻게 하면 너를 짓누를 수 있을까. 대체 뭘까. 네가 복종하는 것. 네가 절대로 건드려서는 안 된다고 생각하는 것. 수진은 천천히 고개를 돌렸다.

현규의 옆얼굴이 보였다. 잘생기고 선한 얼굴.

이것이 바로 네가 두려워하는 것.

이 사람을 차지하면 된다. 그때 현규가 수진을 향해 고개를 돌렸다. 현규는 수진이 자신을 빤히 바라보고 있었다는 걸 알고서 당황스러워했다. 수진은 그에게서 시선을 돌리지 않았다. 그 남자가 원하고, 그래서 두려워하는 얼굴을 가만히 오래도록 들여다보았다. 그래, 네 규칙대로 해줄게. 가장 남자다운 방법. 남자보다 더 남자 같은 방법.

그래, 여자가 아니면 된다.

그 방법으로 너를 짓밟아주마. 그 순간 통증이 완전히 사라졌다.

수진은 아랫도리에서 아무것도 느끼지 못했다. 그녀는 그 어느 때보다 기대 가득한 표정으로 그 자리에 앉아 사람들을 물끄러미 바라보았다. 그리고 현규의 술잔 위로 다시 얌전하게 올라온 남자의 손을, 꺾어버리는 상상만으로도 편안한 마음이 밀려오는 김동희의 연약해 보이는 하얀 손등을, 수진은 오래도록 노려보았다.

옛날이야기다.

수진이 현규와 만나기 시작하자, 동희는 그녀를 제대로 바라보지도 못했다. 죄지은 사람처럼 수진을 힐끔거렸던 것이다. 가끔 수진을 보며 의미심장한 미소를 짓던 동희는 마치 수진을 처음부터 몰랐던 사람처럼 대했다. 수진은 나름대로 동희를 괴롭혔다. 동희와 친하게 지내는 남자애들만 따로 불러 놀았다. 현규가 동희를 만나러 간다고 하면 급한 일을 만들어 못 보게 했다. 동희가 관심을 보이는 여학생들에게 현규의 친구들을 소개시켰다. 하지만 그 정도로는 성이 차지 않았다. 그건 복수라고 할 수도 없었다. 유치한 장난질에 불과했다.

그때, 김진아가 그 소문을 퍼뜨렸다. 동희와 수진이 사귀는 것 같다고.

수진은 처음에 엄청나게 당황했다. 김진아가 어떻게 알게 된 거지? 어디서 들킨 걸까. 수진은 오싹했다.

사실 수진은 버스정류장 근처 카페에서 동희를 만났다. 약속한 건 아니었다. 팔현에 내려가는 길이었다. 날이 더웠다. 햇볕이 뜨거웠다. 현규와 연애를 시작한 지 얼마 되지 않은 날이었다. 가슴이 두근거렸고, 설렜다. 그때 현규는 영어 학원에 있었다. 끝나는 대로 정류장으로 가서 배웅을 할 테니 기다리고 있으라는 문자가 왔다. 버스 시간까지 여유 있게 도착한 터라 수진은 근처 카페에서 커피를 마시며 그를 기다려야겠다고 생각했다. 카페에 들어섰는데 김동희가 있었다.

수진은 모른 척했다.

늘 다른 사람과 있을 때만 마주쳤는데, 단둘이 만난 건 처음이었다. 수진은 모른 척했지만 심장이 터질 듯이 쿵쾅거렸다. 갑자기 아는 척을 하면 어쩌지. 최근 수진은 동희가 현규에게 행정실 아르바이트를 알아봐달라고 한 걸 듣고, 도와주지 못하게 했다. 직접 대놓고 동희를 도와주지 말라고 하지는 않았다. 다만 그 이야기를 들으면서 다른 동기를 도와달란 식으로 말했다.

"사실은 내가 부탁하고 싶은 사람이 있었는데…"라고 현규에게 말을 흘렸다.

동희보다 사정이 좋지 않고 식당 아르바이트 두 개를 뛰면서 공부하는 동기였다. 수진은 '동희를 도와주지 마'라는 말은 단 한마디도 안 했다. 그 동기의 사정이 얼마나 어려운지만 열심히 설명했다. 현규는 고민 끝에 행정실 아르바이트는 수진의 동기에게 연결해줬고, 동희에게는 다음에 다른 자리를 마련해주겠다고 말했다. 최근 동희는 학과 모임에 잘 나오지 않았다.

갑자기 해코지하면 어떡하지.

수진은 쿵쾅거리는 마음으로 커피를 사고 곧장 카페를 나왔다. 현규에게 언제 올 거냐고 문자를 보냈다. 동희의 시선이 수진에게 박혀 있는 걸 그녀는 분명히 느낄 수 있었다. 그녀는 그 자리에서 달아났다. 그뿐이었다. 그런데 그걸 봤다고?

수진은 떨었다. 이러다 모두에게 알려지면 어쩌지. 하지만 이내 수진은 정신을 차렸다. 차라리 이 상황을 이용하자. 수진은 이제 '다른 사람'이었다. 김동희나 김진아의 눈치를 볼 필요가 없었다. 수진은 참고 기다렸다. 그리고 누군가 수진에게 그 소문을 다시 전했을 때 울음을 터뜨렸다.

수진은 울면서 친구들에게 말했다. 다른 곳에서 더 끔찍한 소문을 들었다고.

양수진이 류현규가 아니라 김동희와 사귄다.

아니, 양수진과 김동희는 섹스만 즐기는 사이다.

양수진이 류현규와 김동희 두 남자에게 양다리를 걸치고 있다.

그러자 소문이 알아서 더 부풀어 올랐다. 그게 수진이 노린 바였다. 수진은 완벽하게 피해자 흉내를 낼 수 있었다. 왜냐하면 누구보다 피해자의 마음을 잘 알고 있으니까! 수진은 자신의 소문을 알아서 퍼뜨렸다. 엉터리 소문 속에서 수진은 은근슬쩍 자신이 동희의 억압을 받는 존재로 묘사했다. 동희는 분명 오해를 받고 있지만, 사실 그런 사람인 것처럼 느끼도록. 그런 소문은 여자에게 최악이었다. 바로 그걸 알기 때문에 수진은 소문의 가운데로 뛰어들었다. 그런 최악의 소문을 퍼뜨린 사람에게 초점이 돌아가도록 조정했다. 바로 김진아에게. 수진은 진아와 같은 마을 출신이라는 것도 말했다.

"진아네 집은 우리 집보다 잘살았어. 걔네 부모님이 나쁜 분들은 아닌데 가끔 우리 엄마 욕을 하셨어."

그거면 충분했다. 사람들은 진아가 수진을 질투해서 그런 말을 퍼뜨렸다고 믿었다. 그때만큼 진아가 사람들의 주목을 받은 적은 없을 것이다. 촌스러운 옷차림. 거들먹거리는 말투. 사람들은 마치 진아를 잘 안다는 듯 이야기했다. 사람들이 진아를 잘 아는 것처럼 느끼도록 수진이 이야기를 슬쩍슬쩍 흘렸기 때문이다. "초등학교 때 나를 따돌리는 일에 동참한 적이 있었어. 그때 마음이 아팠어." 소문은 자연스럽게 퍼졌다. 김진아는 사람이 덜됐어. 김진아는 거짓말쟁이야. 김진아는 입이 가벼워.

그리고 동희는 마치 아무 일도 없었다는 듯이 가만히 숨을 죽이고 있었다. 동희는 영리한 남자였다. 아마 동희는 답답했을 것이다.

사람들 앞에 나서서 "내가 양수진과 잤다"라고 말하고 싶었을 것이다. 하지만 그 상황에서 동희의 진실은 수진을 2차로 공격하는 것이 될 테고, 누구도 그걸 진중하게 받아들이지 않을 것이다. 만일 수진이 현규와 사귀지 않았다면, 그래서 사람들의 중심에 선 인물이 되지 않았다면 그 진실은 완벽한 폭로가 되었을 것이다. 그리고 수진은 짓밟혔겠지. 하지만 아니었다. 만일 동희가 수진에 대해서 입만 뻥긋한다면, 수진은 그를 완전히 뭉개버릴 자신이 있었다. 진짜 그런 일이 벌어진다면 수진은 동희가 거짓말을 한다고 말할 생각이었다. 아니면 그가 그녀를 강간했다는 사실을 고발할 생각이었다. 어느 쪽이든 그녀에게 유리했다.

수진에게는 현규가 있었고 사람들이 있었다. 수진은 동희를 따돌리고 무시할 때는 철저하게 남자의 규칙을 따랐지만, 사람들에게 보호를 요청할 때는 다시 여자가 되었다. 누군가에게 도움을 청하고 억울함을 호소할 때, 여자의 눈물만큼 효과적인 건 없었다. 사람들의 마음을 파고드는 것. 약하고 보호받아야 하는 존재로 보이는 것. 누군가 해칠까 봐 두렵다고 호소하고 억울한 얼굴로 눈물을 흘리면, 사람들은 마음을 열었다. 특히 남자들은 자신이 덜떨어진 남자들과 다르다는 걸 어떻게든 보여주고 싶어 했다. 때문에 여자의 요청에 곧장 고개를 숙였다. 그렇게 진아와 동희는 학과에서 완전히 떨어져 나갔다. 수진은 그걸로 끝이라고 생각했다.

동희와 진아가 사귄다는 걸 들었다. 동희가 다정하게 진아의 어깨를 쓰다듬는 모습을 보았다. 진아가 웃으며 동희에게 걸어가는 걸 보았다. 사람들이 말했다.

"똑같은 것들끼리 사귀네."

수진은 관심 없다고 말했다. 그러거나 말거나.

왜 나야?

나에게는 그렇게 함부로 실수했으면서, 김진아는 아니야? 왜 김진아는 다르게 대하는 건데? 수진의 마음은 다시 증오로 들어찼다. 그때 알았다. 그건 쉽게 풀 수도 없고, 해결될 수도 없었다. 그녀의 마음은 이미 곪을 대로 곪아 있었다. 지독한 냄새를 풍기며 수진의 마음을 집어삼켰다. 진아가 미웠다. 누구보다 미웠다. 수진은 진아를 계속 욕했다. 나쁜 년. 거짓말쟁이. 거짓말쟁이. 그해, 진아는 안진을 떠났고 동희는 입대했다. 그리고 유리는 죽었다.

모두 옛날 일이다.

* * *

"어서 오세요."

아르바이트생이 문가를 향해 말했다. 카운터에 서서 오랜 일들을 더듬던 수진은 그제야 정신을 차렸다. 시간이 꽤 지나 있었다. 그녀는 찬물을 한 모금 들이켰다. 남편이 한 말이 계속 기억에 남았다. 너는 변하지 않았다고. 맞다. 수진은 변하지 않았다. 마음은 여전히 그때처럼 곪아 있다. 그래서 남편은 그녀를 떠나려는 것일까. 현규를 처음 만났을 때, 그녀는 경계하고 또 경계했다. 하지만 12년이었다. 현규는 좋은 남편이었다. 그런 사람을 사랑하지 않기란 힘들다. 수진은 깨달았다. 현규가 끔찍한 비밀을 안고 있을지도 모른다는 사실보다 두려운 게 있었다. 결국 그를 잃어버리는 것. 진실 따위가 무슨 소용인가. 진실은 내가 얼마나 흉측한 모습인지 노골적으로 보여줄 뿐이다. 앞으로도 지금처럼 아무 일도 없었던 것처럼 살아가면 되지 않을까. 모두 없었던 일처럼.

손님이 카운터 앞에 섰다. 수진은 천천히 고개를 들어 올렸다. 익숙한 얼굴이 수진의 눈앞에 있었다. 최근 생각하고 싶지 않은 일들이 자꾸만 떠오르는 건 바로 저 얼굴 때문이다. 억울함으로 가득한 저 얼굴. 너는 어릴 때부터 항상 그랬지. 하지만 너는 내게 없었던 일이야. 존재하지 않았던 일이야.

그때, 진아가 말했다.

"하유리 일기장, 그거 네가 갖고 있지?"

12. 진아

"춘자 딸이랑 가까이 놀지 마라. 그런 애들은 질이 안 좋아."

할머니는 말하곤 했다. 어릴 적, 가장 듣기 싫었던 잔소리였다. 다른 이야기는 모두 상관없었다. 청소를 안 한다고 뭐라고 하는 것도, 성적이 떨어졌다고 뭐라고 하는 것도, 하지만 수진을 욕하는 소리는 듣기 싫었다. 수진의 험담을 듣고 있으면, 나를 욕하는 소리를 듣고 있는 것 같았다.

"무슨 소리야?" 수진이 나를 노려보며 말했다.

처음에는 떠보듯 물어볼 생각이었다. 단아는 수진을 찾아가는 걸 반대했다. 상담소를 먼저 찾아가는 편이 나을 것 같다고 말했다. 하지만 아무리 궁리해도 역시 일기장을 먼저 찾는 편이 맞는 것 같았다. 그러나 사실은 수진을 찾아가고 싶어 몸이 저리기 때문이었다.

보고 싶었다. 알고 싶었다. 수진에게 일기장 이야기를 하면 어떤 반응이 나올까. 그리고 지금, 수진은 달라진 눈빛으로 나를 보고 있었다. 나는 확신했다. 수진은 분명 알고 있다. 추측을 더 세게 밀어붙여보기로 했다.

"유리 집주인 아주머니한테 들었어. 네가 유품 정리했다며. 일기장 가져갔다고 하시더라."

수진이 눈썹을 살짝 찡그렸다.

"그래서?"

역시, 걸려들었다.

"확인하고 싶은 게 있어서 그래. 유리 일기장 좀 보게 해줘."

"그런 거 없어."

그러더니 수진은 카운터에서 몸을 돌렸다. 그녀는 아르바이트생에게 가게를 보라고 말하며 건물 뒤편으로 걸어 나갔다. 내게는 어떤 말도 없었다. 내가 여기에 있든 아니든 상관없다는 태도였다. 나는 화를 참았다. 지금껏 수진에게 계속 말려들기만 했다. 더는 당하고 싶지 않았다. 나는 수진을 뒤따라 건물 밖으로 나갔다. 문을 열고 나오는 순간 나는 조금 당황했다. 다른 건물로 이어지는 골목 여러 개가 거미줄처럼 펼쳐져 있었다. 익숙한 느낌이 들었던 것이다. 학부 시절 술자리는 늘 이런 골목들 근처의 음식점에서 열리곤 했다. 한적한 곳에 자리 잡은 음식점은 값도 싸고 인심도 좋아서 모임을 하기 좋았다. 그런데 이 골목은 유난히 눈에 익었다. 이 풍경을 내가 어디서 또 봤더라.

하지만 지금 신경 써야 할 건 그게 아니었다. 나는 수진의 어깨를 잡았다. 수진이 내 손을 뿌리쳤다. 나는 차분히 물었다.

"왜 그렇게 화를 내?"

수진이 팔짱을 꼈다. 여전히 나를 노려보며 물었다. 갑자기 유리에게 왜 그렇게 관심을 보이냐고.

"너는 걔랑 친하지도 않았잖아."

나는 수진의 눈을 응시했다. 익숙하고 오래된 눈길. 그래, 솔직해지자. 나는 대답했다.

"유리를 괴롭히는 사람이 있었어."

"그래서?"

"그 사람 이야기가 있을 거야."

수진이 웃음을 터뜨렸다. "너 지금 뭐 하니?"

나는 잠시 숨을 참았다. 그리고 다시 말했다.

"그러지 말고 보여줘. 네가 갖고 있는 거 다 알아."

"그런 거 없어." 수진은 내게 딱딱하게 말했다. "너 진짜 웃긴다. 진짜 지금 뭐 하는 거야? 갑자기 간밤에 하유리가 머리 풀고 네 꿈에 나타나기라도 했어? 억울하니까 원한 좀 풀어달래?"

"응, 풀어달라더라. 굉장히 억울하다고 하더라고." 나는 차갑게 대답했다. 그러자 수진이 입을 다물었다. 나는 단호하게 덧붙였다.

"네 남편이랑 하유리 소문 내가 낸 거 아니야."

"그래, 알았어. 그때 알았다고 대답했잖아. 그거랑 이거랑 무슨 상관인데?"

248

"트위터 글 네가 쓴 거 맞지?"

수진이 질린다는 듯 나를 봤다. 나는 수진에게 단호히 말했다.

"나 거짓말쟁이 아니야."

"알았다니까!" 수진이 소리를 질렀다. "알았다고!"

나도 감정이 끓어올랐고, 결국 목소리를 높였다.

"왜 그렇게 화를 내? 사실이 아닌데 왜 그렇게까지 화를 내냐고. 진짜로 아무것도 없는데 왜 그걸 안 보여줘? 네가 뭔데? 하유리가 너한테 유품으로 남기기라도 했어? 아니잖아. 너야말로 하유리랑 무슨 상관이야? 네가 걔랑 친구라도 돼?"

수진이 입을 다물었다. 나는 물러서지 않았다.

"보여줘. 네가 갖고 있는 거 다 알아. 안 그러면 말하고 다닐 거야. 경찰한테 가서 이상한 사건 있다고 고발할 거야. 여기저기 소문낼 거야. 난 네 말대로 그런 인간이니까! 정말로 징그럽게 해줄게. 네가 찔리는 게 있어서 유리 물건 다 감췄다고 말할 거라고. 감춘 이유는 뻔하지. 그때 현규 선배랑 유리 소문이 사실이었던 거니까. 그게 아니면 왜 굳이 둘이 가서 유리 집을 청소했을까? 사람들이 이상하게 생각할 것 같지 않아? 내가 말할 거야. 소문이 사실인 게 밝혀질까봐 네가 다 숨긴 거라고 말할 거라고!"

"말조심해."

"그러니까 보여줘." 나는 숨을 몰아쉰 뒤, 다시 말을 이었다.

"걔는 괴롭힘을 당했어! 내가 알아. 거기 숫자 있지? 나는 그게 뭔지 알아. 물론 아닐 수도 있어. 어쨌든 확인해보면 되는 일이잖아.

보여주면 끝나는 일이잖아! 정말 아무 상관없다면 얼마든지 보여줄 수 있는 거 아니야?"

나는 계속 혼자 떠들었다. 머릿속에 들어 있는 말들이 한꺼번에 마구잡이로 쏟아져 나왔다.

"여자잖아. 그런 일은 같은 여자끼리 이해해야 하는 거야. 그렇게 해야 하는 거라고! 사람이 사람한테 그럴 수는 없는 거야. 진공청소기라니! 적어도 사람한테는 그보다 나은 명칭이 필요해!"

수진이 팔짱을 풀었다. 한 발짝 내게 다가왔다. 그리고 말했다.

"싫어."

그리고 수진은 몸을 돌려 앞으로 걸어갔다. 참을 수가 없었다. 나는 손으로 내 팔뚝을 세게 그러잡았다. 아픔이 느껴지자 이 상황이 조금 견딜 만했다. 아직은 괜찮다. 조금 더 참을 수 있다. 앞으로 다섯 걸음쯤 걸어간 수진이 갑자기 멈췄다. 그리고 뒤돌아 내게 다가왔다. 내 얼굴 앞으로, 눈을 마주하며. 그녀가 거친 말투로 내게 말했다.

"미친년."

"뭐?"

"너 여기서 대체 뭐 하니?"

내가 뭐라고 하기도 전에 수진이 내게 쏘아붙였다.

"사람이 사람한테? 말도 참 잘 만들었구나. 작작 좀 해. 죽은 애들먹이며 이용하지 마! 지금 네가 뭐라도 된 것 같지? 신문에 좀 나고 인터뷰 좀 해보니까 무슨 여성운동가라도 된 것 같아? 웃기지

250

마. 내가 널 모를 것 같아? 넌 거짓말쟁이가 맞아. 사람이 사람한테? 여자끼리 이해를 해? 그걸 내가 믿을 것 같아? 내가 진실을 말해줄까. 넌 그냥 나를 엿 먹이고 싶어서 온 거야. 왜냐하면 아주 오랫동안 그걸 못 했으니까. 팔현 마을 불쌍한 년. 춘자 딸. 한때 네가 놀아주던 애. 네가 놀아주지 않으면 친구가 없어서 혼자 덩그러니 앉아 있던 애. 넌 치사한 년이야. 어릴 때부터 그랬어. 네가 놀고 싶으면 와서 알랑거리고, 지겨워지면 다른 데로 갔지. 사람들이 나랑 놀지 말라고 하면 울고불고 난리 낸 것도 다 똑같아. 내가 모를 거라고 생각해? 네가 특별해지고 싶었으니까. 아무도 놀아주지 않은 불쌍한 년과 친구 하고 있다는 걸로 자부심을 느꼈으니까. 그런데 어쩌나. 그렇게 열심히 공부하셨지만, 다른 사람 된 것처럼 굴었어도 결국에는 나랑 같은 대학에 갔고, 대학에서도 넌 나보다 공부도 못했어. 내가 널 안 보고 있었을 거라고 생각해? 나를 항상 곁눈질하는 너를 몰랐을 거라고 생각하냐고. 내가 입은 옷, 읽는 책, 친하게 지내는 애들, 자주 듣는 수업, 그걸 네가 살피는 걸 내가 몰랐을 것 같아? 그런데 내가 남편이랑 만나니까 도저히 이길 수가 없다는 걸 알았겠지. 내가 더 확실하게 말해줘? 네가 내 남편이랑 친하게 지내고 싶어서 온갖 과 모임에 쫓아와서 눈치 보던 걸 몰랐을 것 같아? 그런데 내 남편은 너한테 조금도 관심 없었어. 지금도 네가 누군지도 모르고 네 이름도 몰라. 너는 그런 존재야.

그런데 내 남편을 들먹여? 네가 가질 수 없는 거니까, 다 쓰레기로 만들어버리고 싶지?

넌 항상 나를 무시했어. 나를 무시하는 걸로 네 존재감을 확인했지. 네 아래 누군가 있다는 걸로 네가 괜찮은 사람이라는 걸 늘 증명했는데, 항상 무시했던 내가 네 위로 올라서니까 어떻게 해야 할지를 몰랐겠지. 너는 내 남편을 빼앗을 만한 용기도 능력도 없었어. 그래서 편입 공부 시작한 거잖아. 학벌이라도 완벽하게 올라서고 싶었겠지. 그래서 뭐? 서울로 간 게 그렇게 대단해? 너 부러워한 사람 아무도 없어. 그게 중요하다고 생각한 건 오직 너뿐이니까! 그래서 거기서 네가 얻은 게 뭔데. 넌 별것도 아니야. 너는 거기서 널 두들겨 패는 남자나 만나서 울고 짜는 여자일 뿐이야. 내 생각을 더 확실하게 말해줄까.

진짜 똑똑한 여자라면 너처럼 맞고 다니지 않아. 난 그 남자를 이해해. 네가 얼마나 사람 속을 뒤집어놓는지, 화를 돋우는지 알고 있으니까! 넌 잘난 거라고는 하나도 없으면서 네가 뭐라도 되는 것처럼 생각하는 년이야. 그래서 나한테 말해주러 온 거야. 내 남편이 사실은 이상한 사람이라고. 내 행복이 다 거짓말이라고 말해주러 온 거라고.

네가 진짜 불쌍한 년이야.

네가 뭐라도 된 것 같지? 네가 연민하는 건 너 자신뿐이야. 네가 제일 잘하는 게 것 그거야. 넌 그냥 하유리를 이용하고 있는 거야. 남녀평등이니 용기 있는 여자니, 데이트 폭력 희생자니 하면서 사람들이 관심 가져주니까 가슴이 두근거려 죽겠지. 뭔가 제대로 된 일을 하는 것 같고, 대단한 일을 하고 계신 것 같겠지. 근데 넌 그냥 질투에 가득 차서 남 뒤나 캐고 다니는 년일 뿐이야. 네가 갖고 있는 게 뭔데. 네가 뭔데? 하유리? 네가 걔에 대해서 뭘 알아. 네가 걔랑 친구 하는 게 뭔지 알아? 학교 다니는 내내 걔한테 눈길 한번 준 적 없으면서. 넌 유리를 무시했어. 누구보다 무시했어. 인간 취급도 안 했어. 너와 다르다고 생각했으니까. 유리에게 무슨 일이 있었는지 네가 알면? 그러면 걔에 대해 다 알게 될 것 같니? 이해할 수 있을 것 같아?

그냥 솔직하게 말해. 내가 질투 난다고. 내가 가진 게 싫고, 내가 너보다 잘난 인간이라는 걸, 나은 인간으로 살고 있다는 걸 죽어도 인정할 수 없어서 환장해 미치겠다고! 그냥 인정하라고! 네 문제를 거대한 문제와 결부시키지 말라고. 그렇게라도 해서 뭔가 의미 있는 일을 하고 있다는 느낌을 받고 싶니? 너는 비굴하기 짝이 없어."

"그만해."

"아니, 제대로 말해줄게. 너는 맞아도 싼 년이야. 내가 계속 물어봤지. 너 여기서 뭐 하냐고. 다시 물어보자. 너 지금 여기서 뭐 하니? 여기 안진에서 뭐 하고 돌아다녀?

화내고 싶지? 사람들한테 피해자라고 떠들고 싶고? 네가 두들겨 맞았다고, 그 남자가 나쁜 놈이라고 말하고 싶지. 서울에서 열심히 떠들었는데 하나도 안 먹혔어. 너는 옆자리 동료한테 뒤통수 맞고 꽃뱀 취급이나 받았지. 너는 실패자야. 그래서 안진으로 도망친 거야. 핑계 대고 여기까지 도망쳐 온 거라고. 트위터에서 누가 무슨 말을 지껄이건, 11년 전에 죽은 애가 무슨 짓을 당했건 그건 너와 아무

253

상관없어. 너는 그냥 여기까지 도망쳐서 열심히 피해자 흉내 내며 사람들 마음 사로잡고 싶은 거야. 여기서 무슨 일 하면 사람들이 너를 옳게 봐줄 것 같으니까. 하지만 넌 비겁해. 정작 네가 맞서야 할 상대로부터 도망쳐서 여기서 비굴하게 남 뒤나 캐고 있을 뿐이야. 나는 네가 피해자라고 생각 안 해."

"그만하라고!"

"아니! 더 분명하게 말해줄게. 너는 맞을 만한 년이고, 그렇게 살 년이야. 넌 거짓말쟁이야. 앞으로도 영원히 누구한테든 두들겨 맞으면서 살 거라고!"

그 순간이었다.

나는 주먹으로 수진의 얼굴을 쳤다. 몸이 떨리고 속이 뒤집힐 것처럼 역겨웠다. 수진이 얼굴을 감싸 안고 신음했다. 몸이 떨렸다. 더 때리고 싶었다. 수진의 머리채를 잡고 바닥에 패대기치면서 외치고 싶었다.

너 때문이야. 너 때문이라고!

지금 내가 무슨 짓을 한 거지.

나는 원래 이런 사람이 아닌데.

나는 다급히 수진에게 다가섰다. 수진이 내게 꺼지라고 소리 질렀다. 수진의 뺨에 빨간 자국이 나 있었다. 수진이 내게 외쳤다.

"그래! 그렇게 해!"

나는 손을 떨며 다시 수진에게 다가섰다. 수진이 양손으로 내 어깨를 밀치며 소리 질렀다.

"네가 배운 대로 해! 네가 배운 대로 어디 한번 계속해보라고!"

골목 안이 커다랗게 울렸다. 이진섭의 얼굴이, 그가 나를 때리던 순간들이 떠올랐다. 골목길에서 바닥에 짓이겨지던 순간들. 나는 다정한 사람이야.

나는 원래 좋은 사람이라고!

바로 그 순간이었다. 골목의 익숙한 모습이 어떤 기억과 겹쳐지면서 풍경 하나가 떠올랐다. 오래된 기억이 나를 향해 돌진해왔다.

밤이 되어가던 저녁. 겨울. 마지막 과 모임. 12월 8일. 술집에 모인 사람들을 보고 돌아서던 순간, 양수진과 현규 선배를 보며 낙담하고 돌아서던 순간, 말할 수 없이 부끄럽고 화가 나서 견딜 수가 없었던 바로 그 순간, 골목에서 유리가 뛰쳐나왔던 순간.

"진아야!"

유리가 나를 부르는 게 싫었다.

"있잖아, 나 좀 도와줄 수 있어?"

유리가 불안한 얼굴로 주변을 훑어봤다. 꼭 누군가에게 들킬까 봐 두려워하고 있는 것 같았다.

나는 신경질적으로 무슨 일이냐고 물었다. 유리가 뭔가 내게 털어놓을 듯 다가왔다. 그때 그 목소리가 들렸다.

"유리야!"

골목 뒤편에서 들려오던 누군가의 목소리. 익숙했다. 어디선가 분명 들어본 적이 있는 목소리였다. 가로등 불빛에 남자의 그림자가

255

흐리게 비쳤다. 키가 크고, 키가 크고, 키가 큰 남자. 그 순간, 유리가 도와달라는 듯 나를 돌아봤다. 나는 인상을 찡그렸다. 결국 내가 마지막으로 만나는 사람은 너구나. 그날 나는 유리에게 차갑게 내뱉었다.

"넌 진짜 여기를 못 벗어나는구나."

그리고 나는 돌아섰다. 유리가 내 이름을 계속 불렀다.

나는 돌아보지 않았다.

유리가 다시 나를 불렀다.

"진아야."

"진아야, 도와줘."

나는 앞을 보고 걸었다. 그렇게 그곳을 완전히 벗어났다.

수진이 말했다. "너는 그런 년이야."

13. 강현

이강현은 뜨거운 물에 홍차를 우린다. 피곤하다. 방금 나간 여학생은 스물한 살. 최근 선배에게 성추행을 당했다. 선배와 둘이 술을 마셨는데, 자신이 잠시 취한 사이 그가 가슴을 만지고 바지에 손을 넣었다고 했다. 여성센터에 신고했고 비공식으로 일을 처리해서 합의를 했다. 합의 전까지 여학생은 남학생이 퇴학을 당해야 한다고 주장했다. 남학생 부모가 빌고 난리가 났다. 그들은 여학생에게 한 학기 등록금 정도의 합의금을 제시했다. 더불어 남학생이 다음 학기 휴학할 거라고 구두 약속을 했다.

당연히 남학생은 휴학하지 않았다.

이강현은 피곤하다. 1년이면 몇 번씩 이런 일이 생긴다. 여학생들이 울며불며 이강현을 찾아온다. 그녀가 자신을 도와줄 거라고 생각하는 것이다.

여학생은 말한다.

"선배와 같은 수업을 듣고 싶지 않아요. 그 선배를 보지 않게 해주세요."

그래, 그러시겠지. 이강현은 다정하게 여학생의 어깨를 쓰다듬는다. 그러면 여학생은 울음을 터뜨린다.

"그 선배를 다른 수업에라도 옮겨주세요. 볼 때마다 생각이 나요. 무서워요."

여학생이 한바탕 울고 나면 이강현은 천천히 말한다. 그럴 만한 재량이 자신에게는 없다고. 그러면 여학생은 원망스럽다는 얼굴로 이강현을 바라본다. 귀찮다. 하지만 이강현은 속내를 드러내지 않는다. 남학생 편을 드는 것 같은 말은 절대 안 한다. 이렇게 말한다. 여학생, 여학생 당신이 다 해결했잖아. 당신은 충분히 용기 있게 싸웠어. 대단해. 나는 여학생이 정말 존경스러워. 하지만 이 시대의 진정한 여성이라면 처벌의 정도를 받아들이고 이후의 진보를 논할 수 있어야 하지 않겠어?

솔직히 정말 귀찮다. 대체 남학생과 둘이 술을 왜 마시는가. 필름이 끊어질 때까지 왜 마시는가. 그렇게 타인을 믿는가? 그것도 남자를? 믿은 건 자신이면서 왜 다른 사람에게 일 처리를 맡기는가. 정말로 집에 데려다준다는 말을 믿는가? 물론 절대 이런 이야기는 하지 않는다. 하면 안 되는 말이라는 걸 이강현은 잘 안다. 하지만 이강현은 이해할 수 없다. 술을 먹는다. 남자가 데려다준다고 한다. 따라간다. 왜 따라가나. 결국은 따라가서 그 사단이 난 거다. 오빠가

258

그럴 줄은 몰랐다고? 귀찮다. 귀찮아 죽을 지경이다. 이런 일이 있을 때마다 어떤 동료 교수는 이렇게 말한다.

"어린 남학생들이 거참…." 남자로서 준엄하게 남자를 비판하는 것처럼 입을 열었다가 끝에 이렇게 말한다. "어린 남학생들이 아직 절제를 배우지 못해서 그래."

개소리다. 이강현은 오빠를 믿었다는 여학생들의 울음소리 못지않게 남자는 아랫도리가 빳빳해지는 걸 참는 게 힘들다는 말을 경멸한다. 이건 욕구를 참지 못해서 발생하는 문제가 아니다. 욕구를 참지 않아도 된다고 생각한 데서 발생하는 문제다. 하지만 아무 말도 하지 않는다.

김동희, 멍청한 새끼.

웃음이 나온다.

대충 달래면 여학생들은 알았다고 대답한다. 포기하는 거다. 최대한 네가 승리했다고 말해주는 것이 중요하다. 그건 지독하게 왕따를 당한 어린아이에게 이렇게 말하는 것과 같다.

"하지만 넌 그 시간을 잘 견뎌냈어. 그러니까 결국 네가 이긴 거야."

그 남자에게 네가 만만치 않은 존재라는 걸 알려준 거야! 선생님은 너를 정말 존경한다. 이 같은 일이 다시는 벌어지지 않도록 최선을 다할 거란다. 하지만 수업을 옮길 수는 없어. 다음 학기에 너와 마주치지 말라고 내가 이야기는 해보겠다. 그러나 지금 당장은 어쩔 수가 없단다. 네가 정 힘들다면 그 수업에 나가지 않는 건 어떠니. 그 수업 교수에게는 내가 잘 말해보마. 그쯤 되면 여학생들은 눈치를 챈다. 이강현이 도와주지 않을 거라는 사실을. 이강현을 움직이는 방법이 없는 건 아니다. 이 사태를 공개적으로 문제화시키는 건데, 그러려면 자신이 성추행 피해자라는 사실을 천하에 공개해야 하고 피곤하고 잡다한 과정을 거쳐야 한다. 그래서 여학생들은 더럽지만 참고 넘어가게 된다. 제대로 해결 못 했다는 생각 때문에 안에서부터 곪아 들어가겠지만, 매일 밤 악몽을 꾸고 마음이 문드러지고, 해소할 수 없는 감정 때문에 비쩍비쩍 말라가겠지만, 이강현이 상관할 바는 아니다. 그런데 오늘 이 여학생이 나가면서 신경 거슬리는 소리를 했다.

"다들 아니라고 말렸는데, 저는 교수님께서 저를 지켜주실 거라고 생각했어요."

상관없다. 이강현은 학과 이미지를 지키는 게 더 중요하다.

물론 그대로 넘어가지 않는 여학생들도 있다. 김이영처럼.

김동희, 멍청한 새끼.

웃음이 나온다.

이강현은 그런 일이 언젠가는 벌어질 줄 알았다. 김동희가 그렇고 그런 놈인지는 진작 알고 있었다. 본인이 남다르다고 생각하지만, 전형성에서 한 치도 벗어나지 않는 놈. 위로 올라갈 생각으로 가득한 놈. 야망이 크고 과한 노력을 하는 놈. 그런 놈의 특성은 매우 단순하다. 상명하복에 충실하다. 세상을 그 틀에 맞춰 본다. 김동희는 자신이 모실 사람과 무시할 사람을 철저하게 구별한다. 김동희는 매번 모든 자리에서 최우선으로 대접하는 인물들이 다르다. 어떤 자리를 가든지 순식간에 서열을 매기니까. 항상 자기가 세상을 통제하고 있다고 생각한다. 심지어 김동희는 본인이 페미니스트라고 생각한다. 언젠가 김동희는 학교 신문에 여자들을 존경한다는 칼럼을 썼다. 어두운 폭력을 빛으로 바꾸는 존재라고. 여자들을 때리고, 괴롭히는 존재들을 경멸한다고. 하지만 자신에게도 그런 면이 있을지 모르니 늘 긴장을 한다고.

'여자들이 없었다면 나는 세상의 진짜 얼굴을 몰랐을 것이다. 여자들은 항상 나를 다른 사람으로 존재하게 해준다.'

이강현은 웃음이 나온다. 여성 인권을 이야기하라는 칼럼에서조차 자신이 얼마나 평등주의자인지 보여주려고 애쓰는 꼴이라니. 그러나 그건 꼭 김동희만의 사고방식은 아니므로 이강현은 적당히 넘어가기로 한다. 학교에서는 여자보다 남자들이 더 자신을 페미니스트로 칭하고 싶어 한다. 좋아 보이는 게 뭔지는 알아서 냅다 챙겨두고 싶은 거지.

페미니즘을 논하는 남자 교수들은 여성 인권까지 신경 쓰는 진보주의자로 통하지만, 여자 교수들이 페미니즘을 논하면 큰 그림을 보지 못하는 꼴페미가 될 뿐이다. 김동희가 영리하기는 하다. 그래서 사람들은 김동희에게 제법 속는다. 친절한 김동희, 성실한 김동희, 오, 뚝심 있는 김동희, 실력 있는 김동희. 그런 건 이강현에게 통하지 않는다. 이강현은 김동희를 처음부터 믿지 않았다. 이강현은 남자를 믿지 않는다. 물론 여자도 안 믿는다. 다 귀찮다. 이강현은 본인 이외에는 아무도 관심 없다.

아버지는 이강현이 결혼을 하지 않았기 때문에 이기적이라고 생각한다. 결혼을 하고 나자 이제는 아이를 낳지 않았기 때문에 사람이 차갑다고 말한다. 세상에, 아버지. 그럼 배 속의 언니들 두 명을 모조리 죽인 엄마는 뭐가 되나요? 이강현도 태어나지 못할 뻔했다. 세 번째이자 다섯 번째로 들어선 여자아이였기 때문에. 낙태를 또 하면 더는 아이를 낳을 수 없을 거라는 의사의 경고 덕분에 이강현은 살아남았다. 그리고 남자의 이름을 받았다. 이강현이라는. 그래야 남동생이 태어나니까. 하지만 동생은 태어나지 못했다. 그때 어머니는 이미 서른다섯 살이었다. 그리고 병에 걸렸다. 성병이었다. 아버지가 어디선가 옮아온 세균이 어머니의 자궁 안으로 침범했다. 치명적인 세균은 아니었다. 하지만 어머니는 제대로 된 검진 한번 받지 않고 지냈다.

"검진할 일이 뭐 있냐. 아들도 못 낳았는데."

외삼촌이 바람을 피우는 바람에 외숙모가 집을 나가버려 외갓집이 발칵 뒤집혔을 때, 어머니는 올케인 외숙모를 욕했다.

"남자가 살다 보면 그럴 수도 있는 것이지. 유난은, 유난은, 유난은!"

유난스럽지 않은 세균이 어머니의 골반을 뒤틀고 자궁을 뭉개버렸다. 이강현은 어머니를 동정하지 않는다. 태어날 때부터 존재를 무시당한 이는 어떻게 살아가야 하는가. 이강현은 오로지 자신에게 집중했다. 그녀 자신을 스스로 온전하게 느끼도록. 오직 그녀만이 세상에서 가장 중요했다. 그러나 현실적인 벽에 여러 번 부딪혔다. 대학에 갈 무렵, 이강현이 서울로 가겠다고 하자 아버지는 그녀의 머리를 깎으려 했다. 그러면 안진대학교 법대에 가겠다고 하자, 그냥 선을 보라고 했다. 돈줄을 쥐고 있는 사람이 아버지였기 때문에 이강현은 타협했다. 영문과를 졸업해서 선생님으로 일하다가 3년 안에 결혼하겠다고 했다. 이강현은 대학을 졸업하던 해 곧장 대학원에 원서를 넣었고, 모아둔 돈으로 원룸을 얻었다. 학원 강사, 과외, 번역, 돈이 되는 일은 닥치는 대로 했다. 그녀의 지도교수는 서울대학교를 나온 여자였는데, 그때 막 늘어나기 시작한 여자 제자들을 아꼈다. 그러나 누구도 믿지 않는 이강현은 지도교수가 여자 제자들을 아끼는 것처럼 보이고 싶어 할 뿐이라는 걸 일찍 파악했다. 지도교수는 남자를 좋아했다. 같은 학교를 나온 남자 후배. 안진대학교에서 무리를 짓고 세勢를 형성할 수 있으며, 지도교수 자신에게 새로운 인맥과 세를 연결할 수 있는 남자. 사람들은 지도교수가 안진 최초의 페미니스트 교수라고 말했지만, 글쎄, 이강현은 지도교수가 여자라고 생각 안 했다. 지도교수는 남자보다 더 남자 같은 사람이었다. 지도교수는 안진대학교 출신의 여자 제자에게 자신의 자리를 절대 물려주지 않을 것이다. 그건 동료 교수직도 마찬가지였다. 옆방을 아무 도움도 안 되는 미약한 존재에게 내줄 리가 없었다. 그래서 이강현은 유라시아문화콘텐츠 학과가 생겼을 때 영문과에서 일찌감치 발을 뺐다. 2005년, 영문과 정교수 한 명의 퇴임을 앞두고 지도교수가 번역가를 데려왔을 때, 매일 아침 지도교수의 파마머리를 롤 모델로 머리를 빗어 넘기던 친구들은 당황하는 모습을 감추지 못했다.

그렇다고 해서 이강현이 지도교수에게 밉보인 것은 아니다. 이강현은 한 번도 지도교수와 부딪히지 않았다. 사적으로든 공적으로든. 이강현은 지도교수의 욕망을 정확하게 알았다. 내가 지금은 지방대 교수로 내려와 있지만, 언젠가는 다시 서울로 돌아갈 것이다! 실력 있는 나를 밀어낸 놈들. 남자들! 이강현은 지도교수의 분노를 간파했다. 술자리에서 친구들이 눈치도 없이 지도교수 주변을 감싸고 있을 때, 이강현은 눈치껏 뒤로 빠진 다음 남학생들을 앞으로 보냈다. 지도교수는 남자보다 술을 더 잘 마셨다. 음담패설? 지도교수의 특기는 노래방에서 남학생들에게 춤을 추게 하는 거였다. 아무리 교수라고 해도 남학생들은 여자 앞에서 쉽게 미소를 팔지 않는다. 이강현은 그런 일에 적극적인 남학생들을 잘 찾아냈다. 정치적 올바름? 그런 건 개나 주라지. 언젠가 학생들이 모인 자리에서 얼큰하게 취한 지도교수가 옆의 남학생 엉덩이를 툭, 치며 외쳤다.

"노래 좀 해보지?"

남학생이 수치스럽다는 듯 얼굴을 붉혔다. 이강현은 보고만 있었다. 수치스러운가? 아가야, 여자들은 매 순간 당하는 거란다. 태어날 때부터 얼굴이 예쁜지 안 예쁜지 평가받지. 다리를 벌리면 등짝을 맞고, 공부 잘해봤자 의사나 판검사 할 거 아니면 공무원 시험이나 보라는 소리를 듣고, 남동생이 말을 안 들으면 네가 형이었어야 했는데 소리를 듣고, 목소리를 높이면 나댄다는 소리를 듣고, 시집가면 끝이라는 말을 듣지. 아니, 스스로 말하게 되지. 나는 시집가면 끝이야. 출가외인이지.

그리고 내게는 이름이 없단다. 남학생들, 아가야, 견뎌보렴. 살면서 너희도 한 번은 당해야지. 그런다고 안 죽어.

그러나 그것이 이강현의 복수심이었다고 생각하면 안 된다. 왜냐하면 남자 교수 옆에도 여학생들을 앉혀줬으니까. 착하고 예쁘고 똑똑한 여학생들. 꽃이 되려는 여자들.

여학생드으을! 알아서 살아남는 거야.

그렇게 이강현은 조용히 교수들이 진짜 원하는 걸 찾아다 주고, 그녀가 원하는 걸 받는다. 어떤 자리도 욕심내지 않는 척, 일을 시키면 군소리 없이 실행하는 척, 척척척, 상냥하고 순종적인 여자인 척, 경쟁력이 없는 척, 척척척. 그런데 어느 날부터 사람들이 이강현을 페미니스트라고 불렀다. 이강현은 혼자 깔깔 웃었다. 내가 뭐라고? 꼴페미가 아닌 진정한 페미니스트. 그렇지, 그렇지. 이강현은 자신에게 아주 잘 어울린다고 생각했다. 남자들이 좋아하는 독립적인 여자. 결혼은 하지 않았지만 언제든 할 용의가 있고, 남자들이 하는 일에 크게 나서지 않지만 돈을 공평하게 나누어 내고, 음담패설이나 성희롱 가까운 농담에 화내지 않고, 남자들이 2차에 갈 때 눈치껏 빠지며, 최근의 여성운동이 과하다고 지적할 줄 알며, 더 중요한 문제를 봐야 한다고 말하는 페미니스트. 그들이 허락한 페미니즘을 수행하는 페미니스트! 그들은 무엇보다 그녀가《제인 에어》를 공부한다는 사실을 좋아한다!

"정말 위대한 소설이지요. 저는 요즘 작가들의 작품을 읽지 않습니다. 발전이 없어요."

그 말은 요즘 작품을 읽어내는 심미안이 없다는 이야기지만, 이강현은 진심을 말하지 않는다.《제인 에어》가 위대한 소설인 건 사실이다. 그리고 이강현도 요즘 소설 따위는 관심 없다. 요즘 소설을 읽는다고 승진이 되는 건 아니니까. 2004년. 유라시아문화콘텐츠 학과를 만든다고 난리다. 새 밥그릇과 헌 밥그릇을 두고 눈치 경쟁이 치열하다. 새 밥그릇으로 넘어가자니 이제껏 공들인 게 아깝고, 헌 밥그릇을 붙들고 있자니 언제 순서가 돌아올지 불안하다. 남들이 눈치 보는 사이 이강현은 학장을 만난다. 지도교수를 만난다. 선배를 만난다. 사업단을 만난다. 연구자들을 만난다. 유라시아문화콘텐츠 학과로 넘어오면서 그녀는 총장의 비서실장이 된다. 말도 안 돼. 다들 기함을 한다. 어떻게 이강현이 그 사람들을 다 구워삶았지? 예쁘지도 않고 마흔이 넘은 여자가? 입에서 냄새도 나는데? 당연히 모를 것이다. 당신들이 2차 갈까 말까 고민하며 술자리에서 학교 부조리 욕하는 시간에 눈치껏 빠져나온 뒤, 학교 부조리를 담당하는 직원들과 교수들이 원하는 물품 목록을 작성했으니까. 모두 돈으로 해결한 건 아니다. 이강현은 부자가 아니다. 그럴 때는 아버지를 이용한다. 안진 유지 류현웅과 친분을 유지하는 아버지, 평생 안진에서 공무원을 하며 인맥을 쌓은 아버지. 아버지, 철학과 교수 한 명이 내년에 총장이 되고 싶답니다. 아버지, 교육학과 교수가 올해 교육 감 선거에 나간답니다. 아들 복은 없지만 자식 복을 보는 일에 미련을 버리지 않은 아버지. 아버지, 오, 나의 아버지!

유문과에 임용된 서울내기 교수는 여기 학생들이 도시 아이들과 달리 순박하다고 말한다. 별 욕심도 없고, 행복해 보입니다. 이강현은 그가 오래 버티지 못할 거라고 생각한다. 지방 아이들에게 욕망이 없을 거라고 생각하는 것. 겨우 스무 살을 갓 넘은 아이들이 오직 지방에 산다는 이유로 만족이라는 감정을 알 거라고 생각하는 것. 그의 빈곤한 상상력은 그다음 말만 들어봐도 알 수 있다.

"이럴 줄 알았으면 와이프와 아이도 데리고 오는 건데 말입니다. 그런데 아들이라서 지방으로 데려오기가 좀 그렇더군요."

열의에 넘치던 그 교수는 학생들이 왜 자신에게 점점 적대적으로 변하는지 이해하지 못한다. 그는 학생들이 수업을 받아들이지 못하는 것 같다고 고민한다. 수준 높은 과제를 너무 많이 내고 있는 걸까. 학점을 지나치게 냉정하게 주고 있는 건가. 자신은 수업 시간에 지역 차별을 드러낸 적도 없는데. 그는 자신이 결백하다고 생각한다. 그런 티를 낸 적이 없다고! 나는 평등주의자인데! 결국 강의 평가는 바닥을 치고 그는 본심을 드러낸다. "솔직히 애들이 좀 멍청한 것 같습니다."

다음 해, 그를 제치고 그녀가 먼저 부교수가 된다. 그는 이강현을 비판한다. 비판하는 척 비난한다. 학자가 아닌 사람이 출세한다고.

그러거나 말거나 이강현은 부교수가 되어 있다. 그는 여전히 이해하지 못한다. 안진 아이들은 멍청하지 않다. 아이들은 누구보다 욕망을 꺾는 자들을 가장 먼저 알아본다. 그건 배 속의 언니를 두 명이나 죽이고 나온 것과 같다. 안진대학의 아이들이 왜 안진 사람들에게 대접받는다고 생각하는가. 왜 서울이나 다른 지방대학 출신들이 안진에서 자리 잡기가 힘들다고 생각하는가. 텃세 때문에? 학연? 지연? 부족하다. 상상력이 부족하다. 안진 사람들이 스스로 아이들의 욕망을 꺾었기 때문이다. 욕망을 꺾은 자들 역시 누군가에게 욕망을 꺾였기 때문이다. 더 피어날 거라는 걸 알았지만, 꺾었기 때문이다. 수도권 대학에 진입하지 못하는 게 단지 실력 때문이라고 생각하나. 부족하다. 상상력이 부족하다.

가끔 안진의 모든 아이들은 여자처럼 보인다.

그때 김동희가 눈에 들어온다. 처절하게 욕망을 꺾인 놈. 여기서 우두머리가 되겠다는 목표로 똘똘 뭉친 놈. 이강현은 지도교수처럼 남학생들에게 노래를 시키지 않는다. 하지만 김동희는 알아서 먼저 노래하는 놈이다. 노래를 마친 뒤 그녀에게 슬쩍 다가와 속삭였다. "선생님, 존경합니다."

존경? 웃기지 마라. 학생들이야말로 선생들을 경멸할 줄 알아야 하는 법이다. 존경이라는 말을 남발하는 놈들은, 그 단어의 힘을 활용하고 싶은 놈들이다. 김동희는 마치 이강현을 알고 있다는 듯, 당신과 내가 닮은 사람이라는 듯 은근슬쩍 메시지를 보낸다. 이강현은 김동희를 물끄러미 바라본다. 인정받고 싶어 환장한 놈들을 깔아뭉개는 방법은 간단하다. 인정하지 않으면 된다. 너는 능력이 없어, 너는 쓸모가 없어, 너는 필요가 없어, 너는 나와 똑같지 않아. 그러자 김동희는 알아서 기어들어온다. 뭐든지 하겠습니다, 뭐든지. 그 순간 이강현은 아주 오랜만에 인간적인 감정을 느낀다. 살아남고 싶어 발버둥 치는 것들을 볼 때마다, 이강현은 그런 마음을 느낀다. 하지만 이내 평정을 되찾는다. 젊을 때는 그런 감정이 솟구칠 때마다 하룻밤 상대를 찾으러 나갔다. 여자는 성욕 때문에 남자를 만나지 않는다고? 이강현은 자고 싶지 않은 남자는 만난 적이 없다. 그녀 인생의 짧은 연애 몇 번은 오직 섹스 때문에 이루어졌다. 하지만 나이 먹으니 그것도 시들하다. 연구실에 앉아서 손을 까딱거리는 게 훨씬 쾌감이 크다. 그런데 1년에 몇 번씩 여학생들이 그녀를 찾아와 기분을 망친다.

왜 상대를 믿는가.

왜 따라가는가.

왜!

그러니까 다들 죽여도 된다고 생각하는 거야! 그러나 이강현은 여학생들의 어깨를 다독인다. 무엇보다 학과의 이미지가 중요하다. 유라시아문화콘텐츠 학과. 겨우 12년 된, 인문대에서 가장 취업률이 높고, 젊고 생동감 넘치는 학과에서 불미스러운 일이 벌어졌다고 퍼뜨릴 수는 없다. 그것도 페미니스트 이강현 아래에서.

김동희가 드디어 쫓아온다. 외친다.

"선생님이 저를 이렇게 그냥 두실 수는 없습니다."

마치 이강현의 큰 약점을 잡고 있었다는 듯이. 멍청한 새끼. 이강현은 준비해둔 말들을 따박따박 조리 있게 읊는다.

자네, 내가 그걸 언제 강압적으로 시켰나. 언제 시켰지? 자네가 내 일을 도와줄 때마다 서류 작성해서 도장 찍었지. 내가 억지로 도장 찍으라고 했나? 자네가 알아서 찍었지. 그 서류가 다 뭔가. 자네가 내게 합당한 임금을 받고 일했다는 서류지. 자네 연구비가 어디서 충당되었다고 생각하나. 자네, 개인 사무실을 어떻게 쓰게 된 거라고 생각하나. 장학금부터 연구 지원비까지 어디서 나왔다고 생각하나. 프로젝트에서 자네가 왜 중요 역할을 하게 된 거라고 생각하나. 내가 자네를 사업단 몇 개에 연결시켜줬지? 거기서 돈 받았나 안 받았나. 받았지. 내 일은 프로젝트의 하나고, 사업의 한 조각이야. 지금껏 자네가 일한 작업물 중 하나라도 내 개인적인 논문이나 연구 결과물에 포함된다고 생각하나. 한번 보게. 이게 다 뭐라고 생각하나. 자네 그 일을 그런 식으로 생각했나.

너도 원한 거잖아. 원해서 해놓고 왜 이래.

이강현은 입술이 파래진 김동희에게 마지막으로 일격을 가한다.

그건 그렇고, 나를 찾아오는 여학생들이 1년에 몇 명인 줄 아나? 나는 고해성사를 받는 신부와 같아. 내가 자네 이름을 한 번도 들어본 적이 없을 거라고 생각하나.

슬쩍 던진 낚싯줄에 김동희가 떤다. 떠는 게 보인다. 그럼 그렇지.

이강현은 김동희에게 다른 단과대로 수업을 옮겨줄 테니 조용히 있으라고 말한다. 이건 자신이 많은 걸 감수하고 특별히 조치해주는 거라고 분명하게 말한다. 눈치 빠른 김동희는 말을 바로 알아듣는다. 김동희에게 미덕이 있다면 바로 이것이다. 김동희는 이제 정말 충직하게 이강현의 곁에 있을 것이다.

김동희가 돌아가고 난 후, 며칠 동안 이강현은 갑자기 성욕이 솟구쳤다. 해소할 곳이 없었다. 남편은 그걸 풀어주지 못한다. 배 속 깊은 곳이 간질거리는 기분. 남편은 거기가 어딘지도 모르고 늘 입구에서만 헤맨다. 남편. 그 단어가 참 어색하다. 내게 남편이 있기는 한 것인가. 때때로 그녀는 무엇이 자신을 여기까지 밀어붙였는지 궁금해질 때가 있다. 출세욕이었나, 욕망이었나, 인정 욕구였나. 모두 맞는 말이지만 정확하지는 않다. 무언가 다른 감각이 그녀를 계속 밀고 또 밀어 올려 여기까지 온 것 같다. 무엇이었을까. 그녀는 오랜만에, 진짜로 오랜만에 감상적인 기분에 빠져든다. 어느 날, 태어나도 된다고 허락받아서 태어났고, 그 이후 계속 나이를 먹었다. 잠깐, 그녀는 몇 살인가. 자주 자신의 나이를 잊는다. 아니, 늘 한 살에 머물러 있는 기분이다. 아무것도 배우지 못했고 그래서 아직 아무것도 해보지 못한 한 살. 누구든 와서 뭐든지 해도 좋다고 말해주기를 기다리는 한 살. 그러나 그런 일은 겪어보지 못했다. 한 살부터 오십이 넘은 지금까지 이강현이 기다리고 있다는 걸 알아봐 준 사람은 없었다. 오직 이강현 자신만이 그걸 처절하게 느꼈다. 나는 살아 있다고. 지금 여기 있다고. 그러나 이강현은 곧 감상에서 빠져나온다. 어린 시절의 트라우마가 인생을 결정했다고 징징거리는 짓

271

따위는 하고 싶지 않다. 해본 적도 없다. 그녀는 지금까지 자신을 밀어붙여 왔다. 순간 그 이유를 깨닫는다. 살아남기 위해서다. 오직 살아남기 위해서. 남자든 여자든, 그녀의 생존에 방해가 된다면 가차 없이 제치고 뛰어올랐다. 앞으로도 얼마든지 그럴 것이다.

김이영이 대자보를 붙인다.

스물한 살. 포기보다 전면전을 선택했다. 그러고 보니 김이영은 이강현을 찾아오지도 않았다. 문득, 방금 나간 여학생이 한 말이 다시 생각난다.

"다들 아니라고 말렸는데, 저는 교수님께서 저를 지켜주실 거라고 생각했어요."

다들 아니라고 말렸다고. 여학생들. 그녀가 돌려보낸 여학생들. 이름도 얼굴도 기억나지 않는 여학생들. 멍청하게 오빠를 따라가고, 사랑에 매달리다 상처 입고 징징대는 여학생들. 그 여학생들이 모여 무슨 말을 한 모양이다. 귀찮다. 정말 귀찮다. 복잡한 일이 벌어지겠지 싶다. 학생회에서 찾아오고, 학교 신문사에서 찾아오고, 잘못하면 언론에도 나겠지. 남자가 등 한번 만졌다고 유세는. 이강현은 인상을 찡그린다. 하지만 빠르게 계산기를 두드려 가장 유익한 판단을 내리려 노력한다.

김이영 역시 안진의 여자다. 살아남기 위해서 뭐든지 하겠지. 김이영과 김동희. 이강현은 다 식은 홍차를 입안에 머금으며 조용히 저울질한다. 인문대의 여자 교수들을 세어본다. 동조해줄 남자 교수들을 세어본다. 그간 다른 과에서 덮어둔 사건들을 생각나는 대로 떠올린다. 어차피 김이영은 멈추지 않을 것이다. 이강현이 단 한 번도 멈추지 않고 여기까지 왔던 것처럼. 이강현은 김이영에게 동질감을 느낀다. 그래, 저 아이야말로 나와 닮아 있지. 그렇다면 불붙은 화로에 기름을 부어버리는 것이 더 효과적일지도 모른다. 어차피 명성은 이강현이 가져갈 테니까. 이야기는 만들면 된다. 지금껏 돌아간 여학생들의 이야기를 사생활 보호를 위해 함구하고 있었다고 하자. 다음에는 이제 사태를 지켜보고만 있을 수 없다고 하면 된다. 반대로 김동희를 계속 쥐고 있을 때 얻을 수 있는 것들도 생각하자. 어차피 학교는 이런 추문을 인정하는 걸 좋아하지 않는다. 특히 인문대가 이런 식으로 소문이 나버리면 연계된 사업 이미지에도 영향을 미친다. 냉정하게 생각하자. 어느 쪽인가. 어느 쪽을 택하는 것이 이득인가. 생각에 빠져들수록 이강현은 쾌감을 느낀다. 아랫도리가 수초처럼 간질간질 흔들린다. 그녀는 홍차 찻잔을 내려놓고 거울 앞에 선다. 중요한 걸 선택할 때마다 늘 그랬던 것처럼, 입술에 힘을 주며 중얼거린다. 자, 웃어. 입에서 향기가 풍긴다.

14. 진아

수진은 항상 네모난 책가방을 등에 메지 않고 옆으로 들고 다녔다. 송보영은 그게 싫다고 했다. 재수 없는 언니들 흉내를 낸다고 했다. 핸드백을 들고 다니는 길가의 언니들. 남자들에게 추파를 던지고 다리를 내보이는 그 언니들. 저년도 재수 없어.

오랜 시간이 지나며 그때 기억은 많이 날아가버렸다. 몇 가지만 분명하다. 아침에 학교에 가면 아무도 수진에게 인사를 하지 않았다. 수진이 인사를 하면 누구도 대답하지 않았고 돌아보지 않았다. 송보영은 수진을 통해 본보기를 보이고 싶어 했다. 내 말을 듣지 않으면 너희 모두 수진이처럼 될 거야.

나도 가끔 따돌림을 당했다. 차라리 수진처럼 줄곧 싫어했으면 좋았을 텐데. 송보영은 내가 잘하면 금세 마음을 풀고 놀아줬다. 하루는 놀아주고, 하루는 모른 척하고, 이틀은 놀아주고, 나흘은 모른 척했다. 아침에 놀아줬다가 오후에 모른 척하고, 종일 놀아줬다가 집에 갈 때 모른 척했다. 나는 자주 울었다. 열 살이었다. 어쩌면 그때 경험이 내 마음에 오랫동안 남아 있었던 걸지도 모른다. 그래서 누군가의 마음에 드는 일이 내게 그렇게 중요한 일이 되어버린 걸지도 모르겠다. 누군가의 권력에 굴복한 적 있다는 경험이, 제대로 맞서본 적이 없다는 자기혐오가 결국 나를 무너뜨린 걸지도 모른다.

왜 누구도 우리를 도와주지 않았던 걸까.

우리가 가까워진 건 너무 자연스러운 일이었다. 교실에서 섬처럼 둥둥 떠 있는 두 사람. 어느 날 집에 가는 길에 수진을 마주쳤다. 우리는 함께 집으로 걸었다. 골목을 돌아 나올 즈음에는 서로의 손을 잡고 있었다.

우리는 학교가 끝나면 논두렁을 함께 걸었고, 놀이터에서 그네를 탔다. 덕분에 학교에서 송보영의 횡포를 아무렇지 않게 받아들일 수 있었다. 하루 네 시간, 혹은 다섯 시간만 견디면 우리는 자유였다. 송보영이 밖에서까지 우리를 잡아둘 수는 없는 일이었다. 송보영을 속이고 있다는 희열도 컸다. 네가 아무리 그래도 우리를 갈라놓을 수는 없어. 시간은 지나가고 있었다. 언제까지나 이렇게 지낼 자신이 있었다.

송보영은 몰랐던 것이 아니다. 우리가 친해지도록 내버려둔 것이다.

가을이었다.

우리는 들녘에서 만났다. 길가에 코스모스가 피어 있었다. 우리는 일렬로 서서 그 길을 걸었다. 꽃을 꺾었고, 반지를 만들어 건넸다. 달리기하다 다시 돌아갔고, 조금 웃다가 손을 잡았다. 그 소리를 듣기 전까진 계속 잡고 있었다.

"진아야."

우리는 뒤를 돌아보았다. 송보영이 서 있었다.

"너희 둘 뭐 하니?"

그 애를 무시했어야 했다. 수진의 손을 계속 잡았어야 했다. 대체 열 살짜리 꼬마 계집애가 뭐가 무섭다고.

무서웠다.

이제 내일 학교에 가면 아무도 나와 말을 하지 않겠지. 모두 지나가면서 나를 놀리겠지. 이번에는 얼마나 갈까. 일주일? 한 달? 그것보다 송보영이 누구를 선택할지 무서웠다. 그 애가 단짝들을 훼방놓는 방법은 간단했다. 한 명을 왕따시킨다. 다른 한 명에게 친하게 굴면서 친구가 된다. 수진과 나, 둘 중 누굴까.

그날을 잊으려고 지금도 많이 노력한다.

왜 우리를 내버려두지 않은 거야? 너는 우리를 싫어했고, 그래서 항상 따돌렸잖아. 그런 우리가 함께 있는 게 왜 싫었던 거야? 왜?

송보영이 내게 손짓했다. "진아야, 이리 와."

나는 몇 초간 그대로 서 있었다. 그러자 송보영이 두 손을 내밀었다.

"이리 와. 괜찮아."

나는 송보영의 곁으로 갔다. 앞으로 걸어갈 때 수진이 내 손을 잡았다. 꽉 잡고 놓아주지 않았다. 나는 그 손을 뿌리쳤다. 나는 수진을 돌아보지 않았다. 송보영은 내 손을 잡았고, 수진은 거들떠보지 않은 채 앞으로 걸음을 옮겼다. 우리는 그렇게 수진에게서 멀어져 갔다. 그때 뒤에서 발소리가 났다. 수진이 우리를 따라오고 있었다. 송보영이 웃었다.

"야, 도망치자! 춘자 딸이 쫓아온다!"

그 말에 수진이 그대로 멈춰 섰다.

춘자 딸. 불쌍한 애. 절대 저 상황에서 나아질 수 없는, 저렇게 계속 살아갈 애.

무슨 일이 있었느냐고. 어떤 일을 저질렀냐고.

진아야, 진아야.

수진이 뒤에서 내 이름을 불렀다. 나는 뒤돌아보지 않았다. 멀리 가라앉는 해를 바라보며 나는 걸었다. 보송한 바람이 아직 손안에 있었다. 방금 전까지 매만진 코스모스 향기가 아직 몸에 남아 있었다. 그러나 나는 어느 것에도 신경 쓰지 않았다. 무겁게 내려앉는 햇살만이 내 눈 안에 담겨 있었다. 오직 그것만이 내 앞에 있었고, 그것만이 내게 다가올 일이었다. 그렇게 나는 이미 내 몸에 달라붙은 목소리의 냄새를 잊었다.

*　　*　　*

나는 이불 속에서 눈을 떴다. 몸이 무거웠다. 이틀 내내 밖으로 나가지 않았다. 단아는 출근하고 집에 없었다. 수진을 만나고 돌아온 뒤, 나는 단아에게 아무 말도 하지 않았다. 단아도 묻지 않았다. 그러려고 노력하는 것 같았다. 나는 하루 종일 누워 있었다. 그다음 날도 이불 속에서 일어나지 않았다. 단아가 한숨 쉬는 소리가 들렸다. 나는 못 들은 척했다. 그러자 단아가 이불을 걷으며 말했다.

"다 잊어버려."

나는 가볍게 고개를 끄덕였다. 그리고 지금까지 누워 있었다. 오후 3시 반이었다. 나는 몸을 일으켰다. 어쨌든 친구 집에 붙어 있는 건데 눈치가 너무 없는 것 같기도 했다. 저녁은 내가 만들어놓을까. 이불을 걷고 일어나는데 다리가 후들거렸다. 거실에서 핸드폰이 울리는 소리가 났다. 어, 핸드폰이 왜 거실에 있지.

나는 웃음을 터뜨렸다. 단아다. 이제 이불 속에서 제발 기어 나오라고 일부러 내 핸드폰을 거실에 던져두고 나간 것이다. 나는 천천히 걸어 나와 핸드폰을 확인했다.

강승영이었다.

나는 전화번호를 가만히 내려다보다 통화 버튼을 눌렀다. 한 번,

그리고 두 번. 상대가 전화를 받았다. 낮고 허스키한 목소리. 유리의 이름을 말하기 전, 나는 일단 씻고 뭘 좀 먹어야겠다고 생각했다.

*   *   *

그해가 지나가고 악몽은 끝났다. 송보영은 전학을 갔다. 송보영이 전학 갈 때 아이들이 서로 안고 울었다. 나는 그게 거짓이라고 생각하지 않는다. 송보영은 누구보다 우정을 중요하게 생각하는 애였다. 누군가에게 그 애는 정말 좋은 친구였다. 그러니까 누군가의 우정을 빼앗는 일이 잔인하다는 걸 잘 알았겠지. 학년이 바뀌고 선생님들이 바뀌면서 학교 분위기도 조금씩 달라졌다. 어차피 시골 학교였다. 같은 마을 아이들끼리 따돌리고 놀려봤자 어른들 사이만 험악해졌다. 고학년으로 올라갈수록 학급과 학생 수가 줄었다.

중학교에 이르자 그런 분위기는 더 단호해졌다. 학원에 가기보다는 집에 가서 집안일을 도와야 하는 애들도 많았고, 직업을 찾는 아이들도 있었다. 공부하는 아이들과 취직할 아이들로 일찌감치 나누어졌다. 수진과 나는 송보영이 전학 간 후 다시 친해졌다. 우리는 공부하는 쪽이었다. 나는 제법 공부를 잘했고, 그래서 부모님도 기대가 컸다. 수진은 겨우 따라가는 정도였는데 욕심은 없어 보였다. 수진은 어디 전문대에 가서 일찍 취직한 뒤 할머니를 돕고 싶다고 매일 말했다. 우리는 친했다.

우리는 들녘에서 있었던 일을 입 밖으로 절대 꺼내지 않았다. 그 모습을 서로 이야기하면 간신히 다시 맞춘 관계를 무너뜨릴 것 같았다. 하지만 그 이야기를 하지 않는다는 건, 이미 벌어진 어떤 사이를 서로 묵인하는 것이기도 했다. 우리는 친했다. 하지만, 나는 수진이 부담스러웠다. 한때 수진에게 큰 잘못을 한 적이 있다는 일 때문에 그 애를 보면 죄책감이 들었다.

그래서 고등학교에 간 뒤 수진에게 연락을 끊었다. 편지를 해도 답장하지 않았고, 전화를 걸어도 받지 않았다. 고향에 내려오면 집에만 있다가 갔다. 처음에는 미안했다. 하지만 나중에는 수진을 만나는 게 진짜 싫었다. 여유가 없었다. 성적은 나오지 않았고 부모님은 나를 볼 때마다 채근했다. 나는 최선을 다하고 있는데, 이게 내 한계 같은데 뭘 얼마나 더 해야 하는 걸까. 길에서 우연히 수진을 몇 번 본 적이 있었다. 아는 척하지 않았다. 화가 났다. 수진을 볼 때면, 여전히 내가 팔현에 붙들려 있는 것 같아서 견딜 수가 없었다. 내가 아쉬워하는 것들은 아무리 노력해도 내 손에 들어오지 않는데, 정작 벗어나고 싶은 사람이 나를 아쉬워했다.

정말 화가 났던 건 그 애의 할머니였다. 수진은 춘자 딸인데. 공부도 잘하지 못하는데, 예쁘지도 않은데, 왜 할머니는 저 애를 예뻐할까. 내 부모님은 나를 보면 계속 한숨만 쉬며 더 잘할 수 없겠냐고 묻는데, 수진의 할머니는 자신의 손녀를 있는 그대로 사랑하는 것 같았다. 어떻게 그럴 수가 있지. 그 할머니는 춘자네였다. 우리 할머니가 매일 비웃고 무시하던 춘자네. 춘자네의 팔짱을 끼고 동네를 돌아다니는 수진의 얼굴에서는 빛이 났다. 그 어떤 일을 겪더라도 사랑받을 걸 의심하지 않는 자신감 가득한 얼굴.

그 얼굴이 보기 싫었다.

내 얼굴에는 어둠이 가득했으니까.

크리스마스이브, 오랜만에 수진이 전화를 걸어왔다. 단아를 따라
성당에 갔던 날이다. 나는 오랜만에 전화를 받았다. 내가 전화를 받
을 거라고 예상하지 못했는지, 인사를 건네는 수진의 목소리에서
당황스러움이 묻어났다. 그래도 좋아하는 것 같았다. 반가워했고,
즐거워했다. 진아야, 메리 크리스마스. 마치 아무 일도 없었던 것처
럼 수진은 나를 받아들이고 있었다. 메리 크리스마스, 진아야. 맞아.
너에게는 친구가 나밖에 없으니까. 그때 알았다. 성적이나 부모님과
달리 수진과의 관계는 내가 통제할 수 있었다. 내가 싫으면 전화를
받지 않았다. 내가 좋으면 전화를 받았다. 내가 좋으면 만났고, 내가
싫으면 만나지 않는 거였다. 열일곱 크리스마스이브, 내가 유일하게
마음대로 할 수 있다고 생각되는 사람이 전화 너머에 있었다.

들녘에서. 그날 나는 송보영이 나를 고를 거라는 걸 알고 있었다.
송보영이 부르기도 전에 사실 나는 발걸음을 떼고 있었다.

너는 그런 년이야.

그래, 네 말이 맞다. 그래서 나는 크리스마스이브에 너에게 이렇
게 말했지.

"다시는 너와 가까이 지내고 싶지 않아. 앞으로 나는 다른 사람이
될 거야. 그러니까 이제 내게 연락하지 말아줘."

그 순간 아름다운 합창이 울려 퍼졌다.

그래, 나는 그런 년이다.

* * *

"김진아 씨?"

어떤 목소리가 생각에 잠겨 있는 나를 불렀다. 나는 고개를 들었
다. 앞에 그 남자가 서 있었다. 강승영. 유리를 아는 또 한 명의 남
자. 반주자의 말대로 165센티미터 정도에, 다부진 체격을 지닌 남
자였다. 그는 내게 악수를 청했다. 손을 쥐는데 굳은살이 느껴졌다.
탄탄한 느낌을 주는 것도 그렇고, 어쩐지 몸을 쓰는 일을 하는 사람
같았다.

"소설 쓰신다고요?"

그가 앉으면서 말했다. 나는 자연스럽게 웃었다. 연이어 거짓말을
계속하다 보니, 진짜 내가 소설을 쓴다는 착각이 들기 시작했다. 그
가 나를 관찰하듯 바라봤다. 나는 시선을 피하지 않았다. 준비해온
대로 차근차근 설명했다. 유리 이야기를 모티프로 어떤 소설을 준
비하고 있는데, 죽기 전에 그 친구가 힘든 일에 시달렸던 것 같다고.
자살을 하려고 했던 것도 그렇고, 몇 가지 궁금한 점이 있어서 그러
니 아는 바가 있으면 이야기해줬으면 좋겠다고 했다.

"그러면 유리도 편해질 것 같아요."

강승영은 나를 물끄러미 바라봤다. 믿지 않는 게 뻔했다. 나는 슬그머니 시선을 내렸다. 반주자의 말대로 이 사람을 인터넷에 검색했는데 깜짝 놀랐다. 나도 들어본 적이 있던 사람이었다. 강승영이 어떤 사람인지 알았기 때문에 그날 더 고집스럽게 수진을 찾아간 것이기도 했다.

그래서 나는 진짜 소설가처럼 이야기를 맞춰보았다. 그래, 유리는 이 사람을 만났어. 조언을 들었겠지. 틀림없다. 유리는 틀림없이 심각한 문제를 겪고 있었어. 하지만 수진과 한바탕 언성을 높이고 돌아온 후, 나는 단아 말대로 그냥 보내버리고 싶어졌다. 수진의 말이 옳다. 유리와 내가 무슨 상관인가. 그런데 막상 강승영 이 사람이 내 문자에 답장을 해오자 결국 밖으로 나오고 말았다. 나는 왜 이 남자를 만나러 온 걸까. 내 일도 제대로 해결하지 못하는데. 그만 살고 싶다. 그냥, 죽어버릴까. 너도 그랬던 거니. 괴로웠겠지. 온갖 지저분한 관계에 둘러싸여 있는데 괴롭지 않을 리가 없지. 그래서 죽고 싶었던 거니. 내가 뭘 도와줬으면 좋겠다고 생각한 거니. 유리야.

"거짓말. 소설 쓰는 거 아니죠?" 강승영이 물었다.

나는 어색하게 웃으며 내 앞의 남자를 바라보았다. 그는 냉정한 얼굴로 나를 바라봤다. 그가 커피를 한 모금 마시고 입을 열었다.

"저는 헬스장에서 트레이너로 일하죠. 아침 5시에 일어나서 가볍게 운동을 하고 6시까지 출근을 합니다. 그리고 10시까지 근무를 하죠. 개인 트레이닝도 있고 새로 가입한 회원들에게 오리엔테이션도 하기 때문에 상당히 바쁩니다. 헬스장에 운동하러 오는 사람들 대부분을 지켜보게 되는 거죠. 사람들 대부분은 다이어트를 하러 옵니다. 인바디를 해보면 결과가 비슷해요. 체지방은 많고 근육은 적습니다. 체력도 당연히 좋지 않아요. 러닝머신에서 20분만 걸어도 숨을 헉헉 몰아 내쉽니다. 체지방이 많은 사람들은 일단 유산소운동을 하는 편이 좋아요. 관절에 무리가 가지 않는 선에서 천천히 걷고 자전거를 타는 게 가장 효과적이죠. 맨손운동도 도움이 돼요. 그러면서 강도를 높여갑니다. 근육운동을 늘려가면서요. 그리고 식단 조절을 권유하죠. 사실 운동은 부수적인 효과를 가져옵니다. 살을 빼려면 식단이 가장 중요해요. 인스턴트, 기름진 음식, 야식, 술, 모두 끊어야 합니다. 야채와 단백질 위주의 식단을 꾸려야 하죠. 적당히 한식을 먹는 것도 좋아요. 하지만 힘들죠. 회식도 나가야 하고, 간식도 먹고 싶고, 생크림이 올라간 카페모카 같은 것도 마시고 싶어집니다. 식단 조절이 가장 힘든 일이에요. 하지만 조절하지 않으면 살은 빠지지 않습니다. 개인 트레이닝을 하는 사람들에게는 조금 더 세심하게 운동 스케줄을 짜줍니다. 중요한 건 시간이 걸린다는 겁니다. 한 달이나 두 달로는 원하는 결과를 얻을 수가 없어요. 최소 3개월, 길면 6개월에서 1년이죠. 저는 그걸 무척 강조합니다. 처음에는 다들 열심히 해요. 일주일에서 2주일 정도는 꼬박꼬박 운동에 나옵니다. 물어보면 식단 조절도 철저하게 합니다. 아침 점심에는 한식을 먹고 저녁은 샐러드를 먹는다고 해요. 하지만 대부분 무너집니다. 새벽에 배가 고프거든요. 원래 먹던 양이 있는데 그걸 갑자기 줄이니까 몸이 요동을 치는 겁니다. 다이어트는 결국 인내

싸움이에요. 그걸 이겨내는 게 쉽지는 않죠. 3개월 지나면 처음 등록한 사람들은 찾아보기 힘들어요. 몇 사람만 남아 있죠. 아직 인내하는 사람들. 그만둔 사람들과 남아 있는 사람들의 차이가 뭐라고 생각하십니까?"

그는 내게 물어본 후 커피를 한 모금 마셨다. 나는 생각 끝에 대답했다.

"글쎄요. 인내심이 없는 사람들이 그만두는 건가요?"

그는 미소를 지었다. "대충 맞아요. 그런데 인내심이라는 건 과연 뭘까요. 타고나는 걸까요? 뭐 그렇기도 합니다. 선천적으로 참을성이 많은 사람들이 있긴 하죠. 하지만 참을성도 어떤 이유가 있기 때문에 발휘되는 겁니다. 저는 그렇게 생각해요."

그는 그렇게 말하고 나를 바라보았다. 장황하게 이야기를 늘어놓긴 했지만 그가 나를 가르치려 든다는 느낌은 받지 못했다. 나는 조금씩 그의 이야기를 경청하고 있었다.

"목표가 있어야 합니다. 달라지겠다는 목표. 나는 여자들이 남자친구 사귀기 위해서 살을 뺀다고 말하는 걸 나쁘게 생각하지 않아요. 나 자신을 위해 살을 뺀다. 그것도 좋지만, 전자의 목표도 충분히 존중받을 가치가 있다고 생각해요. 나 자신을 위해 1년 안에 날씬해지겠다, 그런 목표보다 훨씬 실현 가능하죠. 목표는 세밀할수록 좋죠. 한 달 안에 허리 몇 인치를 줄인다, 석 달 안에 55 사이즈 바지를 입는다. 구체적인 목표를 정하면 그걸 갱신하려고 노력하게 됩니다. 물론, 절박해야 그것도 할 수 있는 거죠. 내가 진짜로 원한다면, 그 목표를 이루기 위해 어떻게든 하게 되어 있어요. 달라지고 싶다, 지금과는 달라지겠다. 그러기 위해서 한 달, 두 달 간격으로 목표를 정하고 지워나가게 되는 거죠."

그는 커피를 다시 마셨다. 남은 커피가 이제 거의 없었다. 그가 말했다.

"유리는 달라지고 싶어 했어요."

나는 가만히 있었다.

"저는 일주일에 한 번 모임에 나갑니다. 거기에서도 똑같이 말해요. 목표가 있어야 한다고. 제대로 살겠다는 목표, 달라지겠다는 목표, 더 이상 과거에 지배당하지 않겠다는 목표. 잘못한 건 가해자들인데 왜 피해자들이 숨고 괴로워하며 살아야 합니까. 누리지 못한 것들 다 챙겨가면서 즐겁게 살아도 부족해요. 더 행복하고 즐겁게 살아야 해요. 우리야말로 목표를 가질 권리가 있죠."

그는 자리에서 일어났다. 생수대서 물을 따라 왔다. 내 앞에도 한 잔 놓았다.

"유리가 죽은 뒤에 활동을 시작했어요. 그전까지는 나도 언제 죽어버릴까, 그 고민만 했습니다. 운동도 그때 시작했어요. 그때까지는 대충 아르바이트하면서 살았어요. 이 이야기를 하도 여기저기 말하고 다녔더니, 이제는 남의 이야기 같네요. 어쨌든 그래요. 끝까지 제대로 한 게 없었어요. 통장에 보상금과 후원금을 모아놓고 야금야금 갉아먹으며 살았죠. 그 돈이 참 웃겨요. 내가 당연히 받아야 돼서 받은 건데, 그 돈을 보고 있으면 죽고 싶어졌죠. 내가 이 정도 가치구나, 라고 생각해요. 사람의 가치를 그렇게 매기면 안 된다고 생각하면서도, 돈을 보며 나를 그렇게 보고 있는 겁니다. 후원금은 당연히 끊겼죠. 시간이 많이 지났으니까. 그런데 돈이 끊기니까 또 화가 나고 죽고 싶은 거예요. 이제 사람들은 내게 관심이 없구나 싶어서요."

그는 손바닥을 무릎에 닦았다. 그러더니 내게 물었다.

"정말 소설 쓰십니까?"

"아니요."

나는 대답하고 곧장 미소를 지었다. 어쩐지 마음이 편했다. 남자는 내가 상상하던 것과 달랐다. 우울하고 공격적일 거라고 생각했다. 하지만 강승영은 매우 건강한 사람처럼 느껴졌다. 자신의 건강을 나누어주고 싶어 하는 사람.

강승영.

그는 열 살부터 열두 살까지 외삼촌에게 상습적으로 강간당했다. 나와 동갑이다. 그는 3년 전 자신의 경험을 서술한 책을 냈다. 안진 성폭력 상담소에서 봉사 활동을 한다. 여기저기 언론사와 인터뷰도 하고, 얼마 전에는 독립 영화제의 한 다큐멘터리에도 출연했다. 나는 상담소를 통해 그의 연락처를 알아냈다. 유리에 대해 묻고 싶다는 문자에 강승영은 이렇게 대답해왔다.

"네, 그 친구에 대해서 저도 늘 하고 싶은 이야기가 있었습니다."

그는 계속 말을 이었다.

"그럼 유리가 왜 궁금하신 거예요?"

나는 망설이다 대답했다. "대학 동기였어요."

"네."

"마지막으로 본 날, 저한테 도와달라고 했어요."

"네."

"그런데 그냥 갔어요."

그는 말을 멈췄다. 나도 말하지 않았다. 침묵이 지나갔다. 그가 다시 천천히 입을 뗐다.

"인터뷰하고 나서 어떤 사람들이 그러더군요. 제가 아직도 관심이 필요해서 저러는 거라고. '자랑인 줄 아나' 그러더군요. 맞습니다. 관심이 필요해요. 왜냐하면 지독할 정도로 관심이 없죠. 항소가 어떻게 실패했는지, 외삼촌이 어떤 처벌을 받았는지, 아무 관심이 없어요. 사람들이 관심 있어 하는 건 제 고통이에요. 얼마나 아팠나, 어떻게 했길래 아팠나. 그 상황 말입니다. 이건 싸움 구경과 비슷해요. 누가 어디를 때려서 쓰러졌는지 모두 집중해서 보잖아요. 그들이 왜 맞붙었는지, 이후에 어떻게 됐는지는 아무도 관심 없죠. 어떤 사람들은 또 그러더군요. 여자도 아니고 남잔데, 그게 말이 되냐고. 혹시 나한테 문제가 있었던 게 아니냐고. 남자들은 절대 그런 일을 당하지 않는다고 말입니다."

나는 가만히 있었다. 유리가 이 사람과 이야기한 이유를 알 것 같았다.

"유리가 처음이었어요." 강승영이 말했다.

"그때까지는 누구에게도 제 이야기를 한 적이 없어요. 생각해보면 유리를 만난 후에 조금씩 좋아졌던 것 같아요. 제가 누군가에게 조언을 한 건 처음이었거든요. 제가 가치 있다는 생각을 처음으로 했습니다. 그래서 저는 그 친구한테 빚을 졌다고 생각합니다. 우리는 두 번 만났습니다. 밥 먹고 차 마시고 일곱 시간 정도 이야기했어요. 그 친구를 본 순간 알아챘어요. 제가 너무나도 그런 감정에 시달려왔기 때문에, 그런 얼굴을 보면 알 수 있어요. 누군가의 손길을 너무나도 갈망하지만, 지독하게 두려움으로 가득 찬 얼굴. 나도 늘 그랬으니까. 타인의 사랑을 갈구하지만 막상 그 사람을 붙들면 불안에 휩싸이죠. 이걸 잃어버리게 될까 봐. 나는 이런 사랑을 받을 자격이 없는 사람인데, 하늘 어딘가에서 나를 놀려대고 있는 건 아닐까. 이 행복을 빼앗아버리는 건 아닐까. 그 불안 때문에 관계를 지속할 수 없죠. 왜냐하면 타인은 알아채니까요. 그리고 마음이 불안한 사람은 만날 수가 없죠. 누구도 저를 감당하지 못했어요. 죽고 싶었죠. 유리의 얼굴에도 그게 있었어요. 계속 유린당하는 사람의 분노가 있었습니다. 하지만 유리는 단 한 번도 화를 낸 적이 없었을 겁니다. 사실 화가 나 있는 건데, 정작 본인은 모르는 거예요. 그 감정을 분출하는 순간, 정말로 외톨이가 되어버릴까 봐 두려우니까.”

“유리가 누군가에게 괴롭힘당하고 있다는 말을 했나요?”

“그건 괴롭힘이 아니에요.”

나는 듣고 있었다. 강승영은 말을 이었다.

“그건 강간이었어요. 원하지 않는 관계를 계속 맺고 있다고 했습니다. 싫다고 해도 다가오고, 무시하고, 억지로 관계를 맺는다고 했습니다. 그리고 그 때문에 몸이 아팠죠. 유리는 자궁경부암 1기 직전까지 갔어요. 신체적으로도 무척 힘들어했습니다. 통증이 매일 끊이지 않았죠. 하지만 남자는 유리의 호소를 무시했어요. 관심 끌려고 거짓말한다고 몰아붙였다고 해요."

나는 두 손을 감싸 쥐었다.

"누구라고 말은 했나요?"

"아니요, 그건 모릅니다. 같은 과라고 했어요."

나는 침을 삼켰다. 현규 선배. 정말일지 모른다. 수진이 소리 지르던 게 생각났다. 너는 나를 엿 먹이고 싶을 뿐이야, 나를 인정할 수 없을 뿐이야.

"왜 신고하지 않았던 거래요?" 나는 물었다.

"들어보니 상황이 애매했어요. 시작은 강제가 아니었던 것 같아요. 유리는 연애를 한다고 생각했답니다. 그런데 만나면 섹스 이외에는 아무것도 없었다고 하더군요. 한번은 밖에 나가서 점심을 먹고 싶다고 했더니 웃더랍니다. 그걸 너랑 내가 왜 하냐고. 그때 유리는 그 만남을 끝내고 싶다고 생각했답니다. 하지만 누군가에게 그만두자고 제대로 말을 해본 적이 없는 사람이니까요. 애매하게 도망가고 연락을 피했던 거죠. 그러자 남자의 태도가 변했던 모양입니다. 폭력적으로, 강압적으로. 그러다 갑자기 친절해지고. 유리의 마음을 쥐었다 펴며 계속 자기가 하고 싶은 대로 한 거죠. 신고를 한다 해도 유리는 아무도 자기를 믿어주지 않을 거라고 생각했어요. 자기 별명이 진공청소기였다고 그러더군요."

"사람들이 남자 편만 들 거라고 생각했던 걸까요?" 나는 물었다.

강승영이 고개를 끄덕였다. "네, 그런 말도 했어요."

현규 선배였다면, 당연히 모두 그의 편을 들었을 것이다. 아무도 유리를 믿지 않을 것이다.

"유리는 나름대로 도움을 청하긴 했어요. 학과에서 믿을 만한 여자 선생을 찾아갔다고 하더군요. 페미니즘 수업을 많이 하는 사람이라서 믿었대요. 그런데 바로 물어보더래요. 네가 꼬신 거 아니냐고. 연애하는 것 가지고 난리 피우지 말고 가라고 했다더군요."

강승영이 씁쓸하게 웃었다. 유리가 누구를 찾아갔는지 짐작이 갔다. 이강현을 찾아갔구나. 나라도 그랬을 것이다. 그때 학교에는 여성센터가 없었다. 경찰에 신고를 한다고 해도 제대로 조사가 이루어질지 확신이 없었을 것이다. 누군가의 조언을 듣고 싶어 찾아갔던 것이다. 만일 상대가 현규 선배라면 유리의 주장이 쉽게 받아들여지지 않을 테니까. 물론 제대로 해결이 되었을 수도 있다. 그럴 가능성도 충분히 있었다. 하지만 그걸 믿기에 유리는 너무 많이 속아왔다.

"아무도 안 도와준 거군요."

그 말을 하고 나는 얼굴을 붉혔다. 조금 전에 그에게 나 역시 유리가 도와달라고 한 걸 무시했다고 말했던 것이 생각났다. 물론 나는 유리가 뭘 도와달라고 한 건지 몰랐다고 변명할 수 있다. 하지만 나는 알고 있었다. 아마 그런 문제일지 모른다고 짐작했다. 그렇지 않고서는 별로 친하지도 않은 내게 왜 도움을 청했겠는가.

그런데 왜, 하필 나였을까. 망신당하는 것, 사생활이 까발려지는 것, 오해를 받는 것. 모든 걸 감수했는데도 불구하고 사람들이 자신을 믿어주지 않는다면, 누구에게도 말하고 싶지 않아진다. 나도 포기하고 싶었다. 아니, 나는 포기했다. 그래서 지금 안진에 와 있는 거겠지.

"그래서 차라리 죽겠다고 생각한 거예요. 게다가 학생이었죠. 돈이 없잖아요. 레이저 수술 같은 거 엄두도 못 냈어요. 저도 알아요. 유리는 부담스러운 사람이었죠. 과장된 행동도 많이 하고, 자기에게 친절한 사람을 모두 사랑해버리죠. 나는 그냥 알려줬어요. 그건 외로운 게 아니라 화가 나 있는 거라고. 당신은 화가 나서 죽고 싶어진 거라고. 내가 항상 그러니까요."

그는 물로 목을 축였다. 나는 그의 말을 기다렸다. "많이 벗어났다고 생각하면서도, 여전히 이런 이야기를 하는 건 힘들어요."

"네." 나는 기다렸다. 그가 입을 열었다.

"나는 열 살이었어요. 부모님이 돌아가시고 맡겨진 아이였죠. 누구도 나를 도와줄 수 없었어요. 외삼촌은 항상 그렇게 말했어요. 누군가에게 빚을 지면 갚아야 한다고. 어떻게 갚을 거냐고. 응급실에 실려가 의사들이 신고하기 전까지 2년. 그 2년이 나를 완전히 바꾸어놓았죠. 다른 사람이 되었어요."

그는 미소를 지었다. 그는 지금껏 자살을 세 번 시도했고, 모두 살아남았다. 그는 인터뷰에서 말했다. 죽고 싶다는 충동이 일어날 때를 제외하면 나는 행복하게 살았다. 나를 아껴주는 사람들이 있고,

먹고 싶은 것도 생각나고, 사고 싶은 것도 많다. 죽고 싶다는 건, 충동적으로 올라오는 감정이었다. 매일매일이 우울하고 슬프지 않았다. 나는 즐거웠다. 충동은 아주 가끔 올라왔다. 그렇게 갑자기 떠오른 과거가 행복한 일상을 파괴하고 지배하도록 내버려뒀다. 나는 외삼촌이 지금의 나까지 지배하도록 내버려두고 싶지 않다. 나는 지배당하지 않을 것이다.

"내 이야기를 해줬어요. 처음이었어요. 말했죠? 유리는 내 이야기를 진지하게 들었어요. 나는 병원에서 찍은 사진이 증거로 쓰였다는 말을 했습니다. 증거를 모으라고 했어요. 상황이 억지로 벌어졌다는 증거를 찾으라고요. 그랬더니 그 말은 성폭력 상담소에서 이미 들었다고 하더군요. 거기서도 증거를 모으라고 했대요. 당연하죠. 나는 다른 피해자도 있을지 모른다고 했어요. 잘 찾아보라고. 그랬더니 다른 피해자 한 명이 있긴 있다고 하더군요."

나는 고개를 들었다. 한 명이 더 있다니. 이게 무슨 말인가. 내가 감당할 수 없는 방향으로 이야기가 뻗어나가고 있었다.

"누구요?"

강승영은 고개를 저었다. "그냥 친구라고 했어요. 대학 동기인데 어차피 도와주지 않을 거라고 하더군요."

"왜요?" 나는 마른침을 삼키며 겨우 물었다.

"절대 그 일을 말하고 싶어 하지 않는다고요. 그리고 그 친구에게 알려지는 것도 싫다고 했어요. 그 친구에게만큼은 들키고 싶지 않다고 했어요. 그러면서 자기를 비난했어요. 한심하고 수치스럽다고.

293

다 알면서 넘어간 게 너무 바보 같다고요. 분명 의심하고 경계했는데, 잘해주길래 마음이 풀리고 말았다고요. 그렇게까지 나쁜 사람은 아니겠지, 사정이 있었겠지 뭐 그런 생각을 했답니다. 저는 이게 무슨 말인지 모르겠습니다. 그 남자와 나름대로 사연이 있었던 것 같아요. 하지만 말해주지 않았어요. 아마 다른 피해자를 보호하기 위해서였던 것 같아요. 제 생각에 유리는 다 말하는 것 같지만 사실 진짜 중요한 이야기는 절대 안 하는 사람이었던 것 같아요. 어차피 그 친구는 지금 누구도 건드릴 수 없는 사람과 만나고 있어서 안전하다고 하더군요. 영향력이 있는 남자라고 했어요. 몰라요. 저는 사정을 모르니까 그냥 듣는 대로만 이해했어요. 거기까지였어요. 항상 후회해요. 더 돕지 못한 걸요. 그때 내가 조금만 더 적극적으로 굴었더라면 뭔가 달라지지 않았을까 그런 생각을 합니다. 유리는 죽지 않았을지도 모른다는 생각도 해요. 사고가 난 시간에 저와 함께 있었을지도 모르니까요. 고발할 증거를 정리하고 있거나, 속내를 털어놓거나, 뭐 아무튼요. 적어도 그 애가 혼자 있지는 않았을 거라고. 그래서 혼자 열심히 생각을 했어요. 그 남자는 누구였을까. 교수 아들이거나 학교 관계자였을까? 그런 사람이어서 유리가 그렇게 어려워했던 걸까. 알고 싶었어요. 하지만 유리는 죽었고, 당사자가 없는 상황에서 뭘 할 수가 없었죠. 그래서 김진아 씨에게 연락이 왔을 때, 반가웠습니다. 이제라도 도와줄 수 있다면 그렇게 하고 싶어요."

그는 내게 조심스럽게 덧붙여 물었다. "혹시, 누군지 아시겠어요?"

그리고 나는, 한참 전부터 숨을 참고 있었다.

우리 과에서 절대 건드릴 수 없는 사람을 만났던 여학생. 한 명뿐이다. 나는 손으로 컵을 쥐었다. 몸이 떨렸다.

너야?

너도 그랬어?

"그럴 수가."

나는 중얼거렸다. 몸이 계속 떨렸다. 컵을 더 꽉 쥐었다. 그런 일이 있었단 말인가. 너한테도?

"하지만 자신 없어 했어요. 누가 믿어줄지 모르겠다고 계속 그랬어요. 마지막으로 만났을 때가 12월 초였는데, 증거는 모을 만큼 모았다고 하더군요. 기억나는 대로 다 적었고, 진료 기록도 뽑고, 그런데 그걸로 괜찮을지 모르겠다고 계속 불안해했어요."

"사람들이 안 믿을까 봐요?" 나는 울음이 나올 것 같았다.

"네, 그리고 그 남자를 만나면, 강간을 당한다는 생각이 안 들었대요. 내가 그건 착각이라고 했더니 울었어요. 정말로 그런 착각이 든대요. 게다가 기록이 효과가 있을지 자신 없어 했어요. 애초 고발하겠다는 생각으로 기록한 건데, 그럼 누군가 이걸 강간을 유도한 거라고 말할 수도 있지 않느냐고. 갑자기 누가 나타나서 훅, 치고 도망간 걸 기록한 게 아니니까 그럴 만했죠. 준강간은 입증이 힘드니까요. 아, 정말 이 단어 싫습니다. 강간에 '준'이 붙다니 말이 되나요. 남자 태도가 이런 식이었답니다. 네가 싫다는 말을 정확하게 안 했잖아. 싫다는 말을 했다고 말하면, 네가 언제 진짜 싫다는 의미로 말했어? 이랬다는 거죠. 다 똑같죠."

나는 양손으로 얼굴을 감쌌다. 이 자리에 나온 것이 갑자기 후회되었다. 아니야, 그럴 리가 없어. 또 내가 예민해진 거야. 내가 또 이상한 생각을 하는 거야. 나는 그 목소리를 다시 떠올렸다. 너는 나를 인정하기 싫은 거야. 그래서 나를 엿 먹이고 싶은 거라고! 그래, 사실이다. 나는 너를 질투했다. 질투하고 미워했다. 그래서 또 지금 이런 말도 안 되는 생각을 하고 있는 거야. 아니야, 그럴 리가 없어.

"내 외삼촌은 말입니다." 강승영이 말했다. "매번 내게 편지를 쓰게 했어요."

나는 손을 내리고 그를 바라보았다. 단단하고 빈틈없는 체구. 어쩌면 이 사람은 그래서 운동을 하고 있는 게 아닐까. 다시는 그런 일을 겪지 않도록. 물론 이 사람도 나도 알고 있다. 함부로 대해야 하는 사람이란 존재하지 않는다. 하지만 세상에는 그런 일이 벌어진다. 함부로 건드려도 된다고 생각되는 대상들이 누군가에게는 분명 존재한다. 나를 악의의 목록에서 벗어나게 하는 것. 어떻게든 그 눈길에 들어가지 않게 하는 것. 강해지면 되지 않을까. 열 살에서 열두 살. 누구에게도 보호받을 수 없는 어린 소년. 작고 여린 몸. 그는 자신의 몸을 원망했을지도 모른다. 내가 조금만 강했더라면, 상대를 뿌리칠 정도로 아주 조금만 더 강했더라면. 왜인가. 왜 끝까지 내 탓을 하게 만드는 걸까. 나는 아무것도 잘못한 게 없는데. 항상 나 때문에 나를 망친 기분이 드는 걸까.

"편지의 내용은 간단했어요. 내가 원해서 외삼촌과 관계를 맺었다. 내가 잘못해서 외삼촌에게 맞았다. 다 내가 잘못한 것이다."

나는 가만히 앉아 있었다. 이 사람은 이걸 어떻게 이렇게 담담하게 말할 수 있게 된 걸까. 그는 이게 유리에 대해 아는 전부라고 내게 말했다. 그는 유리의 죽음을 진심으로 안타까워하는 것 같았다. 어쩌면 이 사람은 유리를 성적 대상으로 보지 않은 유일한 남자일지도 몰랐다. 유리는 이 사람에게 위로를 받았을까. 아니면 더 암담한 미래를 보았을까. 어쨌든 유리가 그 상황을 벗어나려고 노력했다는 건 분명했다. 죽겠다는 소동도 벌였고, 기록도 했고, 상담도 받았다. 또 무엇을 했을까. 유리.

유리. 그리고 수진.

아닐 거야, 라고 하기에는 이야기가 너무나 잘 들어맞는다. 아무리 소설이 만들어진 이야기라지만, 소설이야말로 앞뒤 이야기가 없으면 존재할 수 없지 않은가. 수진과 유리. 어쩌면 두 사람은 바로 그 때문에 친구가 되었던 걸지도 모른다. 하지만 현규 선배와 사귀기 시작한 수진이 유리의 일에 적극적으로 나설 리 없다. 수진은 없었던 일로 하고 싶었을 테니까. 깨끗한 도화지. 망친 그림을 찢어내고 새 그림을 시작할 하얀 도화지. 그렇다면 유리는 무엇을 하려 했을까. 두 사람 외에 또 다른 피해자가 없는지 궁금했을 것이다. 그래, 그 사람을 찾으려 했을 것이다.

다른 사람. 유리와 수진이 아닌 다른 사람.

그때 강승영이 생각났다는 듯 말했다.

"아, 그러고 보니 그 남자가 유리에게 그런 말을 자주 했대요."

"뭘요?" 나는 물었다. 긴장한 목소리가 가늘게 떨려 나왔다.

"유리가 울거나 힘들어하면 이렇게 말했대요. 기분 나빠하지 말고 들어. 너 피해의식 있어."

나는 그 자리에 가만히 앉아 있었다. 아무 말도 하지 않았다. 아무 생각도 들지 않았다. 아무것도 할 수 없었다. 몸이 떨렸다. 사실 나는 줄곧 떨고 있었다. 이제야 알겠다. 이제 정말 완전히 알아들었다. 강승영이 놀란 목소리로 내게 물었다.

"김진아 씨, 괜찮아요? 얼굴이 왜 그래요?"

나는 자리에서 일어났다. 구역질이 밀려왔다. 나는 카페 밖으로 뛰어나갔다. 앞에 전봇대가 보였다. 나는 전봇대 아래에 목구멍으로 밀려 나오는 것들을 게워냈다. 빈속에 들이부은 커피가 그대로 쏟아져 나왔다.

사실 나는 처음부터 알고 있었다. 그럴지도 모른다고 생각했다. 하지만 생각하고 싶지 않았다. 왜냐하면 그건 찢어버린 도화지니까. 내게 없었던 일이니까.

내게 일어나지 않은 일이니까.

그때 너는 화를 냈다. 여름날, 폭염에 앞이 흐리던 날. 너를 봤다는 말에 엄청나게 화를 냈다. 그때는 말실수를 했다는 생각에 당황스럽고 미안하기만 했었다. 그래서 네가 나를 괴롭혀도 가만히 있었다. 그건 내가 감당해야 하는 문제라고 생각했다. 오래전 내가 너를 차갑게 버렸으니까. 그래서 네가 나에게 복수를 하는 거라고 생각했다. 왜 다른 쪽으로는 생각하지 못했을까. 사실은 네가 두려워하고 있는 거라고. 진짜 무서운 사실을 들킬까 봐 겁에 질린 거라고 왜 생각하지 못했던 걸까.

그때 너는 내게 나타났다. 골목에서 갑자기. 하지만 사실 나를 기다린 것처럼 보였다. 너는 내게 도와달라고 말했다. 그냥 몇 번 말을 해본 사이여서가 아니었다. 지나가다가 우연히 나를 봤기 때문이 아니었다. 내게 도와달라는 말을 하기 위해 너는 오래도록 기다렸다. 나하고만 상의할 수 있는 문제가 있었기 때문이다.

김진아는 거짓말쟁이다.

그 말을 할 사람은 단 한 명뿐인데. 처음부터 나는 알고 있었다. 알면서 계속 모른 척했다. 혹시 진짜일까 봐. 다시는 마주치고 싶지 않았다. 완전히 잊어버린 일로 살고 싶었다. 너는 내 인생에서 없었던 일이니까. 그래야 하니까. 깨끗한 도화지. 찢어낸 하얀 스케치북. 나는 새 그림을 그리고 싶었다. 그럴 수 없는 일이다. 사실 나는 그 밑그림을 감추기 위해 온갖 색을 덧칠해놓았을 뿐이다. 하지만 알고 있었다. 밑그림을 제대로 보지 않는 한, 덧칠은 도화지를 더 엉망으로 만들 뿐이라는 것을. 없었던 일로 할 수는 없다. 그건 내게 진짜로 벌어진 일이니까.

너, 그리고 너, 그리고 다른 사람.

너는 거짓말쟁이야.

헤어지던 날 동희가 내게 한 말이다.

15. 수진

수진은 집에 들어오자마자 물소리를 들었다. 욕실에서 나는 소리였다. 남편은 일찍 들어왔으면서 연락도 안 했다. 수진은 방에 들어가기 싫었다. 사흘 전, 진아에게 맞은 오른뺨이 아직도 얼얼했다. 기분 탓이라는 걸 알지만 거울을 볼 때마다 얼굴이 돌덩이처럼 딱딱해지는 것 같았다.

사람이 사람한테.
진아의 목소리가 들려오는 것 같았다. 웃기시네. 사실 하고 싶은 말을 다 하지 못했다. 더 심한 말을 했어야 했는데. 하지만 더 무슨 말을 할 수 있었을까 싶기도 했다. 그날, 수진은 집에 들어와 얼음찜질을 하며 한참 동안 책상 서랍을 바라보았다. 서랍 안쪽 귀퉁이에 유리의 일기장이 들어 있었다. 11년 전 들여다본 이후로는 단 한 번도 보지 않았다. 버릴 기회는 늘 있었다. 이사를 세 번이나 했고, 계절이 바뀔 때마다 대청소를 했다. 가구를 두 번이나 새로 샀기 때문에 책상도 바뀌었다. 그때마다 수진은 유리의 일기장을 다른 장소로 옮겼다. 남편은 수진이 유리의 일기장을 갖고 있다는 걸 모른다. 유리의 집을 청소한 날 이후로 남편은 한 번도 그 애 이름을 꺼낸 적이 없다. 충분히 할 일을 했다는 듯 만족한 것처럼 보였다. 집안 형편이 어려운 후배를 도와줬을 때처럼, 친구에게 조건 없이 돈을 빌려줬을 때처럼. 모든 게 끝났다는 걸 알고 안심할 때처럼.

오래전 현규가 수진을 좋아한다고 말했던 날, 그는 그렇게 말했다. "너는 사람들을 무서워하는 것 같아."
현규는 그때 수진에게 그렇게 말했다. 이어 그는 그녀의 곁에 있어주겠다고 말했다. 언제까지나 옆에 있어주겠다고. 달콤하고 다정한 말이었다. 그는 당당하고 자신감이 넘쳤다. 그는 만에 하나라도 수진이 거절할 수 있다는 생각은 하지 않는 것 같았다. 그가 수진을 선택했다. 그걸로 그의 세계는 완성되었다. 그렇다면 수진의 세계는? 만일 그가 그녀의 곁을 떠나기로 결정한다면 그때도 수진은 말없이 받아들여야 하는가. 하지만 그때 수진은 깊게 생각하지 않았다. 두 사람의 관계를 먼저 욕망한 쪽이 수진이었다는 사실도 굳이 말하지 않았다. 생각보다 일이 쉽게 진행된 걸 속으로 감탄하고, 눈앞에 다가온 행운을 재빨리 움켜쥐었을 뿐이다. 지금까지 그렇게 꼭 붙들고 있다고 생각해왔다. 이건 행운이라고.

그가 욕실에서 나왔다. 온기가 그에게서 풍겨 나왔다.

"왔어?" 그가 수건으로 머리를 털며 그녀에게 물었다.

그녀는 남편을 바라보지 않았다. 사람이 사람한테 어떻게 그럴 수가 있는가. 김진아는 틀렸다. 사람은 사람에게 무슨 짓이든 할 수 있다. 수진은 그 진실을 오랫동안 마음에 품고 살아왔다. 동희를 학과에서 몰아냈다고 생각한 건 수진의 착각이었다. 동희는 공부하느라 과 모임에 나오지 않은 거였다. 사람은 누구나 자기중심적으로 생각한다. 사람들의 입에 오르내리고 험담을 듣는 걸 싫어한 수진은 동희를 난처한 입장으로 몰아넣으면 그가 곤란해질 거라고 생각했다. 동희는 자신과 수준이 맞지 않은 학부생들과 어울리지 않은 것뿐이다. 동희는 군대 가기 전부터 대학원 학회 같은 행사를 쫓아다니며 미래를 설계했다. 수진이 근로 장학생이 되는 걸 방해하든, 진아와의 관계를 두고 무슨 소문을 퍼뜨리든 흔들리지 않았다.

동희가 수진을 만만하게 대하지 못하게 된 건 사실이었다. 하지만 그게 전부였다. 수진은 동희를 짓밟을 수 없었다. 그는 짓밟히지 않았다. 동희는 수진이 자신을 공격한 거라고 인식조차 못 했으니까. 군대를 다녀온 뒤 동희는 학과 회장을 맡았고 신입생과 연애를 했고, 인문대 최고 학점을 받았고, 장학금을 받으며 대학원에 들어갔다. 그리고 현규에게 종종 연락했다. 형, 뭐 하세요. 형, 오늘 바쁘세요? 형, 술 한잔하실래요. 현규는 동희를 싹싹하고 영리한 후배로 생각했다. 가끔 두 사람이 따로 만나서 술을 마신다는 걸 알게 된 후, 수진은 공포에 휩싸였다. 혹시 둘이 다른 이야기를 하는 건 아닐까. 아니면, 둘이 뭔가 알고 있는 건 아닐까.

한번은 현규에게 슬쩍 물어봤다. 동희가 그녀의 이야기를 한 적 없냐고.

현규가 대답했다. "동희가 당신 이야기를? 아, 당신 동희랑 동기지?"

동희는 수진 이야기를 꺼낸 적이 없었다고 했다. 물어본 적은 있다고 했다.

"형, 여자친구랑 잘 지내시죠?"

동희에게 수진은 현규의 여자친구에 불과했다. 정확히 그만큼만 수진을 존중했다. 마치 동희는, 그의 표현을 따르자면 수진에게 '실수'를 한 것조차 기억하지 못하는 것 같았다. 동희는 어떻게 아무렇지 않게 현규에게 연락을 할 수 있는 걸까. 수진에게 아무 짓도 하지 않았다고 생각하니까. 아니면, 수진에게 무슨 짓을 했건 상관없으니까. 둘 사이의 일이 무엇이든, 존경하는 형을 만나지 못할 정도로 대단한 건 아니니까. 수진은 현규에게 동희를 만나지 말라고 말할 수 없었다. 현규에게 비밀을 들킬까 봐 두려워서가 아니었다. 때때로 수진은 현규가 동희와 다른 사람처럼 느껴지지 않았다. 동희를 그렇게 아낀다면, 동희를 보면 아끼고 싶은 마음이 드는 사람이라면 결국 현규도 똑같지 않을까. 그런 의심은 결국 유리를 떠올리게 만들었다.

유리의 일기장. 무수한 ○×들. 진아는 말했다. 유리는 괴롭힘을 당하고 있었다고. 그건 수진이 그 일기장을 본 순간 이미 떠올렸던 생각이었다. 떠올리자마자 덮어버렸던 생각이었다. 수진은 현규를 사랑했다. 그녀의 인생에 현규보다 좋은 남자는 없었기 때문에 그를 사랑했다. 그녀의 인생에 현규보다 훌륭한 사람은 없었기에 그를 사랑했다. 아니, 수진은 이 세상 누구도 현규보다 사랑할 자신이 없었다. 그녀의 사랑은 현규와의 시간에서 멈췄고 그 자리에서 계속 팽창해나갔다. 어느 날 갑자기 꿈틀거리기 시작한 세포가 다음 날에 손가락을 펼치고, 또 그다음 날에 다리를 뻗어가며 살아 있는 아이의 얼굴을 만들어간 것처럼. 태어난 이후에도 끊임없이 성장해나가는 생명체처럼. 현규를 향한 수진의 사랑은 살아 움직였고, 성장을 멈추지 않았다. 그러나 오직 단 하나. 그의 얼굴에 겹쳐지는 유리와 동희의 얼굴이 그녀를 괴롭게 했다. 그녀는 현규에게 자신의 사랑을 모두 줄 수 있었다. 그녀의 전부를 모두 줄 수 있었다. 그러나 그 얼굴들이 그 용기를 막았다. 과연 네가 믿어도 되는 사람이라고 생각해? 무려 12년을. 그 시간을. 괴로울 때마다 수진은 죽음을 생각했다. 그녀가 죽고 싶었던 것이 아니다. 수진은 동희가 죽어버렸으면 좋겠다고 생각했다. 교통사고를 당하거나 누군가의 칼을 맞고 잔인하게 죽어버리기를 기도했다. 수진의 비밀을 알고 있던 유리가 사라져버렸던 것처럼. 그래서 어떤 질문도 할 수 없게 되어버린 것처럼. 동희가 사라져버렸으면 좋겠다고 생각했다. 그러면 수진은 온전히 행복해질지도 모를 텐데.

"왜 그래?"

남편이 물었다. 수진은 고개를 들었다. 무수한 질문이 그녀의 입 속에서 맴돌았다. 그녀는 선택해야 했다. 그 질문들을 모두 뱉어내고 나면, 지금까지와는 다른 미래를 보게 될 것이다. 만일 아무것도 묻지 않는다면, 지금처럼 똑같은 일상이 이어지겠지. 아무 일도 없었던 것처럼. 기억나지 않는 것처럼. 그녀는 대답했다.

"아무것도 아니야."

그리고 식탁에서 일어나려던 찰나, 남편이 말했다.

"뭐가 아무것도 아니야?"

그녀는 고개를 돌렸다. 남편이 쓸쓸한 얼굴로 수진을 보고 있었다. 그가 그녀에게 말했다.

"정말 아무것도 아니야?"

그리고 남편은 한숨을 쉬었다. 식탁으로 다가와 그녀의 앞에 앉았다. 이제 뭔가 결정했다는 듯 단호한 얼굴이었다.

수진은 종종 사람들이 왜 자신을 떠나는지 궁금할 때가 있었다. 엄마, 진아. 그리고 이제는 남편까지. 물론 그녀의 곁에 남아 있어준 사람이 더 많았다. 할머니, 친구들. 그리고 지금까지의 남편. 인생에서 그녀의 마음에 칼을 들이댄 이들보다 부드럽게 어루만져준 사람들이 더 많은데, 그녀는 작은 생채기들을 더 견딜 수가 없었다. 수진은 행복했다. 엄마가 없어도 행복했고, 진아가 떠났을 때도 행복했다. 동희가 수진에게 그런 짓을 하고 슬그머니 빠져나간 뒤에도, 어쨌든 수진은 그 시간을 잘 지나왔다. 수진은 불행에 젖은 사람이 아니었다. 불행은 수진을 아주 잠시 흔들었을 뿐이다. 그런데 수

306

진은 불행의 고비마다 행복한 순간들을 모조리 잊어버린다. 그때마다 어떤 목소리가 들리기 때문이다. 지금껏 네가 누린 것들은 다 가짜에 불과하고, 사라져버릴 거라는 경고. 그러니까 경계를 늦추어서는 안 돼.

"당신을 보면 마음이 편하지가 않아."

남편이 말했다. 수진은 순간 상처를 받고 말았다. 아무리 담담하게 노력해도, 이런 말들에 상처를 받고 만다. 편하지 않다고? 나는 그렇지 않을 거라고 생각해?

"왜?" 수진이 물었다.

"왜 그런 것 같아?"

수진은 자리에서 벌떡 일어났다. 그는 수진이 뭔가를 잘못한 것처럼 굴고 있다. 스스로 알아내보라고, 네가 나에게 무엇을 잘못했는지 빨리 대답해보라고. 수진은 더는 대화하고 싶지 않았다. 여기서 멈추자. 며칠 지나면 다른 이야기를 해볼 수 있겠지. 그러나 수진은 참지 못하고 대꾸했다.

"당신이 문제라는 생각은 안 해? 당신이 나를 불편하게 만든다는 생각은 해본 적 없어?"

"나 때문에 불편해?"

도돌이표 같은 대화. 수진은 또다시 생각했다. 이제 그만하자고. 아무 의미도 없는 대화라고. 그녀는 대답했다.

"그래, 불편해." 그녀는 날카롭게 말했다. "불편해서 죽을 것 같아. 뭐가 문제인지 말도 안 하고, 왜 그러는 건지 설명도 없고, 하숙

하는 사람처럼 집을 왔다 갔다만 하잖아. 대체 뭐가 문제야? 말을 해줘야 알지!"

"그래, 말을 해줘야 알지."

그는 그녀의 말을 따라 했다. 그리고 입을 다물었다. 수진은 기가 찼다. 그녀의 마음을 헤집어놓으면서, 정작 그는 아무것도 알려주지 않고 있었다. 수진은 식탁에서 일어났다. 방으로 들어가려는데 그가 다시 입을 열었다.

"아이 갖고 싶다고 왜 솔직하게 말 안 해?"

수진은 그대로 서 있었다. 무슨 말을 해야 할지 몰랐다. 하지만 곧 생각을 정리하고 천천히 대답했다.

"무슨 소리야. 나는 상관없다고 했잖아."

그가 수진을 바라보았다. "내가 모를 거라고 생각해?"

수진은 아무 말도 하지 않았다. 머릿속이 하얗게 지워져서 이제 정말 아무 생각도 나지 않았다. 이 대화를 그만하고 싶었다. 방으로 들어가서 잠들고 싶었다. 아침에 아무 일도 없었던 것처럼 일어나고 싶다. 남편과 아침 식사를 하고, 카페에 출근을 하고, 성실하게 하루를 보내고 싶다. 당신, 뭘 알고 있는 건데?

"당신이 어린이집 아이들 몰래 지켜보는 거 알아."

수진은 대답하지 않았다.

"친구들 홈페이지 들어가서 매일 아이 사진 구경하는 것도 알아. 카페에서 시간 날 때마다 아기 옷 쇼핑몰 구경하는 것도 알아. 백화점에서 아기 운동화 들었다 놨다 하는 것도 알아."

수진은 말을 하려다 멈췄다. 무슨 말로도 그를 이해시킬 수 없을 것이다. 현규와 수진의 아이. 수진이 원하는 상황에서, 수진이 원하는 사람과, 그래서 그녀 스스로 만든 미래. 그래, 수진은 아이를 원했다. 어쩌면 호르몬 때문일 수도 있다고 생각했다. 아이를 낳기 위해 태어난 여자의 본능이 나이를 먹으면서 꿈틀대는 것일지도 몰랐다. 그래서 원하지 않기도 했다. 수진의 머릿속에 떠오르는 생각이지만 믿을 수 없었으니까. 게다가 아이를 생각하면 늘 유리의 일기장이 함께 떠올랐고, 불안해졌다. 이 사람의 아이를 내가 감당할 수 있을까. 내 아이를 내가 믿을 수 있을까. 그래서 현규가 아이를 갖기 힘든 남자라는 걸 알았을 때, 그녀는 몰래 안도했다. 솔직히 안심했다. 하지만 수진은 자신의 생각 전부를 의심하기도 했다. 아이를 갖고 싶어 하는 마음이나, 갖고 싶어 하지 않는 마음 모두 12년 전 그 사건에 연결되어 있는 것 같았다. 수술을 했기 때문에, 이번에는 그녀의 선택으로 아이를 갖고 싶어 하는 것 같았다. 수술을 했기 때문에, 이번만큼은 그녀의 선택으로 아이를 갖고 싶어 하지 않는 것 같았다. 그 사건으로 수진은 자신의 진짜 마음을 알 수 없게 된 것 같았다. 그래서 자주 들여다봤다. 아이들의 사진을, 목소리를. 정말로 나는 저들을 원하는가. 그럴수록 더욱 알 수 없었다. 혼란스럽기만 할 뿐이었다. 단 한 가지, 분명한 사실은 하나 있었다. 그녀는 그에게 아이 이야기를 하고 싶지 않았다. 왜냐하면 그에게 상처를 주고 싶지 않았으니까. 그녀가 아이를 원한다고 하면, 그는 자신을 탓하며 절망할 것이다. 그녀가 아이를 원하지 않는다고 하면, 역시 자기 때문에 포기했다고 생각하며 스스로를 원망할 것이다. 그녀는 어느 쪽도 바라지 않았다. 하지만 이 모든 감정을 그에게 설명하기란 어려웠다. 그래서 말하지 않는 걸 선택했던 것이다.

여전히 그녀는 계속 입을 다물고 있었다. 그는 슬프고 먹먹한 표정으로 그녀를 봤다. 그리고 말했다.

"봐, 당신은 항상 아무것도 말하지 않아. 항상 그랬잖아. 당신이 나를 믿지 않는다는 걸 모를 거라고 생각해? 당신은 항상 내 마음이 달라질 거라고 생각하잖아. 불안해하고, 의심하고, 내가 모를 거라고 생각해? 하지만 수진아, 원망해도 괜찮아. 얼마든지 원망해야 해. 그래야 다음을 바라볼 수 있잖아. 이건 우리 인생이야. 우리 각자 인생이 아니라, 서로의 인생을 함께 살고 있는 거라고. 그래도 나는 기다렸어. 당신이 그 이야기를 먼저 꺼내고, 이야기할 수 있기를 말이야. 내가 항상 칭찬만 받고 살았다고 생각하지. 원하는 건 뭐든지 가졌다고. 하지만 살면서 내가 가장 꿈꾼 건 당신이야. 당신이 나를 온전히 믿는 것. 내가 당신을 사랑하는 만큼, 당신이 나를 믿어준다면, 그럴 수만 있다면 나는 뭐든 할 수 있다고 생각하며 살았어. 언젠가는 달라질 거라고."

그의 말은 느리고 단단했다. 수진은 겨우 입을 열었다. 목소리가 탁했다.

"내가 뭐가 달라지지 않았다는 건데."

그가 그녀를 물끄러미 바라보았다. 그녀가 사랑하는 사람. 상처 주고 싶지 않았기 때문에 아무 말도 할 수 없었다는 걸, 이 사람한테 어떻게 설명해야 하는 걸까. 나는 항상 온전히 당신에게 모든 걸 주고 싶었다고, 당신을 만난 순간부터 늘 우리 인생을 살아왔다고, 어떻게 말해야 할까. 그가 입을 열었다.

"하유리 일기장, 당신이 그거 계속 갖고 있는 거 나 알아."

그들은 서로를 바라보았다. 아주 오랫동안, 수진은 의심해왔다. 의심은 나뭇잎의 잎맥처럼 여기저기 뻗어나갔다. 하지만 늘 알고 있었다. 의심의 줄기를 단단하게 붙들고 있는 건 수진 자신이라는 것. 의심을 풀어버리면 나중에 또 같은 일이 벌어졌을 때, 절망할 것이고 다시는 일어나지 못할 테니까. 알고 있다. 김동희는 수진의 인생에서 아무것도 아니었다. 아주 깊고 쓰라린 상처를 남겼지만, 수진은 그 시간을 넘어왔다. 살아남았다. 김동희 따위는 결코 수진의 인생을 지배하지 못했다. 수진이 겁을 내는 건 단 하나였다.

류현규. 그녀가 모든 걸 주고 싶은 당신. 당신이 내게서 뒤돌아서면, 그때는 절대로 감당하지 못할 테니까.

16. 매리앤, 매리앤들

* 멀고 먼 어느 남쪽의 소설에서, 그 소설을 쓴 여자는 말했다. 벙어리는 항상 타인의 이야기를 듣고만 있었다고. 사람들은 그가 자신을 위로한다고 말했다. 하지만 그가 진짜 원하는 건, 친구에게 돌아가는 것. 그가 사랑하고 믿고 그리워하는 또 다른 벙어리에게 돌아가는 것. 과일과 사탕을 고르고 익숙한 거리를 걸어 하루를 마무리하는 것. 그들은 서로의 이야기를 품고 있었다.

우리는 벙어리였다.

매리앤이었다.

《제인 에어》를 처음 읽었을 때를 기억한다. 그건 용기에 관한 이

---

* 카슨 매컬러스 《마음은 외로운 사냥꾼》

야기였다. 나는 그 책을 수진에게 빌려주었다. 수진은 내게 돌려주었다. 우리는 용기에 대해 이야기했다. 앞으로 우리가 제인 에어가 되리라는 사실을 의심해본 적이 없었다.

수진은 내게 왜 불렀느냐고 묻지 않았다. 그녀는 자리에 앉아 내가 들어오는 걸 지켜보다가 가볍게 고개를 끄덕였다. 나는 수진의 맞은편에 앉았다. 그녀에게 나와줘서 고맙다고 했다. 잠시 우리는 그렇게 앉아 있었다.

며칠간 고민했다. 과연 이 이야기를 수진에게 하는 것이 옳을지. 그리고 그게 무슨 의미가 있을지. 진심은 통하는 법이라고 하지만 그건 상투적인 말이다. 진심을 전하면 내 속이 후련해지니까 하소연하는 것에 불과할지도 모른다. 단지 내가 후련해지기 위해 비밀을 털어놓는 거라면, 진심을 전하는 것과는 아무 관련이 없을 것이다.

처음에 나는 아무 말도 하지 않겠다고 생각했다. 우리는 이미 많은 시간을 지나왔다. 강승영은 말했다. 우리는 과거에 지배당할 필요가 없다고. 맞는 말이다. 하지만 아직 과거가 끝나지 않았다면 어떨까. 아직 내가 멈춰진 시계 위를 걷고 있는 거라면.

나는 이진섭을 생각했다. 그는 내 과거 위에 덧대진 또 다른 과거다. 그는 나를 때리고 나면 늘 침울해졌다. 용서받고 싶어 했고 죄책감을 덜고 싶어 했다. 그는 내게 선물을 했다. 내 형편으로 사기 부담스러운 가방, 옷, 목걸이 같은 걸 선물했다. 그의 수입으로도 부담스러운 물건들이었다. 그가 정말로 미안해하기 때문에 선물하는 거라고 생각했다. 그래서 받았다. 거짓말이다. 그 물건들에 대한 탐욕이 내게도 있었다. 그리고 그에게 받은 상처를 생각하면서, 내가 당연히 이 정도는 받아도 된다고 생각했다. 그것이 덫이었다. 폭행이 지속된 만큼 선물도 늘어났다. 데이트할 때 돈을 내지 않았다. 때때로는 원하는 선물을 내가 골랐다. 그가 어려워하면 빈정거렸다. 나를 그렇게 때려놓고, 이 정도도 불가능해? 거지 같네. 거지 같아. 너에게는 나를 때릴 자격이 없어.

그가 내게 사과하기 위해 건넸던 물건들은, 어느 순간부터 나를 때리기 전에 미리 지급하는 값이 되어 있었다. 나는 그를 신고하지 못한 건 두려움 때문이라고 말했다. 맞다. 충분히 보상받았으면서 치사하게 신고했다는 말을 들을까 봐 두려웠다. 사람들에게, 여자들에게. 여자 스스로 가치를 낮추고 팔아넘겼다는 말을 들을까 봐 두려웠다. 그래서 아무도 도와주지 않을까 봐 두려웠다. 거지 같았다. 내가 거지 같았다. 나를 지배하는 건 그가 아니다. 나에 대한 기억이다.

그날 수진을 만나는 순간에도 나는 혐오에 휩싸여 있었다. 과거와 미래. 그리고 그 순간 내가 말하려고 하는 것들 모두를 혐오했다. 그러나 말해야 했다.

첫 단추를 잘못 잠그면 옷 입기는 모조리 실패해버린다. 잘못된 생각이라고 한다. 단추를 풀고 다시 잠그면 된다. 물론 또 실패할 수 있다. 하지만 다시 풀고 잠그면 된다. 이게 강승영의 조언이었다. 삶은 얼마든지 다시 시작할 수 있고, 달라질 수 있다고.

하지만 내가 단추를 잘 잠근 채 살았다고 착각한다면? 어디가 잘못되었는지 알아채지 못하고 그대로 살았다면? 그래서 계속 단추를 어긋난 자리에 맞춰왔던 거라면? 아니면, 단추가 잘못 잠겼다는 걸 모른 척하고 살았던 거라면?

그렇다면 강승영은 이렇게 말할 것이다. 제대로 고개를 들어야 한다고. 계속 모른 척한다면 단추는 계속 비틀어질 것이고 언젠가는 절대 감당할 수 없게 되어버릴 거라고. 물론 그는 희망이 없다는 말을 절대 하지 않을 것이다. 하지만 모른 척하는 시간이 길어질수록 이후에 내가 감당해야 하는 시간 역시 길어진다고 말할 것이다.

때문에 나는 수진에게 말해야 했다. 그녀에게 어떤 대답을 듣거나 동의를 구하기 위해서가 아니었다. 아주 오래전, 진작 그녀에게 했어야 하는 말을 이제 꺼내놓으려는 것뿐이었다. 왜냐하면 그것은 나에게 잘못 끼워진 첫 단추이니까. 이건 일방적으로 상대가 알아챘으면 하는 진심이 아니다. 말 그대로 잘못 끼워진 단추다. 비틀어진 옷매무새가 그대로 보이는 진실.

"스물한 살이었어." 나는 이야기를 시작했다. 수진이 나를 응시했다. 나는 그 눈길을 피하지 않았다.

"남자친구를 사귀고 일주일쯤 되었을 때, 처음으로 여행을 갔어. 서해 바닷가였어. 조개를 구워 먹고, 여관에 갔어. 어떻게 그걸 모를 수 있냐고 말하는 사람들도 있겠지만, 나는 정말 몰랐어. 무슨 일이 벌어질지. 여자친구들과 놀러 가는 것과 다르지 않게 느껴졌거든. 물론 남자와 여자가 둘이 있을 때 무슨 일이 벌어지는지 모를 정도로 바보는 아니었어. 하지만 내가 섹스를 하게 될 거라고는 생각 못했어. 남과 나를 분리해서 생각했던 거야. 언젠가는 경험을 하겠지만 당장은 아니라고 믿었지. 나는 남자친구도 비슷하다고 생각했어. 내가 만나는 사람이니까. 모두 나처럼 생각할 거라고 당연하게 믿었지. 남자친구도 티를 안 냈어. 우리는 대화했어. 학교 생활, 취직, 부모님, 음식, 매일 하는 이야기. 그리고 방에 들어가자 상황이 바뀌었지.

남자친구는 기다렸다는 듯이, 너무 당연하다는 듯이 내 옷을 벗기려 했어. 나는 당황했지. 그러자 남자친구가 말했어. '너도 원해서 여기 온 거잖아.'

나는 아니라고 대답했어. 하지만 자신 있게 말하지 못했어. 내가 스스로 따라온 건 맞으니까. 그랬더니 남자친구가 대답했지.

'그래, 알았어.'

그리고 곧장 침대에 눕더니 이렇게 말했어. '아, 뭔가 너는 엄청 쿨할 줄 알았는데, 무지 촌스럽다.'

나는 시골 출신이잖아. 지금에야 그런 말에 별로 신경 쓰지 않지만. 그때는 촌스러운 게 싫었어. 세련되고 싶지 않은 사람이 어디 있

316

겠어. 나도 항상 꿈꿨지. 당당한 커리어 우먼. 쿨한 여자들. 그렇게 되고 싶었고, 그렇게 될 거라고 믿었지. 나는 그 말에 마음이 상했어. 분위기가 냉랭했어. 그런데 그가 더 화가 나 보였어. 괜찮다고 말했으면서 엄청나게 불만스러워 보였지. 나는 불안해졌어. 싫은 걸 싫다고 말했을 뿐인데 왜 이러는 건지 이해할 수 없었던 거야. 내가 뭔가를 잘못한 건가 싶은 거야. 혹시 내가 남자친구에게 오해의 소지를 줬던 건 아닐까. 이렇게까지 확신하고 있는 걸 보면 내게서 뭔가를 느꼈다는 건데, 나도 모르게 이 사람을 유혹했던 걸까. 그렇게 침대에 걸터앉아 있는데 남자친구가 굉장히 서운하다는 듯 말하는 거야.

'내가 그런 놈으로 보였다니 조금 서글프다. 나는 너를 존중한다고 생각했는데, 지금 너는 나를 개새끼로 보는 거겠지.'

그 순간 너무 미안해졌어. 이럴 수가. 나는 남자친구한테 상처를 줬다는 생각에 조바심이 났어. 이러다 만일 이 사람을 놓치게 되면 어떡하지? 그런 생각도 했고. 이 이야기는 누구에게도 한 적이 없어. 단아에게도 하지 않았어. 너에게 처음 하는 거야. 왜냐하면 나는 무서웠거든. 사랑에 매달리고, 버림받을까 봐 두려워하는 여자라고, 같은 여자로서 창피하다는 말을 들을까 봐 무서웠어. 왜냐하면, 나는 유리를 봤으니까. 유리에게 향하던 그 무수한 말이 그 애를 어떻게 잠식시켰는지 봤으니까. 기억나?

유리가 여자들을 망신시키고 다닌다던 말들. 그런 여자는 보호받을 가치도 없고 도와줄 필요도 없다는 말들. 여자들의 사생활을 입에 올리는 남자들을 비판하면서도, 유리를 비난하는 남자들은 내버려뒀어. 그 애는 여자들의 권리를 나누어 줄 대상이 아니었으니까. 단지 그 애는 사랑받고 싶었을 뿐이고, 그러기 위해서는 자신을 귀하게 여겨야 한다는 걸 몰랐을 뿐인데 말이야. 기억나?

나도 유리를 그렇게 험담했었지. 그때는 몰랐어. 누군가에게 좋은 사람으로 보이고 싶다는 마음이 누군가 나를 학대하도록 내버려두는 마음과 닮았을지도 모른다는 걸 말이야.

그렇게 조용히 침대 위에 누워 있는데, 10분 정도 지났을 거야. 남자친구가 내 위로 올라왔어. 나는 손으로 그의 가슴을 살짝 밀었어. 물러나라는 의미에서. 하지만 나는 이미 마음이 약해져 있었고, 혼란스러웠던 터라 강하게 거부하지는 못했어. 내가 처한 상황이 뭔지도 제대로 파악하지 못했는데, 무슨 행동을 하겠어. 그가 내 손목을 세게 잡았어. 아팠어. 놓아달라고 말하며 손을 움직였는데. 수진아, 그때까지 나는 남자가 그렇게 힘이 센지 몰랐어. 한 번도 남자에게 맞아본 적이 없었으니까. 남자가 힘껏 때릴 때, 두부가 으깨지는 것처럼 몸이 으스러진다는 걸 몰랐으니까. 저항하면, 내가 온 힘을 다해 저항하면 남자들이 나를 어려운 상황에 몰아넣어도 늘 달아날 수 있을 거라고 생각했었지. 그는 키가 컸어. 몸으로 나를 거의 짓누르다시피 했어. 내가 아무리 힘껏 움직여도 그를 절대 이길 수 없다는 걸 알았어. 나는 저항을 멈췄어. 어차피 그 상황을 벗어날 수도 없었고, 심지어 그에게 미안하기까지 했는데, 내가 어떻게 뭘 더 할 수 있었겠어. 그러고서 나는 한숨도 못 잤어. 지금 내가 뭘 한 걸까.

무슨 일이 벌어진 걸까. 내가 정말로 촌스럽다는 생각도 했어. 이게 뭐라고. 자유분방하게 남자들과 만나고 헤어질 줄 알아야 하는 거 아닌가. 이게 뭐라고 나는 이러는 걸까. 나는 그걸 어떻게 받아들여야 할지 몰랐어. 그런 관계가 4개월간 지속되었어."

수진은 아무 말도 하지 않았다. 나는 물을 한 모금 마시고 말을 이었다.

"나는 멋진 사람으로 보이고 싶었어. 나는 남들에게 보이고 싶은 내게 진짜 내 의견을 빼앗겨버렸어. 그래도 나는 그게 연애라고 생각했어. 내가 사랑한다는 느낌도, 내가 사랑받는다는 느낌도 없었으면서 누군가 곁에 있다는 것만 중요하게 생각했어. 남자친구는 진짜로 내가 원하지 않을 때도 관계를 맺으려 했어. 진짜로 내가 '싫어'라고 이야기한 날에도 말이야. 생리를 할 때도, 몸이 좋지 않을 때도. 그는 내게서 원하는 걸 얻었어. 그리고 나도 함께 원했다고 생각하곤 했지. 내가 원한 거야. 그래서 함께 있는 거잖아. 골목에서 강도가 칼을 들고 나와서 옷을 벗으라고 한 게 아니니까. 죽기 직전까지 저항했는데도 그가 물러서지 않은 게 아니니까. 질질 끌려다닌다는 걸 인정하고 싶지 않았던 거지. 그건 창피한 일이니까. 요즘 세상에 그렇게 끌려다니는 여자가 있다니, 그게 바로 나라니. 그렇게 보이기 싫었어. 나는 조선시대 여자가 아니다, 나는 현대적인 여자다, 나는 내가 원하는 걸 하는 여자다. 섹스는 별것이 아니다, 별것이 아니다. 그건 아무것도 아니다. 어떤 의미도 없는 거다. 하지만 멀쩡하지는 않았지. 그래서 때때로 울었어. 강제로 관계를 맺고 난 후, 이 상황이 뭔지 알 수가 없어서 울었어. 내 삶이고, 내 몸인데, 내가 아무것도 통제하지 못하고 있다는 게 믿을 수가 없었어. 그래서 아무에게도 말할 수가 없었어. 나도 나를 믿지 못하는데, 누가 나를 믿어주겠어. 남자친구는 어쩔 줄 모르겠다는 표정으로 나를 봤지. 걔는 정말로 나를 이해하지 못했어. 내가 왜 그러는지, 뭐가 문제인지 전혀 모르는 것 같았어. 문제는 오직 내게만 있는 것 같았지. 걔는 걱정된다는 말투로 내게 그런 말을 했어."

수진과 나는 계속 서로를 보고 있었다. 어릴 적, 우리는 논밭 주변을 함께 돌아다니곤 했다. 눈앞의 거대한 논밭은 넓고 넓어서 보고만 있어도 가슴이 터질 것 같았다. 저물녘에는 세상이 온통 주홍빛으로 물들었다. 하루의 마지막 햇빛을 빨아들인 공기에서는 보송보송한 살 내음이 났다. 우리는 바람을 가득 마시며 논두렁 끝까지 달리기를 했다. 붉게 물든 저녁은 사랑으로 꽉 찬 웃음처럼 다정했다.

어릴 적을 생각하면 늘 그 순간들이 떠올랐다. 세상에 대한 호의와 기대로 가득했던 소녀들. 우리는 말을 많이 하지 않았다. 우리는 벙어리들이었다. 아무 말 하지 않아도 세상의 이야기가 우리 안에 들어 있었다. 손을 뻗으면 태양이 흔들렸다. 그때는 믿었다. 우리가 원한다면 무엇이든 할 수 있다고. 만일 과거의 어느 순간으로 단 한 번만 돌아갈 수 있다고 한다면, 나는 주저 없이 그때를 선택할 것이다. 그때로 돌아가 수진과 손을 잡고 달리기를 할 것이다. 팔짱을 끼고 동네를 돌아다니며 모두의 이야기를 먹어치울 것이다. 과일과 사탕을 서로의 손에 쥐여주고, 그 길고 긴 논밭의 가장자리를 계속 걸어가리라. 그럴 수 있는 기회가 온다면 내게 중요한 것이 무엇이든 얼마든지 내놓을 수 있을 것 같다.

나는 다시 입을 열었다.

"동희는 이렇게 말했어. 기분 나빠하지 말고 들어. 너 피해의식 있어."

첫 단추.

하지만 이건 내가 수진에게 하려던 진짜 이야기가 아니었다. 나는 숨을 골랐다. 수진은 아무 말도 하지 않았다. 나는 그녀를 불렀다.

"수진아."

수진이 대답했다.

"응."

이 자리에 나온 이유는 오직 단 하나. 진짜 하고 싶은 말이 있기 때문이다. 나는 오래된 기억처럼 익숙한 너의 얼굴을 향해 미소를 지었다. 설사 네가 이걸 받아들이지 않는다고 해도 괜찮다. 왜냐하면 이건 내 마음을 덜기 위해서가 아니다. 내 진심을 전하고 후련해지기 위해서도 아니다. 반드시 너에게 해야 하는 말이다. 그래서 하려는 것이다. 너는 이걸 받아들일 의무도 없고, 이해할 필요도 없다. 하지만 내게는 의무가 있다. 왜냐하면 이것은 우리 사이에 있었던 어떤 일을, 내가 저지른 무엇을 인정하는 것이기 때문이다. 내게 무슨 일이 있었냐고? 무슨 짓을 저질렀냐고? 이것이 진짜 나의 이야기다. 이것이 나의 첫 단추다. 그것은 김동희에게서, 그리고 이진섭에게서 내가 진짜로 원하는 것이다. 그들이 나에게 반드시 해야만 한다고 생각했던 말. 하지만 한 번도 제대로 듣지 못했던 말. 나 역시너에게 결코 하지 않았던 말. 언제나 그 말이 마음속에 들어 있었다.

나는 말했다.
"수진아, 그때, 널 그곳에 두고 가서 진짜 미안해."

정말 미안해.

3부

17. 그리고 이영에게

마지막 이야기다.

며칠 후, 수진이 전화를 걸어왔다. 우리는 만났다. 그녀는 내게 유리의 일기장을 줬다. 그리고 꽤 많은 이야기를 해줬다. 그녀에게 있었던 일에 대해.

얼마 지나지 않아 그들 부부가 별거에 들어갔다는 소문을 들었다. 수진의 어떤 오해 때문에 두 사람 사이가 틀어졌다고 했다. 이런 이야기는 삽시간에 퍼진다. 사람들은 수진이 큰 실수를 했다고 수군거렸다.

나는 그날 수진에게 현규 선배 이야기는 듣지 못했다. 그래서 사람들의 이야기를 통해 수진에게 벌어진 일을 추측할 수밖에 없었다. 소문 속에서 수진은 전설의 주인공 같았다. 남편의 얼굴을 봐서는 안 된다는 말을 어긴 아내. 남편의 진짜 모습을 궁금해하지 말라는 충고를 듣지 않았던 소녀. 질투에 눈이 먼 언니들의 말에 바보같이 넘어간 어리석은 여자. 그녀는 깊은 밤, 그의 얼굴 위로 촛불을 들어 올렸다. 남편의 날개에 떨어진 촛농 한 방울이 결국 신의 저주를 깨웠다. 그러니까 왜 들춰봤냐고. 보지 말라고 했으면, 끝까지 보지 말았어야지. 어리석은 여자. 그 정도 꼬임에 넘어가 행복을 걷어찬 여자. 그의 사랑을 왜 믿지 않았어? 그랬다. 여자는 이야기의 마지막까지 끝까지 그렇게 어리석었다. 절대 마시지 말라는 말을 어기고, 영원히 잠드는 약을 마셔버렸으니까. 신들 앞에서. 그랬다. 그녀는 보란 듯이 약을 마셨다. 더는 당신들이 퍼부은 저주에 끌려다니지 않을 것이다. 이건 당신들이 내린 죽음이 아니다. 내가 선택한 영원한 잠이다.

우리는 운명에 묶여 있다는 걸 모른 척하기 위해 스스로 무언가를 선택했다고 믿는다. 그러나 결국 운명 앞에서 우리가 할 수 있는 유일한 것 역시 선택일지 모른다. 나는 아주 오랫동안, 돌아온 남편이 그녀를 잠에서 깨우는 장면만을 기억하며 살았다.

나는 수진이 행복하기를 빈다. 그녀가 무슨 선택을 하든 그건 그녀를 위한 것이다. 수진 자신의 의지로 선택한 것이다. 이건 그녀의 행복을 빈다는 말을 증명하고 싶어서 하는 말이 아니다. 그날, 수진이 내게 직접 한 이야기다.

수진의 이야기가 끝난 후, 나는 계획을 말해주었다. 그녀는 진지하게 고개를 끄덕였다. 내 계획에 도움이 된다면 자신의 이야기를 전해도 된다고 덧붙였다. 정말 괜찮은 거냐고 물었더니, 그렇지는 않다고 했다. 전혀 유쾌하지 않다고. 가족이 구설수에 오를까 봐 걱정이 된다고 했다. 하지만 도움이 필요하다면 나설 수 있다고 했다. 어차피 해야 할 일이라면, 해야 하는 거라고.

"요즘 처음으로 제대로 된 시간을 넘어가고 있다는 기분이 들어."

그녀가 말했다. 나는 무슨 말인지 알아듣지 못해 듣고만 있었다. 그녀는 또 말했다. 지금까지 항상 무언가를 선택해왔다고 믿었지만, 사실 그건 그냥 열쇠를 들고 있다는 기분을 위해서였을 뿐이라고. 내가 들어온 문이니까, 내가 열 수 있다. 사실은 어느 문도 열 수 없는 가짜 열쇠를 들고 스스로를 위안했을 뿐이라고. 하지만, 이제는 다르다고 했다. 문은 열쇠로만 여는 것이 아니니까. 수진은 말했다.

"뭘 하든 나는 괜찮을 거야. 물론 망할 수도 있겠지. 그래도 괜찮을 거야."

그 순간 나는 알았다. 정말로 수진은 괜찮을 것이다. 그리고 아마 나는 그 이야기를 알 수 없을 것이다. 작은 소문, 은밀한 험담, 쪽지에 적힌 비밀스러운 폭로들이 여기저기 돌아다니겠지만 그것으로는 무엇도 알 수 없을 것이다. 왜냐하면 우리가 다시 친구가 되어 서로의 속내를 들을 일은 없을 테니까. 우습게도 그런 건, 그냥 알 수 있다. 다른 건 몰라도 그런 건, 그렇게 알 수 있다. 때문에 내가 믿을 수 있는 건, 그날 수진이 한 이야기를 떠올리며 무언가를 낙관하는 것이다. 그 기억이 내 안에 있다는 사실이, 나는 좋다.

실제로 그 후 우리는 다시는 만나지 않았다. 그녀의 소식, 그러니까 수진과 현규 선배가 어떻게 되었는지도 아직 듣지 못했다.

얼마만큼의 시간을 넘어왔느냐고 묻는다면, 글쎄.

지금 이 순간이 그날로부터 얼마나 지난 때인지에 대해서는 말하고 싶지 않다.

진짜 마지막 이야기는 이것이다.

그해 겨울부터 봄까지 있었던 일이다. 나는 서울의 집을 정리하고 안진으로 내려왔다. 작은 여행사에 취직했고, 한 달에 한 번 팔현에 내려가 부모님을 만났다. 연말에 음식 만드는 걸 도우려고 부엌에 들어갔다가 엄마에게 혼이 났다. 부엌도 좁은데 옆에서 귀찮게 하지 말고 텔레비전이나 보라고 했다. 나는 물었다.

"진짜 안 해도 돼?"

엄마가 무슨 소리냐는 듯 나를 봤다. 나는 눈치를 보며 다시 말했다.

"사실은 도와줬으면 좋겠다고 생각하면서 그냥 아무 말 안 하는 걸 수도 있잖아."

엄마는 황당하다는 듯 나를 보며 말했다.

"언제 내가 아무 말도 안 했어? 하지 말라고 했잖아."

그러더니 나가서 분리수거 통을 비우고 오라고 말했다. "너는 그런 걸 도와주면 돼."

나간 김에 아이스크림도 사오라고 했다. 나는 문밖으로 걸어 나왔다. 함박눈이 쏟아지고 있었다.

차가운 공기가 말랑말랑하게 풀어질 즈음, 단아와 일본 오사카 여행을 다녀왔다. 아라시야마라는 대나무 숲이 가득한 마을에 갔다. 숲에서 걸어 나온 뒤, 마을 입구에서 파는 생크림 롤케이크를 먹었다. 푸른 대나무 잎 위에 케이크가 놓여 있었다.

돌아와서 이진섭에게 문자를 보냈다. 당장은 어떤 이야기도 할 생각이 없다고, 앞으로도 아마 그럴지 모르겠다고. 하지만 할 말이 없는 건 아니라고. 지금 하고 있는 일이 마무리되고, 언젠가 생각이 정리되면 연락할 테니 내게 당장 대화를 요구하지 말라고 말했다. 그리고 덧붙였다.

"이걸로 끝이라고 생각하지 마."

문득 이해가 되었다. 드디어 제대로 된 시간을 넘어가고 있는 것 같았다.

그는 답장하지 않았다.

나는 하던 일을 계속했다. 우선 유리의 일기장을 꼼꼼하게 읽었다. 강승영과 반주자, 유리를 아는 사람들을 모두 찾아가서 기억을 받아 적었다. 녹음도 했다. 그중에는 나도 포함되어 있었다. 증언들과 일기장의 기록을 대조했다. 여전히 추측해야 할 부분이 많았지만, 명백히 사실이라고 생각되는 부분들도 있었다. 유리가 표시한 날짜 바로 다음 날, 그녀의 손목에 멍이 들어 있는 걸 본 사람이 있었다. 유리가 학과 술자리에 갔다가 동희를 보고 도망치듯 나가는 걸 봤다는 사람도 있었다. 유리가 동희와 앉아서 이야기하는 걸 본 사람도 있었고, 동희 앞에서 울고 있는 걸 본 사람도 있었다. 동희가 유리에게 짜증을 내는 걸 본 사람도 있었다.

그러나 오래전 이야기이고, 증거로 채택되기에 기억은 신빙성과 신뢰도가 떨어졌다. 나는 정확한 걸 찾고 싶었다. 나는 사람들을 계속 찾아다니며 최대한 감정을 섞지 않고 그대로 기술하려고 노력했다. 날짜를 정확히 기억하는 사람은 거의 없었지만, 그래도 그 시기를 대충이나마 기억하는 사람들이 있었다. 나는 그들의 목격담과 유리의 일기장을 맞춰보았다. 동희를 피해 도망가는 것 같았다는 걸 본 즈음을 정리해보니, 유리가 한참 병원에 다니던 시기와 겹쳤다. 유리가 동희와 함께 있거나, 그녀가 우는 걸 봤다는 때는 일기장에 엑스가 잔뜩 그어진 시기였다. 나는 이런 식으로 목격담과 내용을 분류하고 유리의 일기장과 대조해 시간대를 정리했다. 그러자 희미했던 그림이 뚜렷해졌다. 많은 것들이 보였다. 유리에게 무슨 일이 있었는지 몰랐던 사람보다, 신경 쓰지 않았던 사람들이 더 많았다는, 이런 것들.

내가 유리를 마지막으로 본 날도 적었다. 12월 8일.

330

전날인 12월 7일에 유리는 엑스를 표시했다. 달력에 표시된 마지막 날이다.

오래된 유물을 복원하듯 날짜와 사건 들을 과거에서 현재로 퍼올렸다. 희미했던 윤곽이 뚜렷한 형체를 드러내면서, 하나의 그림이 보였다. 유리가 강제로 맺은 관계를 기록한 노트가 분명하다는 확신이 들었다. 다음 단계로 넘어갈 수 있을 것 같았다.

그러니까, 더 명확한 증거를 찾을 수 있는 지점. 성폭력 상담소의 상담 내역이나 유리를 진찰한 산부인과 의사의 증언, 그리고 유리가 찾아갔음에 틀림없는 교수, 이강현의 증언을 받을 수 있을 것 같았다.

나는 경찰이나 검사가 아니었고 피해 당사자도 아니었다. 그 지점까지 갈 수 있을지 확신은 없었다. 유리는 이제 스스로 증언할 수 없으니까. 그러나 유리의 일기장을 복원하는 건, 단지 유리와 김동희 사이에 있었던 일을 밝히기 위해서만이 아니었다. 그건 하나의 조각이었다. 사방으로 흩어져 있는 유리 조각들. 깨지고 버려져 누구도 온전한 형태를 알아볼 수 없을 거라 생각한 낡은 조각들의 원래 모습. 나는 그걸 맞추는 중이었다.

봄이었다.

안진대학교 입구에 들어서자마자 벚꽃이 하얗게 흩날리며 머리

위에 내려앉았다. 나는 꽃향기를 들이마셨다. 그건, 내가 기억하는 안진의 냄새였다. 호수의 비릿한 내음, 비 오는 날의 산책. 푸르게 물든 운동화를 구겨 신고 나는 한없이 걸어 여기까지 오곤 했다. 빗방울에 바닥으로 떨어진 꽃잎들을 보기 위해서. 하얗고 푹신한 길 한가운데를 걸으며 내 몸에 달라붙은 퀴퀴한 악취들을 지워내곤 했다. 무슨 일이 있었던가. 어떤 기억이 남았던가.

나는 인문대 교정으로 향했다. 전날 통화한 대로, 그 시간 김이영은 인문대 벽에 대자보를 붙이고 있었다. 나는 그녀를 향해 걸었다.

나는 김이영에게 준비한 말들을 했다. 유리와 나에 대해. 그리고 이름을 밝힐 수 없지만 만일 당신이 원한다면 자신의 증언을 해줄 수 있는 다른 친구에 대해. 그러니까 여자들에 대해서. 여자들의 증언으로 얻을 수 있을지 모를 몇 가지 가능성에 대해. 그래서 그 가능성을 보고 용기를 내 나타날지 모르는 또 다른 여자들에 대해서.

김이영은 조심스러운 손길로 유리의 일기장을 받았다. 그녀가 유리의 일기장을 조심스레 펼쳤다. 바로 이 이야기가 시작된 순간이다. 그렇다. 뻔한 결말이다. 어차피 나는 이야기의 클리셰 같은 사람이다. 그렇지 않은가. 어디서나 만날 수 있는 사람. 어디에서나 벌어지는 일. 그렇게 대단하지도 엄청나지도 않은 사건. 그러나 언제나 존재해왔던 사람. 이것이 나의 방법이다. 누군가에게 끝없이 편지를 쓰는 것, 혼자 책 속에 파묻히는 것, 있었던 일을 하나하나 기록하는 것처럼 내가 할 수 있는 어떤 모든 것.

그러나 때때로 그 모든 것은 날조된 기록이 되기도 한다. 내가 당한 일을 서술할 때가 아니다. 내가 저지른 일을 적어나갈 때다. 나는 여러 버전의 기억들을 쓰고 또 쓴다. 왜냐하면 클리셰는 문을 닫고 나오는 것까지만 나올 뿐이니까. 닫힌 문을 열기 위해서, 혹은 문을 다시 닫아버리기 위해서 무엇을 해야 하는지는 누구도 모른다. 그래서 나는 너의 이름으로 무언가를 쓰기도 한다.

모두에게 보여주고 싶어 했던, 그러나 누구도 읽지 못했던 너의 이야기. 네 이야기 속에서 우리는 좁은 골목길 사이에 함께 서 있다. 흐린 불빛이 바닥으로 떨어져 내리고, 긴 그림자가 네 어깨를 짓누른다. 너는 내 이름을 부르지만, 나는 돌아선다. 걸어간다.

진아야.

진아야, 도와줘.

나는 앞을 바라보며 걸어간다. 상상하고 있다. 눈앞의 거대한 논밭을, 넓고 넓어서 보고만 있어도 가슴이 터질 것 같은 그곳을. 그렇게 내 몸에 달라붙은 네 목소리를 떼어내기 위해서. 이미 물비린내에 젖은 내 몸에서 퀴퀴한 악취가 풍겨 나오고 있다는 사실을 잊기 위해서.

그런데 어느 순간, 나는 마음을 바꾼다. 나는 돌아선다. 네가 내 눈앞에 있다. 나는 너를 바라보며 다시 걸어간다. 왜냐하면 그 이야기 속에서, 나는 어디에서나 만날 수 있는 사람. 어디에서나 벌어지는 일을 겪은, 그렇게 대단하지도 엄청나지도 않으며, 언제나 존재해왔던 사람이기 때문이다. 그래야만 하기 때문이다. 그렇기에 나는 이런 이야기의 결말에서 당연히 흘러나오는 말을, 가장 뻔한 대답을 한다.

응, 유리야.

스물한 살.
투명하게 빛나는 눈동자.

그러나 이야기는 그렇게 마무리되지 않는다. 이야기를 끝낼 사람은 바로 너다. 모든 이야기를 시작한 사람, 오래된 미래를 다시 펼쳐놓은 사람. 어쩌면 지금이야말로 진짜 이야기가 시작될 때일지도 모른다. 왜냐하면 이야기의 마지막 장. 모든 것이 끝나버린 그 순간, 대답할 사람은 바로 너니까. 그렇다. 이제는 네 차례다.

18. 유리

일자 : 2006년 12월 15일

응급실 환자 소지품 보관 봉투

등록번호 : 19049

환자명 : 하유리

소지품 목록 : 가방, 지갑, 학생증, 화장품 가방,
문서(서류 – 과제물이라 명시)

인계자 : 없음(폐기)

✚ 안진대학병원

최종 과제
콘텐츠 창작 실습
2006년 12월 15일

제목 : 다른 사람

유라시아문화콘텐츠 학과
05학번 하유리

내 한계를 정하지 않을 것이다. 나는 매일 그것을 기대하며 산다.

유리의 평안을 빈다.

강화길.

21세기에, 국가도 개인도 다들 평화주의자를 자처하며 근사한 포즈를 취하는 시기에 이 소설은 까발리고 추궁한다. 이 소설의 주인공 유리, 진아, 수진 또 한국이라는 콘텍스트 안의 수많은 '괄호' 속의 여성들이 외친다. "강간당하느니 차라리 강간하는 인간이 되고 말겠다"고. "그를 강간하고 싶었다"고. 텍스트를 뚫고 올라오는 목소리를 듣는 순간 나의 내면이 무너지는 것을 느꼈다. '다른 사람'이 되고 싶다는 이 여성들에게 평화주의자들은 뭐라고 말할 것인가. 논쟁을 몰고 올 작품이다. _강영숙(소설가)

울지 않기 위해 웃던 때가 있다. 짓밟히지 않으려 발광했던 때가 있다. 존재를 빌미 삼아 당하는 일임에도 현실을 부정하며 버둥질했다. 그때 나는 동서고금을 막론한 낙인의 이름, '미친년'이라고 불리기도 했다. 내 생각과 의지와 저지른 일보다 아주 쉽고 간단하게.

지난 시간을 모두 분노로 기억하지는 않는다. 하지만 싸워야 할 때 제대로 싸우지 못한 기억은 종내 스스로를 미워하게 만든다. 부디 삶의 후배들은, 생물학적 동일성을 넘어선 상처와 경험의 공유자들은 나와 다르기를 바란다. 당선작 《다른 사람》에 대한 기대는 그로부터 비롯된다. _김별아(소설가)

데이트 폭력, 온라인 댓글 테러, 학교 내 성폭력까지, 사적 체험 깊숙한 곳을 헤집는 사회적 폭력의 여러 형태들을 작가는 집요하게, 끝까지 추적해간다. 그 집요한 시선이 가닿는 지점이 '자기 이해'라는 사실이 중요하다. 소설은 성폭력 가해/피해의 내적 구조를 파헤치는 동시에 그러한 구조 내에서 상처 입고 위축되고 왜곡된 피해자의 심리를 객관화하면서 '자기 이해'의 길에 다다른다. '자기 혐오'와 '피해의식'과 '자기방어'를 오가며 자기를 이해하려는 안간힘은 안타깝고도 감동적이다. 관계 속에서 구축되고 지속되는 폭력의 내상을 불안하고 고통스럽게 확인하면서 우리는 개별적 삶의 자존이 결코 단독적으로 완수될 수 없음을 알게 된다. '진아'를 비롯한 여성 인물들의 '자기 이해'가 '타자 이해'로 이어지는 광경, 그리고 마침내 그들이 사회적 폭력에 마주 서는 광경을 읽으면서 우리 문학의 '여성적 주체성'이 한층 더 명징해지고 있음을 실감했다.

_서영인(문학평론가)

여기 '다른 사람'이 되기 위해 기를 쓰고 노력해야 했던 여자들이 있다. "누구도 함부로 대할 수 없고, 우습게 볼 수 없는 사람"이 되기 위해. 상처받지 않고, 겁먹지 않는 사람이 되기 위해. 그리고 무엇보다 "절대 강간당하지 않는 사람"이 되기 위해. 이 꿈은 얼마나 슬픈 꿈인가? 세상은 폭력에 무심하게 노출되어 있고 시스템은 약자를 보호하지 못한다는 것을 우리는 안다. 사회가 변하지 않는 한 '다른 사람'이 되는 것은 애당초 불가능한 꿈인 것이다. 소설 속 여자들이 그걸 모를 리가 없다. 그럼에도 그녀들은 이렇게 말하지 않는다. '다른 세상'에서 태어나고 싶다고, '다른 성'으로 태어나고 싶다고. 이렇게 말하는 것은 쉽다. 이것은 가정이니까. 그렇게 말하는 순간 내 노력은 필요 없게 된다. 결국 '다른 사람'이 되고 싶다는 말은 나를 버리지 않는다는 말이다. 어쩌면 그것이 그녀들이 할 수 있는 최대한의 몸부림일지도 모른다는 생각이 든다. _윤성희(소설가)

이 소설은 멀리서 조준하는 원격조정용 무기가 아니다. 아주 가까이서 우리의 무뎌져버린 마음을 향해 날카로운 직구를 던지는, 원시 사회의 돌도끼 같은 소설이다. 드론이 아니라 다이너마이트 같은 소설, 화살보다는 단도를 닮은 소설이다. 극도로 심각해지는 '여혐'의 사회적 분위기 속에서 나날이 자기 변신을 꾀하는 페미니즘의 최신형 무기, 이것이 《다른 사람》이다. 나는 강화길의 직접적이고 원시적인 문체가 좋다. 이리저리 세련되게 돌려 말하지 않고, '전 이게 정말 싫어요'라고 외칠 줄 아는 담력과 뚝심이 좋다. _정여울(작가)

이 소설은 아슬아슬하고 위태롭다. 행간에 가시가 일어서 있다. 불안하고 불온하다. 놓아버리면 쉽다. 그러나 그럴 수 없다는 것을 읽는 이도 금방 알게 된다. 이야기를 끝내야 할 사람은 '너'다. 맞다. 이 소설은 마지막 페이지를 닫는 순간, 그때 시작된다. '너'라는 불편한 호명과 함께. 그 개시와 호명의 힘이 강렬한데, 분노 못지않게 지적인 통제가 섬세하게 작동한 결과이리라. _정홍수(문학평론가)

데이트 폭력에서부터 뉴페미니즘의 의미 소환까지. 가히 점입가경이다. 소설이 당대 사회에 만연해 있는 성차별과 폭력에 대해 말해야 할 책임으로부터 자유롭지 않다면, 《다른 사람》은 향후 가장 격렬하고 논쟁적인 작품으로 기억될 것이다. _주원규(소설가)

읽는 시간은 짧았고 등장인물들의 아픔, 그 상처가 외치는 발언이 내 마음속에 머문 시간은 길었다. 이해한다는 말을 함부로 내뱉으면 안 되겠다는 생각도 함께. _한창훈(소설가)

진정으로 심각한 이야기를 하려는 사람은 글에서 힘을 빼야 한다. 그 심각한 이야기가 삶의 새로운 전망을 내다볼 때는 더욱 그렇다. 힘을 뺀다는 것은 긴 싸움을 각오한다는 것이며, 시간에 구멍을 뚫는다는 것이다. 소설 《다른 사람》은 바로 그 점을 증명한다. _황현산(문학평론가)

다른 사람

ⓒ 강화길 2021

초판 1쇄 발행 2017년 8월 29일
개정 1판 1쇄 발행 2021년 6월 30일
개정 1판 2쇄 발행 2022년 2월 7일

지은이 강화길
펴낸이 이상훈
편집인 김수영
본부장 정진항
문학팀 김다인 하상민
마케팅 김한성 조재성 박신영 조은별 김효진 임은비
경영지원 정혜진 엄세영

펴낸곳 (주)한겨레엔 www.hanibook.co.kr
주소 서울시 마포구 창전로 70(신수동) 화수목빌딩 5층
전화 02-6383-1602~3
팩스 02-6383-1610
대표메일 munhak@hanien.co.kr

ISBN 979-11-6040-612-2   03810